HEYNE BÜCHER

SCIENCE FICTION

Herausgegeben
von Wolfgang Jeschke

Ein Verzeichnis weiterer STAR TREK-Romane finden Sie am Schluß des Bandes.

DIE NÄCHSTE GENERATION

STAR TREK™

MICHAEL JAN FRIEDMAN

DIE VERURTEILUNG

Roman

Star Trek®
The Next Generation™
Band 44

Deutsche Erstausgabe

WILHELM HEYNE VERLAG
MÜNCHEN

HEYNE SCIENCE FICTION & FANTASY
Band 06/5444

Titel der Originalausgabe
ALL GOOD THINGS …
Übersetzung aus dem Amerikanischen
von ANDREAS BRANDHORST

Umwelthinweis:
Dieses Buch wurde auf
chlor- und säurefreiem Papier gedruckt.

Redaktion: Rainer Michael Rahn

Erstausgabe bei Pocket Books/Simon & Schuster, Inc., New York

Printed in Germany 1996
Umschlagbild: BIRDSONG/Pocket Books/
Simon & Schuster, New York
Umschlaggestaltung: Atelier Ingrid Schütz, München
Technische Betreuung: M. Spinola
Satz: Schaber Satz- und Datentechnik, Wels
Druck und Bindung: Ebner Ulm

ISBN 3-453-09472-7

Für Joan und Brett.
Sie verstehen Vergangenheit,
Gegenwart und Zukunft.

1

Er haßte Balalaikamusik, und zwar von ganzem Herzen. Doch diesmal nahm er sie hin. Es lag nicht etwa daran, daß ihn die Umstände dazu zwangen. Ganz im Gegenteil. Er duldete die Musik, weil er *nicht* gezwungen war, sich mit ihr abzufinden.

Er saß an einem Balkontisch, von dem aus man einen weiten Blick über den Strand hatte. Während er am Wodka nippte und eine Olive auf dem Teller hin und her schob, kam eine Frau aus dem Speiseraum.

Mit ihrer alabasterfarbenen Haut und dem blonden Haar, das einen Knoten bildete, war sie recht hübsch, solange man allein lokale Maßstäbe anlegte. Sie trug Safarikleidung, obwohl sie in ihrem theoretischen Leben nie auf Safari gewesen war.

»Hier sind die Nächte wunderschön«, sagte sie.

Er zuckte mit den Schultern. »Mag sein. Wenn man so etwas mag …«

Ihre Augen glänzten unter langen, goldgelben Wimpern. »Gefällt es Ihnen nicht?«

»Dazu habe ich eigentlich keine Meinung«, erwiderte er.

»Seltsam«, sagte die Frau. »Von einem attraktiven Mann, der an einem solchen Abend allein ist, erwartet man viele … Meinungen.«

Er lächelte. »Wenn ich mich nicht sehr irre, kamen Sie mit einem solchen Mann hierher. Wahrscheinlich fragt er sich gerade, wo Sie sind.«

Die Frau bewegte sich, und das Mondlicht glänzte auf

ihrem Haar. »Vielleicht. Und an Meinungen mangelt es ihm gewiß nicht. Allerdings habe ich sie satt.«

»Ich verstehe«, entgegnete er. »Und jetzt möchten Sie meine hören.«

»Sie sind sehr klug. Sie wissen sofort, worum es geht.«

»Ja«, sagte er. »Das stimmt. Für einen Augenblick dachte ich, Sie seien interessant.« Er lächelte höflich. »Aber ich glaube, dieser Augenblick ist jetzt vorbei.«

Entrüstung flackerte in den Augen der Frau. »Wie können Sie es wagen…?« Ein oder zwei Sekunden lang schien sie den Mann schlagen zu wollen. Doch schließlich drehte sie sich einfach nur um und verschwand wieder im Speiseraum.

Der Mann seufzte. *So ist das eben mit flachsblonden Touristinnen,* dachte er.

Aus den Augenwinkeln sah er zwei Gestalten, die weiter unten am Strand herumhüpften – vermutlich streiften sie gerade die Schuhe ab. Er drehte den Kopf und beobachtete, wie sie sich vom sanften, orangefarbenen Tavernenlicht entfernten. Ein Mann und eine Frau: er groß und breitschultrig, sie zart und schlank.

Er kannte sie, sogar sehr gut.

Barfuß schritten sie über den Strand und hinterließen feuchte Fußabdrücke im Sand. Gelegentlich tastete eine Gestalt nach der Hand der anderen, um dann wieder loszulassen. Ganz offensichtlich befanden sie sich noch in der Phase schüchterner Annäherungsversuche. Sie blieben vorsichtig und wahrten eine gewisse Distanz, wußten nicht, wie weit sie an diesem Abend gehen durften, ohne eine imaginäre Grenzlinie zu überschreiten.

Welche eine Zeitverschwendung. Wenn sie sexuelle Aktivitäten entfalten wollten… Warum begannen sie nicht endlich damit? Warum befaßten sie sich mit einem so komplizierten und verwirrenden Ritual, obwohl sie ihre Zeit nutzbringender verwenden konnten, zum Beispiel für die Verbesserung ihrer zurückgebliebenen Spezies?

Aber nein. Sie beschäftigten sich lieber mit ihren eigenen, banalen Angelegenheiten. Er schauderte, als er an die unglaubliche Dummheit eines solches Verhaltens dachte. Darin kam eine groteske Egozentrik zum Ausdruck – ein ihm sehr vertrautes Thema.

Leichter Wind flüsterte in der klaren Nacht und trug Gulaschduft aus der Küche zum Balkon. Jemand anders wäre jetzt vielleicht das Wasser im Mund zusammengelaufen, doch dieser Mann blieb völlig unbeeindruckt.

Er war nicht hierhergekommen, um solchen Dingen Beachtung zu schenken. Es ging ihm nur um seine Pläne: Wie eine große schwarze Spinne wob er ein Netz aus ihnen, Faden um Faden.

Die Menschen hier wußten nicht einmal, was ihnen bevorstand, was sich für ihr klägliches Leben anbahnte und welche Rolle er dabei spielte. Sie ahnten nicht, daß er in dieser holographischen Phantasiewelt weilte. Andernfalls hätten sie bestimmt wieder die Schuhe angezogen und ihn verärgert aufgefordert, sie in Ruhe zu lassen.

Menschen legten großen Wert auf ihre Privatsphäre. Sie bedeutete ihnen viel. Und selbst wenn die beiden Personen drüben am Strand nur zum Teil Menschen waren – sie teilten diese besondere Eigenschaft.

Deshalb blieb er Teil der Szenerie und nahm die Balalaikamusik hin. Er tröstete sich mit dem Gedanken, daß diese Leute bald nach seiner Musik tanzen mußten. Nicht nur die beiden romantischen Schwärmer am Strand, sondern *alle*, der ganze Haufen.

Ein Kellner kam aus dem Speiseraum. »Wünschen Sie etwas?« fragte er mit einem aus dem zwanzigsten Jahrhundert stammenden russischen Akzent. »Vielleicht ein Dessert? Wir haben leckeres Obst.«

Er sah auf. »Nein, danke«, erwiderte er mit dem gleichen Akzent. »Ich gehe gleich. Es gilt, gewisse Dinge zu erledigen, Starfleet-Offiziere zu quälen und so. Sie wissen ja, wie das ist.«

Der Kellner wußte es natürlich nicht und lächelte nur. »Wenn Sie gleich gehen möchten ... Darf ich Ihnen dann die Rechnung bringen?«

Er nickte. »Warum nicht? Jeder von uns muß seine Zeche zahlen, nicht wahr?« Falten bildeten sich in seiner Stirn, als die Musik noch lauter wurde. »Selbst wenn der verdammte Balalaikaspieler einen Teil davon bekommt.«

Nach den Aufzeichnungen des Bordcomputers kannten die nordamerikanischen Eskimos sechzehn verschiedene Worte für *Schnee*. Um so seltsamer erschien es Worf, daß die Klingonen nur ein Wort für *Ehre* hatten.

Es lautete *Batlh*. Und es wurde in den verschiedensten Situationen benutzt.

Es gab unterschiedliche Arten von Ehre. Zum Beispiel jene, die mit einem eingelösten Versprechen oder guter Arbeit einherging. Oder die Ehre, die Krieger ansporne, im Kampf zu sterben.

Und es existierte ein Ehrenprinzip, das bei einer Regierung, an Bord eines Raumschiffs oder sogar in einem Ehebett zur Geltung kam: Es verlangte Offenheit und Fairneß von allen Beteiligten.

An diese Ehre dachte Worf, als er zusammen mit Deanna das Holodeck der *Enterprise* verließ. Es fühlte sich gut an, mit ihr zusammenzusein, aber daraus erwuchsen auch gewisse ... Probleme.

»Ein wundervolles Programm«, sagte Deanna und lächelte.

Der Klingone nickte. »Freut mich, daß es Ihnen gefällt. Ich finde das Schwarze Meer am Abend immer wieder ... stimulierend.«

Die Counselor rollte mit den Augen, als sie durch den Korridor gingen. Worf fragte sich, womit er eine solche Reaktion bewirkt hatte.

»Wir schritten barfuß über den Strand«, sagte Deanna. »Während von der Taverne her Balalaikamusik erklang. Eine sanfte Brise wehte, Sterne funkelten am Himmel, der Vollmond ging auf… Und Sie finden das nur ›stimulierend‹?«

Worf suchte nach einer passenden Antwort. »Es war *sehr* stimulierend? *Außerordentlich* stimulierend?«

Deanna schüttelte in gespielter Mißbilligung den Kopf, als sie sich dem Turbolift näherten. »Wenn Sie keine so angenehme Gesellschaft wären …«

Sie betraten die Transportkapsel des Turbolifts, und Troi nannte das Ziel: Deck acht. Als sich die Tür schloß, hob sie den Kopf und sah Worf an. Fast sofort wandte er den Blick von ihr ab.

Seltsam. Er hätte es lieber mit einigen Romulanern aufgenommen, als über gewisse persönliche Dinge zu reden – selbst wenn seine Gesprächspartnerin Deanna Troi hieß und sich als Bordcounselor mit so etwas auskannte. Gab es jemanden, der solche Angelegenheiten besser verstand?

»Ich verbringe nicht genug Zeit auf dem Holodeck«, sagte die Betazoidin und wechselte damit das Thema, um dem Klingonen weitere Verlegenheit zu ersparen. »Ich sollte meinen eigenen Rat beherzigen und die holographischen Welten ganz bewußt nutzen, um mich zu entspannen.«

Worf dachte an sein Gymnastik-Programm. »Mir geht es häufig nicht um Entspannung, wenn ich das Holodeck besuche.«

Deanna lachte leise. »Ja. Davon habe ich gehört.«

Die Tür öffnete sich, und sie betraten das achte Decke. Der Zugang zum Quartier der Counselor war nur wenige Meter entfernt.

»Das nächste Mal suche *ich* das Programm aus«, fügte Deanna hinzu. »Wenn Sie das Schwarze Meer mögen… Dann sind Sie bestimmt vom Catariasee auf Betazed begeistert. Vor allem das Himmelslicht… Es wogt und wallt wie ein Vorhang, verändert dabei die Farbe von Blau und Violett bis hin zu einem blassen Orange. Und dann der Duft aus dem Wald am See… Ja, es gefällt Ihnen bestimmt.«

Während sie vor der Tür von Trois Unterkunft standen, trafen sich ihre Blicke. Eine Verbindung verfestigte sich zwischen ihnen. Ganz deutlich spürte Worf die betazoidische Aura aus Wärme, und einmal mehr bewunderte er Deannas Schönheit. Das Unbehagen fiel von dem Klingonen ab, und er entschied, seine Bedenken hier und jetzt in Worte zu fassen.

»Bevor es ein nächstes Mal gibt, Deanna… Vielleicht sollten wir über Commander Riker reden.«

Die Counselor schmunzelte. »Warum? Wollen Sie ihn einladen, uns zu begleiten?«

Worf runzelte die Stirn. Es handelte sich um eine ernste Sache, und Deanna schien es ihm nicht leichter machen zu wollen.

»Nein«, sagte er. »Aber ich möchte vermeiden, daß Commander Riker… Ich meine, ich fände es sehr bedauerlich, wenn er…« Worf holte tief Luft und versuchte es noch einmal. »Wenn Sie und ich auch weiterhin… Wenn wir…« Er gab es auf. »Es liegt mir fern, seine Gefühle zu verletzen.«

Deanna griff nach den Händen des Klingonen. »Ich halte es für richtig und angemessen, wenn wir in erster Linie an *unsere* Gefühle denken. An Ihre und… meine.«

Ihr Lächeln war ansteckend. Worf blickte in die Augen der Betazoidin und fühlte, wie die Sorgen in Hinsicht auf Commander Riker aus ihm wichen. Die Unsicherheit verflüchtigte sich, und er beugte sich vor, um Deanna zu küssen.

Sie wandte ihm das Gesicht zu, doch bevor sich ihre Lippen berührten, erklang ein vertrautes Zischen – die Tür des Turbolifts öffnete sich. Der Captain eilte in den Gang, und Worf musterte ihn erstaunt. Panik leuchtete in Picards Augen, und hinzu kam, daß er nur einen blau und weiß gestreiften Bademantel trug.

»Counselor!« rief er.

Der Captain trat zwischen Deanna und Worf, schien überhaupt nicht zu begreifen, wobei er sie gestört hatte. Seine Hände schlossen sich um Trois Schultern.

»Welches Datum haben wir heute?« entfuhr es ihm. »Welches *Datum?*«

»Sternzeit vier sieben neun acht acht«, antwortete der Klingone.

Picard ließ die Betazoidin los und dachte nach. Er wirkte sehr verwirrt und desorientiert.

»Vier sieben neun acht acht …«, wiederholte er.

Deanna maß ihn mit einem besorgten Blick. »Stimmt was nicht, Sir?«

Falten bildeten tiefe Täler in der Stirn des Captains. »Ich bin mir nicht sicher … Die Umstände sind mir unklar, aber …« Er schüttelte den Kopf. »Ich glaube, ich erlebe immer wieder plötzliche Zeitsprünge.«

Es lief Worf kalt über den Rücken. Die weitere Entwicklung seiner Beziehung zu Deanna mußte warten. Die Ehre verlangte nun etwas anderes von ihm.

Er aktivierte das nächste Interkom und gab Commander Riker Bescheid.

2

Worf betrat sein Quartier und stellte fest, daß in Alexanders Zimmer noch Licht brannte. Der Junge saß am Schreibtisch und blickte auf den Computerschirm.

Der klingonische Sicherheitsoffizier schob die Besorgnis um den Captain beiseite und näherte sich seinem Sohn. Alexander bemerkte ihn, sah zu ihm hoch und lächelte. Er roch nach Keksen und Milch – was einem Menschen vermutlich nicht aufgefallen wäre.

»Hallo, Vater.«

Worf erwiderte das Lächeln nicht. Es war spät, schon nach zehn.

»Solltest du nicht längst im Bett sein, Alexander?«

Der Junge zuckte mit den Schultern. »Morgen findet eine Prüfung in organischer Chemie statt, und ich muß noch einige Lücken in meinem Wissen schließen.«

Worf brummte und suchte sein eigenes Zimmer auf. Er konnte Alexander kaum vorwerfen, seine schulischen Pflichten zu ernst zu nehmen. In diesem Zusammenhang regten sich sogar Schuldgefühle in ihm, weil er seinen Sohn in letzter Zeit ein wenig vernachlässigt hatte.

Andere Dinge beanspruchten Worfs Aufmerksamkeit. Dinge, die er nicht ignorieren konnte. Zum Beispiel Deanna.

Er trennte sich von der zivilen Kleidung, streifte die Uniform über und merkte sofort, wie gut sie sich anfühlte. Auf Commander Rikers Anordnung hin fanden mehrere Sondierungen statt, um festzustellen, ob der

Captain das Schiff während der letzten Zeit irgendwann einmal verlassen hat. Der Sicherheitsoffizier sollte sich auf der Brücke melden, sobald er angemessen gekleidet war.

Als er nach der schweren Zeremonienschärpe griff, sah er Alexander in der offenen Tür stehen. Der Junge lächelte noch immer. »Du warst mit Deanna zusammen, stimmt's?«

Worf musterte seinen Sohn überrascht. »Wie kommst du darauf?«

»Ich merke so etwas sofort«, erwiderte der Junge und tapste barfuß in sein Zimmer zurück.

Der Klingone folgte ihm. »Du merkst ›so etwas‹ sofort? Was soll das heißen?«

Alexander blickte wieder auf den Computerschirm. »Du bist dann immer in guter Stimmung. Wenn du Zeit mit ihr verbringst, kehrst du anschließend mit einem Lächeln heim.«

Worf straffte die Schultern. »Ich habe nicht gelächelt, als ich hereinkam.«

Der Junge drehte sich zu ihm um. »Vater ... Ich weiß, wann du lächelst – auch wenn es niemand sonst siehst.« Er zögerte kurz. »Du magst sie. Ist doch ganz klar.«

Worf wollte es nicht so einfach zugeben – aber er war ebensowenig imstande, seinem Sohn direkt zu widersprechen. »Counselor Troi ist eine ... gute Freundin«, sagte er. »Mehr steckt nicht dahinter.«

Der Junge nickte. »Ja.« Er konzentrierte sich wieder auf die organische Chemie, ohne ein weiteres Wort zu verlieren.

Worf überlegte. Der Junge hatte erst vor kurzer Zeit beobachtet, wie seine Mutter Opfer eines Mörders geworden war. Er durfte nicht mit einem weiteren Trauma belastet werden.

Andererseits: Wenn sich die Beziehung zur Counselor in die erhoffte Richtung weiterentwickelte ... Es wäre unfair gewesen, den Jungen nicht einmal nach seiner

Meinung zu fragen. Immerhin betraf die Sache auch ihn.

»Aber wenn es doch mehr gäbe ...«, begann Worf vorsichtig. »Wenn Deanna mehr für mich wäre als nur eine gute Freundin ... Was hieltest du davon?«

Alexander sah auf, und es gelang ihm nicht ganz, seine Aufregung zu verbergen. »Es stimmt also? Du liebst sie?«

Der Klingone hob die Hand. »Nicht so hastig. Ich habe nur eine hypothetische Situation geschildert.«

Der Junge wiederholte das ungewohnte Wort. »Eine hypo ... thetische Situation. Das bedeutet, es ist möglich, oder? Ich meine, zwischen dir und Deanna könnte es ... ernst werden?«

Worf hob und senkte die Schultern. »Vielleicht ja.«

Alexander dachte kurz nach. »Wenn das so ist ...«, sagte er sehr ernst. »Ich wäre einverstanden. Rein hypothetisch, natürlich.«

Der klingonische Sicherheitsoffizier nickte und ließ sich seine Zufriedenheit nicht anmerken. »Wir sehen uns später. Ich muß jetzt einige spezielle Sondierungen vornehmen.« Er legte eine kurze Pause ein, um die Bedeutung der folgenden Worte zu unterstreichen. »Wenn ich das nächste Mal zurückkehre, erwarte ich, daß du im Bett liegst und schläfst.«

Der Junge nickte. »Ja, Sir.« Und etwas leiser: »Bestell Counselor Troi einen schönen Gruß von mir.«

Worf schnitt eine finstere Miene. Er mochte es nicht, geneckt zu werden, nicht einmal von seinem eigenen Sohn.

»In Ordnung«, brummte er und machte sich auf den Weg zur Brücke.

»Die Eiserne Feder?« wiederholte Geordi. »Interessanter Titel.«

»Ja«, bestätigte Data, der neben ihm durch den Korridor schritt. Seine Stimme hallte von den gewölbten

Wänden wider. »Das letzte Werk von Christian McCloy. Die Geschichte eines Mannes, der mit einer Reise der Selbstentdeckung beginnt. Hintergrund der Handlung ist das Chaos Mitte des terranischen einundzwanzigsten Jahrhunderts.«

»Der postatomare Schrecken«, murmelte der Chefingenieur und schnitt eine Grimasse. »Nicht gerade meine Lieblingsperiode in der irdischen Geschichte.«

»Meine auch nicht«, pflichtete ihm der Androide bei. »Wie dem auch sei: Das Buch bietet faszinierende Lektüre. Ich empfehle es sehr.«

Geordi nickte. »Gibt es eine Holodeck-Version?« fragte er.

»Ich glaube nicht«, erwiderte Data.

Dadurch verringerte sich das Interesse des Ingenieurs. Aber er wies nicht darauf hin, um dem Androiden eine Enttäuschung zu ersparen.

»Wissen Sie, Data… Ich nehme lieber *an* der Geschichte teil als darüber zu lesen. Danke für das Angebot, aber ich verzichte darauf. Lassen Sie sich deswegen nur keine grauen Haare wachsen.«

Der Androide sah ihn groß an. Einige Sekunden lang rechnete Geordi LaForge mit der Bitte, den umgangssprachlichen Ausdruck zu erklären. Doch dann drehte Data den Kopf – offenbar war eine Erläuterung nicht notwendig.

Seit seinem ersten Tag an Bord des Raumschiffs *Enterprise* hatte der Androide einen weiten Weg zurückgelegt. Zum Beispiel neigte er nicht mehr in dem Maße wie früher dazu, alles wortwörtlich zu verstehen. Darüber hinaus kam er jetzt auch mit Verhaltensnuancen so gut zurecht, daß man ihn manchmal tatsächlich für einen Menschen halten konnte.

Sie erreichten einen Turbolift, und dort wandte sich Data noch einmal an seinen Begleiter. »Zwar bietet das Holodeck gute Möglichkeiten, selbst in der Literatur neue Aspekte zu erkennen und somit den kulturellen Horizont zu erweitern, aber ich ziehe es trotzdem vor, den vom Autor stammenden Originaltext zu lesen und …«

Er unterbrach sich, als die beiden Türhälften vor ihm auseinanderglitten. *Fortsetzung folgt*, dachte Geordi. *Ob es mir gefällt oder nicht.*

Sie betraten den Lift und stellten fest, daß sich bereits eine Person in der Transportkapsel befand: Worf. Der Chefingenieur musterte ihn neugierig.

»Was ist los?« fragte er den Sicherheitsoffizier.

Worf runzelte die Stirn. »Woher wollen Sie wissen, daß irgend etwas ›los‹ ist?«

»Vielleicht liegt es daran, daß Sie Uniform tragen«, warf Data ein. »Obwohl Ihr normaler Dienst erst in einigen Stunden beginnt.«

Geordi nickte. »Genau.«

Die Falten fraßen sich tiefer in die Stirn des Klingonen. »Es geht um den Captain«, brummte er schließlich. »Vor einer Weile bin ich ihm im Korridor begegnet. Er trug nur einen Bademantel.«

LaForge konnte es kaum fassen. »Im Ernst?«

Worf nickte. »Er erkundigte sich nach dem Datum. Schien völlig den Überblick verloren zu haben.«

»Das klingt gar nicht nach Captain Picard«, meinte Data. »Hat man bereits den Grund für sein seltsames Verhalten herausgefunden?«

Der Sicherheitsoffizier schüttelte den Kopf. »Nein, noch nicht. Counselor Troi ist jetzt bei ihm.« Er zögerte kurz. »Ich glaube, ich sollte mich auf diese Auskünfte beschränken, um die Privatsphäre des Captains zu wahren.«

Geordi hob die Hand. »Schon gut. Ich verstehe, Worf.«

Er verstand wirklich. Und gleichzeitig beschloß er, sofort nach dem Dienst eigene Nachforschungen anzustellen. Vielleicht hatte dieser sonderbare Zwischenfall nichts zu bedeuten – aber man konnte nie wissen.

3

Picard starrte in den Dampf, der vom Tee aufstieg. Bisher hatte er noch keinen Schluck getrunken, sicheres Zeichen dafür, daß mit ihm etwas nicht stimmte – Earl Grey war schließlich seine Lieblingssorte.

Das Durcheinander zwischen seinen Schläfen hinderte ihn daran, an den Tee zu denken. Zu viele andere Dinge drängten ins Zentrum seiner Aufmerksamkeit.

»Ich schien das Schiff nicht nur geistig, sondern auch körperlich verlassen zu haben, mich in einer anderen Zeit und an einem anderen Ort aufzuhalten«, brachte er hervor. »Ich befand mich in der Vergangenheit ...«

Er schüttelte den Kopf. Warum gelang es ihm nicht, die eigenen Erlebnisse unter Kontrolle zu bringen? Wie spöttisch vibrierten sie am Rand seines Bewußtseins – um fortzugleiten, wenn er die mentale Hand danach ausstreckte.

Deanna saß auf der anderen Seite des glatten, dunklen Couchtischs, der von ihrer Mutter stammte. Nur einige winzige Falten über dem Nasenrücken verrieten die Skepsis der Counselor. Ansonsten deutete alles an ihr darauf hin, daß sie einen neutralen Standpunkt vertrat.

»Können Sie den Ort beschreiben?« fragte sie. »Wie sah es dort aus?«

Der Captain nahm den Duft des Tees wahr und seufzte. »Es ist alles vage und undeutlich. Wie die Einzelheiten eines Alptraums nach dem Erwachen.«

»An was erinnern Sie sich?« fragte die Betazoidin geduldig.

Picard konzentrierte sich. »Der erste temporale Transfer brachte mich in eine Zeit, als ich noch nicht das Kommando über die *Enterprise* hatte. Ich sprach mit jemandem … Ich weiß nicht mehr, mit wem. Es war dunkel draußen …«

Ein Bild formte sich vor seinem inneren Auge, doch es fehlten wichtige Details. Er versuchte, sich an sie zu entsinnen, alles zu verstehen.

»Aber dann …«

»Ja?« drängte Deanna behutsam.

Picard rang mit sich selbst. »Dann veränderte sich alles. Plötzlich weilte ich nicht mehr in der Vergangenheit, sondern als alter Mann in der Zukunft. Ich war mit etwas beschäftigt, draußen …« Er fluchte leise. »Womit?«

Er merkte, daß seine Finger wie eigenständige Wesen in Bewegung gerieten. Sie rieben aneinander – warum? Zu welchem Zweck?

Das Bild verflüchtigte sich. »Es tut mir leid«, sagte er leise und mit gesenktem Kopf. »Ich kann mich nicht erinnern.«

Deanna lächelte voller Anteilnahme. »Schon gut.« Ganz sanft fügte sie hinzu: »Captain … Haben Sie an die Möglichkeit gedacht, daß es nur ein Traum war?«

Picard sah auf. »Nein, es ist mehr gewesen als nur ein Traum«, sagte er mit einer Gewißheit, die ihn selbst überraschte. »Die Gerüche und Geräusche, so wie sich alles anfühlte … Ich weiß jetzt nicht mehr, was sich meinen Sinnen darbot, aber eins steht fest: Es war alles vollkommen real.«

Die Betazoidin nahm diese Bemerkung ohne Widerspruch hin. »Wie lange blieben Sie in den einzelnen Zeitperioden?« fragte sie und ging das Problem damit von einer anderen Seite her an. »Erschien es Ihnen wie Minuten oder … Stunden?«

Der Captain dachte darüber nach. »Ich bin mir nicht sicher«, antwortete er schließlich. »Zuerst gab es eine kurze Phase der Verwirrung. Ich wußte nicht, wo ich mich befand. Aber das ging schnell vorbei ...« Er runzelte die Stirn. »Danach fühlte sich alles richtig an, so als gehörte ich in die entsprechende Zeit.« Er brummte. »Ich erinnere mich nicht daran, wie lange ich dort blieb.«

Deanna Troi spürte die im Captain brodelnde Unruhe, und deshalb schwieg sie.

»Ich weiß«, sagte er. »Es ergibt kaum einen Sinn. Ich erinnere mich nicht an erlebte Dinge, nur an die damit einhergehenden Gefühle.«

»Vielleicht ist es einfacher, einzelne Symbole zu identifizieren«, entgegnete die Counselor. »Können Sie sich an etwas entsinnen, das Sie *gesehen* haben? Ein Objekt? Oder ein Gebäude?«

Picard holte tief Luft und ließ den Atem langsam entweichen. »Nein«, flüsterte er nach einer Weile. »Mir fällt nichts ein.«

Der Captain glaubte sich in einer Sackgasse, die keinen Ausweg bot. Sein Blick glitt zum Tee. Inzwischen stieg kein Dampf mehr von der Tasse auf – er hatte sie zu lange stehenlassen.

Die Counselor bemerkte es ebenfalls. »Ich hole Ihnen frischen Tee«, bot sie sich an.

»Danke«, sagte Picard. Er griff nach der glatten Tasse, reichte sie Deanna ...

... und berührte die rauhe Borke eines Weinstocks. Ein seltsames Gefühl entstand in ihm; aus irgendeinem Grund glaubte er, die Hand nach etwas anderem ausgestreckt zu haben.

Einige Sekunden lang glaubte er, am falschen Ort zu sein. Er trug einen Strohhut, blickte über den weiten Weinberg seiner Familie. Hier und dort stiegen Nebelschwaden auf, um im Licht der aufgehenden Sonne zu zerfasern. Picard roch den Duft des fruchtbaren Bodens, vernahm das Summen von Insekten. Er begriff plötzlich, daß er genau dort war, wo er hingehörte.

Und doch … Der Schatten einer anderen Welt schien sich bis hierher zu erstrecken. Das Wo und Wann entzog sich ihm, aber … Ach, es spielte sicher keine Rolle. Ältere Leute durften ihre Gedanken gelegentlich treiben lassen, oder?

Daran gab es sicher nichts auszusetzen. Sein Gehirn hatte über Jahre hinweg harte Arbeit geleistet und verdiente es, sich dann und wann ein wenig zu entspannen.

Er betrachtete die Rebe mit dem geübten Blick eines Mannes, der aus einer Familie von Winzern stammte. Schließlich griff er nach einer Rebschere und schnitt einige wilde Triebe ab. Natürlich hätte er diese Arbeit anderen Leuten überlassen können, aber es erfüllte ihn mit Zufriedenheit, sich nützlich zu machen. Dazu bekam er immer seltener Gelegenheit.

»Captain Picard zur Brücke!« erklang eine Stimme.

Er glaubte, seinen Ohren nicht trauen zu können. Verblüfft sah er auf und blinzelte.

Jemand stand nicht weit entfernt, zeichnete sich als Silhouette vor dem Schein der Morgensonne ab. Picard beschattete sich die Augen – und plötzlich erkannte er den Besucher.

»Geordi«, kam es ihm über die Lippen. »Geordi La-Forge.«

Der frühere Chefingenieur lächelte und freute sich ganz offensichtlich darüber, daß ihm die Überraschung gelungen war. Er kam näher. »Ich fürchte, wir haben ein Problem mit dem Warpkern, Sir. Oder vielleicht auch mit den Phaserinduktoren. Oder mit irgendeinem anderen Apparat. Normalerweise dauert die Reparatur einige Tage, aber wenn Sie möchten, bringe ich die Sache innerhalb weniger Minuten in Ordnung. Ach, wahrscheinlich genügen einige Sekunden. Und wenn ich schon einmal dabei bin, checke ich auch den Rest durch.«

Der ältere Mann richtete sich auf, was ihm ein wenig

Mühe bereitete. »Meine Güte...« Er kratzte sich am stoppeligen Kinn. »Sie sind es wirklich, nicht wahr?«

LaForge trug zivile Kleidung – kein Wunder. Er hatte Starfleet vor vielen Jahren verlassen, wenn auch vor nicht so vielen wie Picard. Künstliche Augen ersetzten das VISOR, und das Gesicht wirkte runder als früher. Hinzu kam ein grauer Oberlippenbart. Dies war kein junger Offizier mehr, sondern ein reifer, erfahrener Mann.

Die Zeit blieb für niemanden stehen. Picard fühlte eine gewisse Niedergeschlagenheit, als er daran dachte.

»Hallo, Captain«, sagte LaForge. »Oder sollte ich Sie ›Botschafter‹ nennen?«

Picard schnaubte leise. »Das mit dem *Botschafter* liegt auch schon eine ganze Weile zurück.«

Der jüngere Mann zuckte mit den Schultern. »Wie wär's mit ›Mr. Picard‹?«

»Was halten Sie von *Jean-Luc?*« erwiderte der alte Winzer.

LaForge sah ihn verdutzt an, und seine artifiziellen Augen glänzten. »Ich weiß nicht, ob ich mich daran gewöhnen kann, aber ich werd's versuchen.«

Eine Zeitlang standen sie stumm im Sonnenschein und musterten sich gegenseitig. Jeder von ihnen sah einen alten Freund und Kameraden.

Schließlich brach Picard das Schweigen.

»Lieber Himmel, Geordi... Wie lange ist es her?«

LaForge brummte leise. »Hm... etwa neun Jahre.«

»Nein, nein. Ich meine: Wann haben Sie mich zum letztenmal *Captain* genannt? Wann waren wir alle zusammen, an Bord der *Enterprise?*«

Der ehemalige Chefingenieur brauchte etwas länger, um diese Frage zu beantworten. »Seitdem sind fast fünfundzwanzig Jahre vergangen.«

Picard schüttelte den Kopf. »Fünfundzwanzig Jahre...« Er lächelte. »Das Schicksal hat es gut mit Ihnen gemeint, Commander.«

Der jüngere Mann klopfte sich auf den Bauch. »Vielleicht ein wenig zu gut.« Er blickte sich um und bemerkte die Gartenwerkzeuge, die Picard – wie an jedem Morgen – mitgebracht hatte. Sie lagen in der Nähe bereit.

»Kann ich Ihnen helfen, Sir?«

Der ältere Mann zuckte mit den Achseln. »Ich beschneide nur die Reben. Das schaffe ich auch allein.«

LaForge ging in die Hocke und betrachtete eine Weinrebe.

»Offenbar gibt es hier Miniermotten«, sagte er nach einigen Sekunden. »Vielleicht sollten Sie spritzen.«

Picard richtete einen erstaunten Blick auf ihn. »Was wissen *Sie* von Miniermotten?« fragte er neugierig.

Soweit er wußte, hatte LaForge nie den botanischen Garten der *Enterprise* aufgesucht und sich immer nur um die Aggregate des Raumschiffs gekümmert. Konnte sich jemand wie er mit terranischen Parasiten auskennen?

»Meine Frau liebt die Gartenarbeit«, erklärte Geordi. »Ich habe viel von ihr gelernt. Ich meine … Wenn man mit jemandem zusammenlebt, der vollkommen in die Natur vernarrt ist, so färbt das eine oder andere ab. Neulich hat sie Stunden damit verbracht, eine einzelne Blume zu pflanzen. Ein sehr empfindliches Gewächs namens *B'lednaya*. Ich glaube, so nannte sie es.«

Unaufgefordert griff er nach dem kunststoffumhüllten Draht auf dem Boden und begann damit, die Reben zu binden. Picard sank neben ihm auf die Knie und stellte zufrieden fest, daß LaForge alles richtig machte.

»Wie geht es Leah?« fragte er.

Geordi lachte leise. »Sie hat viel zu tun – selbst dann, wenn sie keine Blumen pflanzt. Man hat sie gerade zur Direktorin des Daystrom-Instituts ernannt. Was bedeutet, daß sie härter arbeiten muß als jemals zuvor. Nun, sie hat es sich immer gewünscht.«

Picard nickte angemessen beeindruckt. »Das Daystrom-Institut, wie? Und die Kinder? Was ist mit Bret und Alandra? Und mit …« Er versuchte, sich an den dritten Namen zu erinnern.

LaForge half ihm auf die Sprünge. »Und *Sidney*. Eigentlich sind es gar keine Kinder mehr, Captain. Bret bewirbt sich um einen Studienplatz an der Starfleet-Akademie, und seine Lehrer glauben, daß er auch einen bekommt – wenn er in der Quantenmechanik etwas besser wird.«

Picard seufzte. »Unglaublich«, sagte leise. Einmal mehr musterte er den Besucher. »Was führt Sie hierher?«

LaForge sah auch weiterhin auf die Reben. »Oh … Ich wollte nur einmal vorbeischauen. Sie wissen ja, wie das ist. Ich dachte an die gute alte Zeit mit der *Enterprise*, daran, wieviel Spaß wir damals hatten. Und da ich in der Gegend war …«

Picard ahnte, daß etwas nicht mit rechten Dingen zuging. »Von wegen. Sie sind nicht zur Erde geflogen, nur um mal ›vorbeizuschauen‹. Rigel Drei ist …« Wie viele Lichtjahre erstreckten sich zwischen jenem Sonnensystem und Sol? Er entsann sich nicht mehr daran. »… ziemlich weit entfernt«, beendete er den begonnenen Satz.

LaForge schluckte. In Hinsicht auf Täuschungsmanöver war er jetzt nicht geschickter als vor fünfundzwanzig Jahren.

»Ja«, bestätigte er. »Das stimmt.«

Picard bedachte ihn mit einem durchdringenden Blick. »Sie haben davon gehört, nicht wahr?«

Der jüngere Mann wandte sich ihm zu. »Nun, Leah hat einige Freunde in der medizinischen Abteilung von Starfleet. Und gewisse Dinge sprechen sich herum, vor allem dann, wenn es dabei um jemanden wie Sie geht.«

Empörung zitterte in Picard. »Ich bin kein Krüppel. Es kann viele Jahre dauern, bis das Irumodische Syndrom akut wird.«

LaForge nickte. »Ich weiß. Aber als ich davon erfuhr … Ich wollte einfach sehen, wie es Ihnen geht.«

Picard zögerte und spürte, wie der Ärger nachließ. Geordi hatte ihn natürlich nicht beleidigen wollen. Ganz im Gegenteil: Er war gekommen, um ihm ein wenig moralische Unterstützung zu gewähren. Es gab keinen Grund, ihm irgend etwas vorzuwerfen.

»Nun …« Picards Stimme klang jetzt sanfter, nicht mehr annähernd so zornig. »Da Sie schon einmal hier sind, können Sie mir beim Tragen der Werkzeuge helfen.«

LaForge lächelte. »Einverstanden.«

Picard erhob sich umständlich und nicht ohne Schmerzen. »Ich koche nicht so gut wie Leah«, warnte er. »Aber ich kann meinen Gästen noch immer einen ordentlichen Tee anbieten.«

Er griff nach einigen Arbeitsgeräten und beobachtete, wie LaForge seinem Beispiel folgte. Seite an Seite schritten sie dem Haus entgegen, in dem Picard aufgewachsen war. Nur ein Teil davon zeigte sich hinter der Hügelkuppe.

»Übrigens …«, sagte der Winzer. »Ich habe Ihren letzten Roman gelesen. Nicht übel. Ganz und gar nicht übel.«

»Er hat Ihnen gefallen?« fragte Geordi. Wie bei vielen Autoren verbarg sich etwas Kindliches in ihm, das auf Anerkennung hoffte.

Picard nickte. »Ja. Er zeichnet sich durch eine gewisse … Authentizität aus, die ich erfrischend fand. Allerdings: Mit dem Protagonisten konnte ich mich nicht anfreunden. Wie hieß er doch noch?«

»Patrick.«

»Ja, Patrick. Ich hätte einen anderen Kommandanten für mein Schiff gewählt. Aber das ist nur eine persönliche Mei …«

Picard unterbrach sich und verharrte abrupt. Fünfzig Meter weiter vorn standen drei der scheußlichsten Menschen, die man sich vorstellen konnte.

Er kannte keinen von ihnen, sah sie nun zum erstenmal. Was machten sie in seinem Weinberg?

Bevor er eine entsprechende Frage formulieren konnte, zeigten die drei Gestalten auf ihn und lachten höhnisch. Aus vollem Halse grölten sie, schienen irgend etwas an ihm überaus komisch zu finden. Picard schnaubte entrüstet.

Aus den Augenwinkeln sah er, wie LaForge ihn besorgt musterte.

»Ist alles in Ordnung mit Ihnen, Captain?« fragte er.

»Es geht mir gut«, erwiderte Picard und behielt die Fremden im Auge. »Ich möchte nur wissen, was die Leute dort in meinem Weinberg zu suchen haben...«

»Captain?«

Picard drehte den Kopf, als er die Stimme der Shuttlepilotin hörte. »Ja, Lieutenant?«

»Ist alles in Ordnung mit Ihnen?«

Er wußte es nicht genau und hatte das seltsame Gefühl, bis eben geistig und körperlich an einem anderen Ort gewesen zu sein. An einem Ort, der kaum einen größeren Kontrast zum Shuttle *Galileo* hätte bilden können.

Das war natürlich lächerlich. Während der letzten Minuten hatte er im Copilotensessel der kleinen Raumfähre gesessen, die ihn zu seinem neuen Schiff brachte.

Vielleicht hieß die Ursache schlicht und einfach Nervosität. Immerhin lag sein letztes Kommando schon einige Jahre zurück, und diesmal erwartete ihn ein wesentlich größeres Raumschiff als die *Stargazer*.

»Sir?« fragte die Pilotin. Ihre Aufgaben beschränkten sich nicht nur darauf, das Shuttle zu fliegen; sie gehörte auch als Senior-Offizier zu Picards neuer Crew.

Er sah sie an und stellte fest: Bei ihr bildeten kühle Sachlichkeit und beeindruckende Attraktivität eine sonderbare Mischung. Die Innenbeleuchtung des Shuttles verlieh ihrer Haut einen grünlichen Ton und spiegelte sich in smaragdfarbenen Augen wider.

Picard lächelte ein wenig verlegen. »Bitte entschuldigen Sie, Lieutenant Yar. Ich bin mit den Gedanken woanders gewesen. Was haben Sie gesagt?«

Die junge Frau schien sich ein wenig zu entspannen. »Ich habe gefragt, ob Sie schon einmal an Bord eines Schiffes der Galaxy-Klasse gewesen sind, Sir.«

Picard besann sich auf diese Frage. Er hatte noch immer das Gefühl, woanders etwas Unerledigtes zurückzulassen, versuchte jedoch, nicht mehr darauf zu achten.

»Nein«, antwortete er. »Natürlich kenne ich die Konstruktionspläne und technischen Einzelheiten, und ich habe auch Holographien gesehen ... Aber jetzt gehe ich zum erstenmal an Bord eines solchen Schiffes.«

Die junge Frau schmunzelte – in ihrem Lächeln kam mehr Stolz als Freude zum Ausdruck. »Nun, Sir, wenn Sie mir diese Bemerkung gestatten ... Dann steht Ihnen ein echtes Erlebnis bevor. Die *Enterprise* ist ein großartiges Schiff.«

Der Captain nickte. »Daran zweifle ich nicht.«

Er konnte es noch nicht sehen. Andere Schiffe versperrten ihm die Sicht, schwebten wie eine Horde besonders exotischer Tiere in der Raumwerft. Doch es würde nicht mehr lange dauern, bis er die *Enterprise* zu Gesicht bekam.

Derzeit fand er Lieutenant Yars Züge viel interessanter. Irgend etwas an ihr erschien ihm ... vertraut, auch wenn er das erst jetzt bemerkte.

Er war ziemlich sicher, dieser Frau nie zuvor begegnet zu sein, doch sein Instinkt behauptete, daß er sie kannte.

Nach einer Weile spürte Yar, daß der Blick des Captains auf ihr ruhte. Sie sah zur Seite.

»Sir?« Eine kurze Pause. »Ist mir ein Fehler unterlaufen?«

»Nein«, erwiderte Picard. »Nein, natürlich nicht, Lieutenant.«

Er bedauerte das Mißverständnis. Wie neugierig er auch sein mochte – es war falsch, so zu starren.

»Sie erscheinen mir vertraut«, erklärte er. »Ich habe mich gefragt, ob wir uns schon einmal begegnet sind.«

Yar runzelte die Stirn. »Ich glaube nicht.«

Picard nickte. »Vermutlich haben Sie recht«, pflichtete er ihr bei.

Die Frau wandte sich wieder der Konsole zu. Eine Sekunde später summte der Kommunikator, und sie aktivierte ihn sofort.

»*Enterprise* an Shuttle *Galileo*«, tönte es aus dem Lautsprecher. »Wir erwarten Sie in Shuttlehangar zwei.«

»Bestätigung, *Enterprise*«, sagte Lieutenant Yar knapp. Sie berührte einige Schaltflächen und deutete dann ins All, auf eine Stelle zwischen zwei kleineren Raumschiffen. Der Captain blickte in die entsprechende Richtung und reckte den Hals, doch zuerst konnte er nichts erkennen.

»Da ist sie«, meinte Yar.

Und dann sah er sie ebenfalls: die neue *Enterprise*, die zur Galaxy-Klasse gehörte. Sein Herz schlug schneller, als ihm Schönheit und majestätische Eleganz des großen Raumschiffs deutlich wurden.

Allein das Diskussegment bot mehr als tausend Personen Platz. Die Warpgondeln befanden sich nicht wie bei der *Stargazer* über dem Schiff, sondern darunter: zwei anmutige Zylinder, in denen gewaltige Kraft schlummerte. Selbst inmitten der anderen Raumschiffe fiel die *Enterprise* sofort auf, schien regelrecht zu schimmern.

»Sie ist schön.« Picard hörte die eigene Stimme wie aus der Ferne. Die Worte schienen nicht zu genügen, um den Anblick zu beschreiben. »Sie ist nicht nur schön, sondern atemberaubend.«

Lieutenant Yar nickte. »Das finde ich auch …«

»... Captain?«

Picard blinzelte. Er saß wieder in Deanna Trois Quartier und hielt eine Tasse mit kaltem Tee in der Hand. Die Counselor sah ihn an, und in ihren dunklen Augen zeigte sich Besorgnis. Ein seltsames Gefühl regte sich in Picards Magengrube; nie zuvor hatte er auf diese Weise empfunden.

»Tasha ...«, murmelte er, und sein Blick reichte ins Leere.

»Wie bitte?« ließ sich Deanna vernehmen.

»Tasha«, wiederholte Picard, und die eigene Stimme klang fremd. »Ich habe gerade neben Tasha gesessen, an Bord eines Shuttles ...«

Plötzlich war es zuviel für ihn. Die angestaute Desorientierung spülte wie eine Flutwelle durch sein Bewußtsein, zerfetzte alle mentalen Dämme und schwemmte Gedanken fort. Irgendwo in einer anderen Welt fiel eine Tasse auf den Tisch und zerbrach.

Ein langer, schwindelerregender Sturz in den Sessel folgte. Hinter Picards Stirn herrschte ein heilloses Durcheinander; tausend Glocken schienen dort zu läuten, eine lauter als die andere. Er preßte sich die Hände an die Ohren, doch der Lärm dauerte an.

»Captain?« Deannas alarmierte Stimme. Und noch einmal: »Captain?«

Ein Pochen folgte, verursacht von einer Hand, die auf ein metallenes Objekt klopfte. Übelkeit quoll in Picard empor.

»Troi an Dr. Crusher.« Die Worte kamen aus unmittelbarer Nähe und ertönten gleichzeitig in weiter Ferne. »Mit dem Captain stimmt was nicht. Wir sind zur Krankenstation unterwegs.«

Dann verlor Picard das Bewußtsein.

4

Dr. Beverly Crusher sah den Captain nicht zum erstenmal in Nöten, doch nie zuvor hatte er so hilflos gewirkt.

Er saß in seinem Bademantel auf dem Biobett vor ihr und starrte schon seit einer Minute ins Leere. Die Ärzte und Pfleger in der Krankenstation schien er überhaupt nicht zu bemerken.

Beverly fühlte ebenfalls eine gewisse Hilflosigkeit, und zwar aus gutem Grund: Sie hatte mehrere Sondierungen in bezug auf die Hirnaktivität durchgeführt, ohne eine Erklärung für die jüngsten Erlebnisse Jean-Lucs zu finden. Sie seufzte nun, als sie den letzten Scan mit dem Tricorder beendete und aufs Display des Gerätes sah.

Troi stand am Fußende des Bettes und musterte die Ärztin hoffnungsvoll. Dr. Crusher mußte sie leider enttäuschen.

»Ich habe nichts entdeckt, das Halluzinationen oder eine psychogene Reaktion verursachen könnte«, sagte sie.

Der Captain wandte sich ihr zu. »Nichts?«

»Nichts«, bestätigte Beverly.

»Gibt es irgendwelche Hinweise auf Zeitsprünge?« fragte Troi. »Oder haben Sie etwas anderes gefunden?«

Crusher schüttelte den Kopf. »Nein. Bei Zeitsprüngen bleiben für gewöhnlich Trypaminreste in der Hirnrinde zurück. Doch in dieser Hinsicht sind die Scans negativ.«

Sie legte dem Captain sanft die Hand auf die Schulter. Er nahm die Geste mit einem schiefen Lächeln zur

Kenntnis, doch die Schatten der Besorgnis wichen nicht aus seinem Gesicht.

Beverly versuchte, die allgemeine Stimmung zu verbessern. »Vielleicht macht es Ihnen einfach nur Spaß, andere Leute um ihren wohlverdienten Schlaf zu bringen.«

Picard sah zu ihr auf und schien dankbar für das Bemühen der Ärztin zu sein, die Spannung zu lindern.

»O ja«, sagte er und ging auf den Scherz ein. »Eins meiner Hobbys besteht darin, barfuß durchs Schiff zu wandern. Das finde ich ...« Er suchte nach dem richtigen Wort. »... erfrischend.«

Daraufhin lächelte Beverly. »Das glaube ich Ihnen gern.«

»Dr. Crusher?«

Die Ärztin drehte sich um und sah Alissa Ogawa, die sich mit einem Datenblock näherte. Alissa gehörte zu den Krankenschwestern und war im sechsten Monat schwanger, was man ihr auch deutlich ansah.

»Hier sind die Ergebnisse der biospektralen Analyse«, sagte sie.

»Danke, Alissa«, erwiderte Crusher.

Ogawa lächelte und durchquerte die Krankenstation, um ihre Aufmerksamkeit anderen Dingen zu schenken. Die Ärztin sah aufs Display des Datenblocks und nickte – offenbar hatte sie mit solchen Resultaten gerechnet.

»Nun?« fragte Picard, der sie die ganze Zeit über beobachtet hatte.

»Die Ergebnisse der Blutgasanalyse sind so beschaffen, wie man es bei jemandem erwartet, der über Wochen hinweg die Luft an Bord dieses Schiffes geatmet hat«, sagte Beverly. »Wenn Sie sich an einem anderen Ort aufgehalten hätten, so wäre das nicht ohne Einfluß auf den im Blut gelösten Sauerstoff geblieben. Doch solche Indizien fehlen. Woraus folgt: Soweit ich das feststellen kann, sind Sie die ganze Zeit über an Bord der *Enterprise* gewesen.«

Picard runzelte die Stirn. »Ich verstehe das nicht«, sagte er. Sein Blick reichte wieder in die Ferne, auf eine Weise, die das Mitgefühl der Ärztin weckte. Unglücklicherweise hatte sie noch eine schlechte Nachricht für ihn.

»Wenn Sie uns bitte entschuldigen würden, Counselor ...«, sagte sie zu Troi.

Deanna erholte sich schnell von ihrer Überraschung. »Natürlich«, erwiderte sie. Und zum Captain: »Wir sehen uns später.«

Jean-Luc nickte nur. Sein Blick klebte nun an der Ärztin fest, und in seinen Augen leuchtete eine stumme Frage: *Was haben Sie mir mitzuteilen?*

Troi verließ die Krankenstation, und Beverly Crusher musterte ihren Patienten. Was jetzt kam, war nicht einfach, weder für sie noch für Picard.

Sie gab sich einen inneren Ruck.

»Bei den Sondierungen haben sich keine konkreten Hinweise auf das Irumodische Syndrom ergeben, Jean-Luc«, sagte sie. »Allerdings wurde ein ganz spezieller Defekt im Scheitellappen festgestellt.« Beverly legte eine kurze Pause ein und wählte ihre Worte mit besonderer Sorgfalt. »Er könnte zu mehreren neurologischen Funktionsstörungen führen, unter anderem zum Irumodischen Syndrom.«

Der Captain verarbeitete diese Neuigkeit. »Ich verstehe«, sagte er schließlich.

Bisher hatte er sich mit etwas auseinandergesetzt, das *woanders* stattfand und bei dem es sich wahrscheinlich um einen besonders intensiven Alptraum handelte. Jetzt erweiterte sich dieser Alptraum – beziehungsweise ein Teil davon – und wuchs in die Wirklichkeit hinein.

Neuerliche Unruhe erfaßte ihn, aber er hütete sich davor, irgendein Anzeichen von Selbstmitleid zu offenbaren.

»Es ist durchaus möglich, daß du trotz des Defekts nie erkrankst, Jean-Luc«, fuhr Beverly fort und ging zum Du über, da sich niemand in der Nähe befand. »Und selbst wenn es zu dem Syndrom kommt: Viele Leute führen trotzdem noch lange ein ganz normales Leben.«

Jean-Luc lächelte offen und mutig. »Weshalb siehst du dann so aus, als hättest du gerade mein Todesurteil verlesen?«

Er sprach diese Worte mit einem angedeuteten Schmunzeln, damit ihn die Ärztin nicht falsch verstand. Es ging ihm nun ebenfalls darum, die Spannung zu verringern.

Picard zweifelte nicht daran, daß sich Beverly Crusher persönlich betroffen fühlte. Sie war nicht nur seine Ärztin, sondern auch ein guter Freund. Sie hätte sogar noch mehr werden können.

»Entschuldigung.« Dr. Crusher rang sich ein Lächeln ab. »Ich … bin darauf ebensowenig vorbereitet gewesen wie du.«

Der Captain atmete tief durch. »Nun, entweder passiert's, oder es passiert nicht. Da sich die Sache unserer Kontrolle entzieht, hat es keinen Sinn, deswegen Trübsal zu blasen.« So etwas wie Trotz leuchtete nun in seinen Augen. »Aus irgendeinem Grund bin ich sicher, daß du mich noch ziemlich lange ertragen mußt.«

Die Ärztin zuckte mit den Schultern. »Das schaffe ich schon, auch wenn's nicht leicht wird«, sagte sie und ging damit auf den leichten Tonfall des Captains ein.

Sie wollte noch etwas hinzufügen, überlegte es sich jedoch anders, als der Erste Offizier Will Riker hereinkam. Mit langen Schritten trat er näher und wirkte so ernst, wie sich Beverly fühlte. Riker wußte natürlich nichts von dem drohenden Irumodischen Syndrom, das der Ärztin noch mehr Sorgen bereitete als der gegenwärtige Zustand des Captains.

Picard sah seinem Stellvertreter entgegen. »Nun?« fragte er. »Hat Worf etwas herausgefunden?«

Riker schüttelte den Kopf. »Nein, Sir. Bei seinen Sondierungen ergab sich nichts.« Wie entschuldigend breitete er die Arme aus. »Man überprüft auch die Sensoraufzeichnungen, aber es fehlt noch immer jeder Hinweis darauf, daß Sie das Schiff verlassen haben.«

Jean-Luc stand auf und räusperte sich. »Es war kein Traum«, beharrte er. »Etwas *geschah.*«

Eine Stimme drang aus dem Lautsprecher der internen Kommunikation. »Worf an Captain Picard.«

Der Captain sah auf. »Sprechen Sie, Lieutenant.«

»Admiral Nakamura hat sich mit uns in Verbindung gesetzt, Sir. Die Nachricht ist mit ›Priorität eins‹ klassifiziert.«

Priorität eins? Dann mußte es wirklich wichtig sein. Crusher wußte, daß Starfleet eine solche Klassifizierung nur dann verwendete, wenn besondere Umstände dies verlangten.

Jean-Luc wandte sich ihr zu. »Beverly?«

Sie erahnte sein Anliegen – und hatte keine Einwände. »In Ordnung«, sagte sie. »Mein Büro steht Ihnen zur Verfügung.«

Der Captain nickte dankbar. »Mr. Worf ... Schalten Sie einen Kom-Kanal zum Büro des Ersten Medo-Offiziers.«

»Aye, Sir«, erwiderte der Klingone. »Kanal wird geschaltet.«

Picard schritt durch die Krankenstation, und Beverly Crusher seufzte. Sie hoffte, daß Nakamura nicht zuviel vom Captain verlangte. Er war schon genug Streß ausgesetzt.

5

Picard betrat das Büro der Ärztin, nahm am Schreibtisch Platz und schaltete das Computerterminal ein. Fast sofort erschien das ernste Gesicht von Admiral Nakamura auf dem Schirm.

»Captain ...«, sagte er.

»Admiral ...«, erwiderte Picard. Bei Mitteilungen der Priorität eins hielt man sich nicht mit Smalltalk auf.

Nakamura beugte sich ein wenig vor. »Ich veranlasse Alarmstufe Gelb, Jean-Luc, und zwar für die ganze Flotte. Unser Geheimdienst hat beunruhigende Nachrichten aus dem romulanischen Reich übermittelt.«

»Worum geht es dabei?« fragte Picard.

Der Admiral runzelte die Stirn. »Die Romulaner scheinen sich auf irgend etwas vorzubereiten. Mindestens dreißig Kriegsschiffe sind aus anderen Gebieten abgezogen worden und fliegen in Richtung Neutrale Zone.«

Das waren tatsächlich beunruhigende Nachrichten. »Gibt es einen Grund für die plötzliche Aggressivität der Romulaner, Admiral?«

»Vielleicht«, sagte Nakamura. »Unsere Agenten auf Romulus haben gemeldet, daß etwas *in* der Neutralen Zone geschieht, im Devron-System, um ganz genau zu sein. Mit unseren Fernbereichssensoren ist es uns gelungen, eine Raum-Anomalie in der betreffenden Region zu orten. Es läßt sich allerdings nicht genau feststellen, um was es sich handelt und warum die Romulaner so großes Interesse daran zeigen sollten.«

»Ich verstehe«, murmelte Picard. Und: »Wie lauten Ihre Anweisungen?«

Der Admiral schürzte die Lippen. »Es ist eine heikle Situation. Auf unserer Seite der Neutralen Zone patrouillieren fünfzehn Schiffe. Ich möchte, daß Sie ebenfalls dorthin fliegen. Versuchen Sie herauszufinden, was im Devron-System passiert.«

Der Captain überlegte kurz. »Bin ich befugt, die Grenze zur Neutralen Zone zu passieren?«

Nakamura schüttelte den Kopf. »Nein. Warten Sie zunächst ab, was die Romulaner unternehmen. Setzen Sie die Sensoren ein. Schicken Sie von mir aus Erkundungssonden. Aber fliegen Sie nicht als *erster* in die Neutrale Zone.«

»Verstanden«, sagte Picard.

»Viel Glück.« Damit verschwand das Gesicht des Admirals vom Bildschirm und wich den offiziellen Starfleet-Insignien.

Der Captain schaltete den Monitor aus, stand auf…

…und spürte jähen Schwindel. Er taumelte und fiel, suchte nach Halt…

Zwei starke Arme hielten ihn fest.

Er sah auf und stellte fest, wer ihn gerettet hatte: Geordi LaForge. Besorgnis zeichnete seine Miene.

»Was ist los, Captain?« fragte er.

Picard fand das Gleichgewicht wieder und sah sich um. Der Weinberg seiner Familie erstreckte sich in alle Richtungen. Aber… diese Szene war nicht *richtig*, oder? Er gehörte an einen anderen Ort…

»Stimmt was nicht?« fragte LaForge.

Der ältere Mann versuchte, ins Hier und Heute zurückzufinden. »Keine Ahnung«, sagte er. »Eben… war ich woanders…«

Die Sorgenfalten im Gesicht des Besuchers wurden tiefer und länger. »Wie meinen Sie das, Sir? Sie waren die ganze Zeit über hier bei mir.«

Picard suchte nach einer Antwort. Er trachtete danach, sich zu konzentrieren, sich zu erinnern, doch das verdammte Irumodische Syndrom sorgte immer wieder dafür, daß seine Gedanken zerfaserten.

Wenn er doch nur jünger wäre. Wenn er doch nur nicht an fortschreitendem geistigen Verfall gelitten hätte. Wenn …

Hör auf damit, rief er sich selbst zur Ordnung. *Selbstmitleid nützt dir überhaupt nichts. Besinn dich darauf, was gerade mit dir geschehen ist. Halt auch in den entferntesten Winkeln deines Gedächtnisses Ausschau …*

»Nein«, sagte er schließlich. »Ich befand mich nicht hier, sondern woanders. Und auch in einer anderen Zeit.« Er dachte noch angestrengter nach. »Ich habe mit jemandem gesprochen …«

Plötzlich fiel es ihm ein. *Beverly …*

»Beverly leistete mir Gesellschaft.«

Er sah zu LaForge auf und bemerkte die Ungläubigkeit in den Zügen des jüngeren Mannes. *Er fragt sich vermutlich, ob ich übergeschnappt bin.* Es zeigte sich in den Augen, auch wenn sie aus einem Labor stammten.

»Schon gut, Captain.« Geordi griff nach dem Arm des Winzers. »Es ist alles in bester Ordnung.«

Jäher Ärger entflammte in Picard, und er zog den Arm fort. »Ich bin nicht *senil.* Glauben Sie mir: Es hat tatsächlich ein räumlicher und zeitlicher Transfer stattgefunden. Zuerst war ich hier bei Ihnen – und dann fand ich mich an einem ganz anderen Ort wieder …«

Wo? dachte er. *Wo bin ich gewesen?*

Unmittelbar darauf offenbarte sich ihm eine Erkenntnis. »Die *Enterprise!*« entfuhr es ihm. »Ich befand mich wieder an Bord der *Enterprise!*«

Aber wie konnte so etwas möglich sein? Seit einem Vierteljahrhundert hatte er sein altes Schiff nicht mehr gesehen. Je mehr er nun darüber nachgrübelte, desto mehr Zweifel suchten ihn heim.

»Ich *glaube* zumindest, daß es sich um die *Enterprise*

handelte«, fuhr Picard fort. »Es schien die Krankenstation zu sein … Aber vielleicht war es auch ein Hospital oder so.« Er zuckte mit den Schultern. Woher sollte er es wissen? Gab es Gewißheit?

LaForge musterte ihn. »Ich glaube, wir sollten zum Haus zurückkehren, Captain. Wir könnten einen Arzt rufen …«

Das Feuer des Ärgers brannte bis zum Hals empor und drohte, ihn zu ersticken. *»Nein«*, krächzte er. »Ich weiß, was Sie denken: Es liegt am Irumodischen Syndrom; die Krankheit zersetzt den Geist des Captains. Nun, es liegt *nicht* daran. Und ich träume auch nicht mit offenen Augen, verdammt!«

LaForge hob die Hand. »Schon gut, schon gut, Sir. Beruhigen Sie sich.«

Picard spürte, wie die Hitze aus ihm wich. Er richtete sich zu seiner vollen Größe auf. »Ich nehme Ihre Entschuldigung an«, sagte er, obwohl sich sein Gast gar nicht in dem Sinne entschuldigt hatte.

»Es ist also etwas geschehen«, sagte LaForge vorsichtig. »Sie sind … äh … woanders gewesen. Und wieder zurückgekehrt.«

Picard nickte nachdrücklich. »Ja, genau.«

»Nun …« Der jüngere Mann richtete den Blick seiner künstlichen Augen auf ihn. »Was wollen Sie jetzt unternehmen?«

Der Winzer dachte über die Frage nach und versuchte, eine Entscheidung zu treffen. Schließlich fiel ihm etwas ein.

»Ich möchte mit *Data* sprechen«, sagte er.

LaForge zögerte, wartete vielleicht auf eine Erklärung. »Mit Data? Warum?«

Einmal mehr regte sich Ärger in Picard. »Weil ich mir Hilfe von ihm erhoffe.«

Geordi sah ihn an. »Wenn Sie gestatten, Sir … Welche Art von Hilfe meinen Sie?«

Daraufhin wurde der Zorn fast so heftig wie vorhin.

»Ich weiß es nicht!« donnerte Picard. »Ich habe keine Ahnung, verdammt! Aber ich möchte trotzdem mit Data reden, verstanden?«

LaForge antwortete nicht sofort und schien sich noch immer zu fragen, ob er die Wünsche des älteren Mannes ernst nehmen sollte. Nach einigen Sekunden beschloß er, auf ihn einzugehen.

»Na schön. Wir besuchen Data, wenn Sie solchen Wert darauf legen, Sir.«

»Es ist sehr wichtig für mich«, bestätigte Picard.

Geordi überlegte kurz. »Er lehrt noch immer an der Universität von Cambridge, oder?«

Unsicherheit erfaßte den Winzer. »Ja, ich glaube, er ...«

Picard beendete den Satz nicht, denn eine aus den Augenwinkeln wahrgenommene Bewegung lenkte ihn ab. Er wandte sich in die entsprechende Richtung – und sah wieder die zerlumpten, schmutzigen und hohlwangigen Gestalten.

Diesmal waren es nicht drei, sondern *sechs*.

Erneut zeigten sie auf ihn und stimmten ein höhnisches Gelächter an, dessen Grund dem früheren Captain verborgen blieb. Was hatte dies alles zu bedeuten?

Picard griff nach Geordis Arm und deutete zu den Fremden. »Sehen Sie die Leute?« fragte er.

LaForge ließ den Blick über den Weinberg schweifen. »Wen meinen Sie?« erwiderte er verwundert.

Der Winzer zeigte erneut in die entsprechende Richtung. »Die Leute dort. Sie lachen über mich. Warum lachen sie, verdammt?«

Ja, warum lachten sie? Was fanden sie so komisch? Und wer waren sie?

LaForge legte den Arm um Picards Schultern, schien ihn damit schützen zu wollen. »Kommen Sie, Captain. Statten wir Data einen Besuch ab.«

Picard wollte widersprechen – und stellte plötzlich fest, daß die Fremden verschwunden waren. Nicht eine einzige Spur hatten sie hinterlassen, kein Echo, keinen Lumpenfetzen. Mehrmals sah sich der Winzer um, doch außer LaForge befand sich niemand in der Nähe.

Wie konnten die gräßlichen Gestalten einfach so verschwinden? Sie schienen sich regelrecht in Luft aufgelöst zu haben.

Picard schluckte. »Ja«, murmelte er. »Data. Besuchen wir ihn ...«

Die Knie wurden ihm weich, und er ließ sich von LaForge zum Haus führen.

Die Universität von Cambridge hatte sich in den vergangenen tausend Jahren kaum verändert. Das wußte Geordi aus Berichten und Gesprächen mit Leuten, die diesen Ort besser kannten als er. Was ihn selbst betraf: Er war nur ein einziges Mal in Cambridge gewesen, und zwar als Kind während eines Familienausflugs.

Datas Universitätsresidenz erwies sich als ein altes englisches Herrenhaus, das aus dem sechzehnten Jahrhundert stammte und nach Holz roch. Als sich LaForge zusammen mit Picard der Eingangstür näherte, bemerkte er dort einen Klopfer aus Messing. Er präsentierte sich in Form eines Löwenkopfes mit langer Mähne.

Geordi lächelte. Hier verhielt es sich ähnlich wie auf dem Anwesen von Picards Familie: Man bewahrte und ehrte das Alte. An einem solchen Ort fühlte sich der Captain bestimmt wie zu Hause.

Picards Verhalten im Weingarten hatte LaForge beunruhigt, doch später, während der Reise, wirkte er nicht mehr so verwirrt und desorientiert. Die Aufregung schien es ihm zu erleichtern, seine Gedanken zu sammeln und sich zu konzentrieren.

Beim Flug von Frankreich nach England wäre Geordi fast bereit gewesen zu vergessen, daß Picard am Irumodischen Syndrom litt. Nun, *fast*. Der Zwischenfall mit dem Pudel hatte ihn wieder daran erinnert.

LaForge griff nach dem Klopfer und ließ ihn zweimal pochen. Kurze Zeit später schwang die schwere Holztür auf. Eine verdrießlich wirkende, gut fünfzig Jahre alte Frau mit gerötetem Gesicht sah ihnen entgegen. Sie war breit genug, um Neid in einem Tellariten zu wecken.

»Was wollen Sie?« fragte die Frau und sprach mit einem unüberhörbaren englischen Akzent. Das Funkeln der kleinen, tief in den Höhlen liegenden Augen wies darauf hin, daß die beiden Besucher nicht willkommen waren.

Natürlich wollten sich die beiden Männer jetzt nicht einfach abweisen lassen. »Wir möchten Mr. Data sprechen«, sagte der ehemalige Chefingenieur. »Ich bin Geordi LaForge, und das ist Jean-Luc Picard. Wir sind alte Freunde von Data.«

Die Augen der Frau bildeten jetzt nur noch schmale Schlitze. »Oh, da bin ich sicher. Offenbar sind alle Leute mit Mr. Data befreundet. Wie dem auch sei: Der Professor ist beschäftigt und darf nicht gestört werden.«

»Aber …«

»Tut mir leid.«

Die Frau wollte die Tür schließen, doch Picard trat rasch einen Schritt vor. In den kleinen Augen der Bediensteten schimmerte es empört.

»Wir müssen unbedingt mit ihm reden«, drängte Jean-Luc. »Deshalb sind wir extra aus Frankreich hierhergekommen.«

Die Frau schien keineswegs beeindruckt zu sein. »Hören Sie schlecht?« erwiderte sie. »Ich habe gesagt, der Professor ist *beschäftigt*. Wenn Sie einen Termin mit ihm vereinbaren möchten, so wenden Sie sich an die Universitätsverwaltung. Dort entscheidet man darüber, wie wichtig Ihr Anliegen ist. Und nun … Zwingen Sie mich nicht, die Polizei zu rufen. Ich würde nicht zögern, dem Constable Bescheid zu …«

»Jessel? Wer ist an der Tür?«

Geordi hätte die Stimme überall wiedererkannt – obwohl sie nun eine Ausdruckskraft hatte, die ihn erstaunte. Die Frau schnaufte verärgert – jetzt blieb ihr keine andere Wahl, als den Hausherrn auf die beiden Besucher hinzuweisen.

»Es sind nur zwei *Freunde* von Ihnen, Sir!« rief sie ins Haus. »Ich habe sie aufgefordert, ein anderes Mal wiederzukommen, weil Sie derzeit zu beschäftigt sind.«

»Ich bitte Sie, Jessel. Sie sollen doch keine Besucher verjagen ...«

Die Innentür öffnete sich, und eine vertraute Gestalt näherte sich. Als Androide war Data natürlich nicht gealtert, doch in seinem Haar zeigte sich ein auffallender grauer Streifen. Er konnte wohl kaum natürlichen Ursprungs sein, wirkte eher so, als hätte ihm jemand mit einem Pinsel über den Kopf gestrichen.

Data trug eine preiselbeerfarbene Hausjacke aus synthetischer Seide – was perfekt zur Umgebung paßte. Während er zu Geordi und Picard sah, blieb sein Gesicht einige Sekunden lang leer. Dann wuchs ein Lächeln auf den Lippen des Androiden.

»Geordi!« entfuhr es ihm. »Captain!« Er streckte ihnen die Hand entgegen.

LaForge ergriff sie als erster.

»Freut mich sehr, Sie wiederzusehen, Data.«

Picard schüttelte dem Androiden ebenfalls die Hand.

»Es ist lange her«, sagte er

Data nickte. »Zu lange, Sir.« Und zur Haushälterin: »Das sind meine alten Schiffskameraden, Jessel. Ich habe von ihnen erzählt.«

Die Frau brummte leise. »Oh. Der *Enterprise*-Haufen. Wie entzückend.« Sie drehte sich um und verschwand im Haus.

Data blieb gelassen und führte seine beiden Gäste herein. »Welch eine angenehme Überraschung«, sagte er. Lauter fügte er hinzu: »Tee und Kekse für alle, Jessel.«

6

Auf Picard wirkte Datas Bibliothek wie etwas, das aus einer Sherlock Holmes-Geschichte stammte. Sie bot viel Platz, war gemütlich eingerichtet und zeigte dem Besucher viele in Leder gebundene Bücher. Ein charakteristischer Duft ging von ihnen aus und verriet dem Kenner die Behandlung mit speziellen Konservierungsölen. Im Kamin brannte ein Feuer. Natürlich war es nicht echt, aber die holographische Nachbildung ließ sich kaum vom Original unterscheiden.

Einige Katzen wanderten umher oder schliefen hier und dort. Offenbar mochte Data diese Tiere noch immer, obwohl er mit Spot nicht nur positive Erfahrungen gesammelt hatte.

LaForge nickte anerkennend. »Ein beeindruckendes Heim, Data. Offenbar werden Cambridge-Professoren sehr gut behandelt.«

Der Androide zuckte mit den Schultern. »Es hat durchaus seine Vorteile, hier in Cambridge zu lehren. In diesem Haus wohnte Sir Isaac Newton, als er den Lehrstuhl für Mathematik innehatte. Seine Nachfolger setzten die Tradition fort.« Data zögerte kurz. »Ich stelle keine besonders hohen Ansprüche, und daher verwende ich nur drei der insgesamt siebenundvierzig Zimmer.«

Jessel kam mit einem silbernen Service herein, das im Schein des Kaminfeuers glänzte. Ihr Gesichtsausdruck deutete darauf hin, daß sie alles gehört hatte.

»Die übrigen Räume könnten wir ruhig mit Brettern

vernageln – es machte überhaupt keinen Unterschied«, grummelte die Haushälterin.

Sie wischte sich die Hände an der Schürze ab und beugte sich zu LaForge vor. »Sie sind sein Freund, wie?« fragte sie leise – aber laut genug, daß Picard sie hörte.

Geordi nickte. »Ja. Und nicht erst seit gestern.«

»Nun ...«, fuhr Jessel fort, »dann gelingt es Ihnen vielleicht, ihn dazu zu bringen, den grauen Streifen aus seinem Haar zu entfernen. Damit sieht er wie ein verflixter Skunk aus. Es dauert nicht mehr lange, bis die Leute zur anderen Straßenseite gehen, wenn sie ihn kommen sehen.«

Die Worte blieben dem Androiden nicht verborgen, und er bedachte die Haushälterin mit einem vorwurfsvollen Blick. »Danke«, sagte er. »Das ist alles.«

Stumm verließ Jessel den Raum. Data wandte sich seinen Gästen zu und lächelte schief.

»Manchmal kann sie recht anstrengend sein«, meinte er. »Aber dann und wann bringt sie mich zum Lachen.«

LaForge schmunzelte. »Was *ist* denn nun mit Ihrem Haar?«

Picard war froh, daß er nicht selbst danach fragen mußte. Er glaubte, in Datas Zügen Anzeichen von Verlegenheit zu erkennen.

»Ich habe festgestellt, daß graue Strähnen eine gewisse Würde verleihen«, erklärte der Androide. »Doch offenbar gibt es in diesem Zusammenhang noch immer einige Aspekte, die ich nicht ganz verstehe.« Er deutete auf zwei Sessel. »Bitte nehmen Sie Platz.«

Er schritt zum Service, schenkte Tee ein und reichte seinen Gästen gefüllte Tassen.

Dann setzte er sich ebenfalls und sah Picard an. »Niemand von Ihnen hat eine Vorliebe für Überraschungsbesuche. Daher nehme ich an, daß Sie aus einem ganz bestimmten Grund hier sind.«

Picard nickte und war dankbar dafür, daß er gleich

zur Sache kommen durfte. »Sie haben recht, Data. Ich benötige Hilfe …«

Er brauchte eine Weile, um seine jüngsten Erlebnisse zu schildern. Vielleicht dauerte es aufgrund der Krankheit länger, als es unter gewöhnlichen Umständen der Fall gewesen wäre, aber schließlich hatte er alle Einzelheiten erklärt.

»Ich weiß, wie es klingt«, sagte er zum Schluß. »Aber es ist tatsächlich geschehen. Ich befand mich wieder an Bord der *Enterprise*.«

Picard beobachtete, wie Data und LaForge einen Blick wechselten. Diesmal beschloß er, nicht darauf zu reagieren. Er mußte zugeben: An ihrer Stelle wäre er ebenfalls skeptisch gewesen.

»Ein normaler temporaler Transfer hinterläßt eine schwache Tachyonensignatur«, sagte der Androide, als eine große braune Katze über seinen Schoß wanderte. »Ich habe Sie sondiert, Sir, und derartige Spuren lassen sich bei Ihnen nicht finden.« Er wandte sich an LaForge: »Ist Ihnen irgend etwas aufgefallen, als es zu dem Phänomen kam?«

Geordi schüttelte den Kopf. »Nein. Wir gingen durch den Weinberg, und der Captain … stolperte plötzlich.«

Data überlegte kurz, und sein Blick kehrte zu Picard zurück. »Es ist zweimal passiert?«

Der ältere Mann nickte. »Ich *weiß* von zwei Zwischenfällen dieser Art, aber vielleicht gab es noch mehr …« Er verabscheute es, sich nicht erinnern zu können. »Leider bin ich nicht imstande, mich besser auszudrücken. Es liegt an dem dreimal verfluchten Syndrom. Manchmal kann ich einfach nicht so klar denken wie früher.«

Jessel kam herein, um das Service zu holen. Der Rest des Tees war längst kalt – wie einige Katzen bestätigen konnten, die neugierig den Inhalt der Tassen untersucht hatten. Während die Haushälterin abräumte, wandte sich der Androide erneut an Picard.

»Wann sind Sie zum letztenmal wegen des Irumodischen Syndroms untersucht worden, Captain?« fragte er.

Jean-Luc versteifte sich unwillkürlich. »Vor einer Woche. Der Arzt verschrieb mir Peridaxon. Und ja: Mir ist durchaus klar, daß es kein Heilmittel gibt. Nichts kann den Zerfall der Synapsen aufhalten. Das weiß ich.«

Wieder wechselten Data und LaForge einen Blick. Picard versuchte, ruhig zu bleiben, aber es gelang ihm nicht. Der Ärger entzog sich seiner Kontrolle.

»Sie halten mich für senil«, platzte es aus ihm heraus. »Sie glauben, es seien irgendwelche … Wahnvorstellungen. Geben Sie es zu.«

»Das hat niemand gesagt«, erwiderte LaForge.

Data bot die ungeschminkte Wahrheit dar. »Um ganz ehrlich zu sein, Captain: Ich habe an eine solche Möglichkeit gedacht. Allerdings lassen sich Ihre Ausführungen auch nicht ohne weiteres widerlegen. Deshalb sollten wir in Erwägung ziehen, daß tatsächlich etwas mit Ihnen geschieht.«

In Picard keimte Hoffnung, als er beobachtete, wie Data durch den Raum schritt. Mehrere Katzen wichen ihm aus. Der Androide wirkte jetzt wesentlich … *menschlicher* als bei ihrer letzten Begegnung. Zumindest schien er einige menschliche Gewohnheiten angenommen zu haben.

»Zunächst einmal sollten bei Ihnen einige neurographische Scans durchgeführt werden«, meinte Data. »Dazu können wir die Geräte in den biometrischen Laboratorien der Universität verwenden.« Er drehte sich zur Haushälterin um, die gerade eine Siamkatze von der Couch scheuchte. »Jessel, bitten Sie Professor Rippert, meine für morgen geplanten Vorlesungen zu übernehmen. Das heißt … Vielleicht sollte er mich für den ganzen Rest der Woche vertreten.«

Picard lächelte erfreut. »Das ist der Data, den ich kenne!« entfuhr es ihm. »Ich wußte, daß ich auf Sie zählen kann.« Er stand auf und …

…fühlte den harten Boden des Shuttlehangars unter den Füßen.

Picard sah sich um und hatte wieder das sonderbare Gefühl, bis eben an einem ganz anderen Ort gewesen zu sein. Schwindel erfaßte ihn, und fast hätte er die Hand ausgestreckt, um sich an der *Galileo* abzustützen. Doch die Desorientierung ließ rasch nach.

Zwei Dutzend Offiziere standen zu seinem Empfang bereit. Sie bildeten drei Reihen und wirkten entspannt.

Unter ihnen befand sich auch ein Klingone. Wie lautete sein Name? Worf, nicht wahr? Jean-Luc erinnerte sich an den persönlichen Hintergrund des Mannes, was ihm nicht sehr schwer fiel – immerhin war es sehr ungewöhnlich, daß ein Klingone in einer terranischen Familie aufwuchs.

Lieutenant Yar verließ das Shuttle und sagte laut: »Der kommandierende Offizier der *Enterprise!*«

Die Worte hallten von den Wänden wider. Es war ein stolzer Moment für Picard, und er ging nicht sofort vorüber. Ein Fähnrich holte eine altmodische Bootsmannspfeife hervor, setzte sie an die Lippen und blies hinein. Ein fast schrilles Signal erklang, und die Wartenden nahmen Haltung an.

Jean-Luc streifte die letzten Reste von Verwirrung und Benommenheit ab, trat zum nahen Podium, legte den Datenblock darauf und ließ den Blick übers Publikum schweifen. Er bemerkte weitere Gesichter, die er aus den Starfleet-Akten kannte. Nun, später bekam er genug Gelegenheit, sich mit ihnen vertraut zu machen. Derzeit erwartete man von ihm, daß er ganz offiziell das Kommando übernahm.

Er sah auf den Datenblock und las: »An Captain Jean-Luc Picard, Sternzeit vier eins eins vier acht …«

Irgend etwas veranlaßte ihn, den Kopf zu heben. Drei seltsame Gestalten standen auf dem Laufsteg des Shuttlehangars. Sie waren hohlwangig, trugen Lumpen …

Der Captain hatte den vagen Eindruck, sie nicht zum erstenmal zu sehen, sie schon einmal beobachtet zu haben. Aber wo?

Während Picard starrte, streckte eine der Gestalten den Arm aus und deutete auf ihn. Unmittelbar darauf lachten die drei Fremden. Jean-Luc blinzelte und glaubte, seinen Augen nicht trauen zu können.

Plötzlich waren die Zerlumpten verschwunden.

Picard wußte nicht, was er davon halten sollte. Die Verblüffung hinderte ihn zunächst daran, einen klaren Gedanken zu fassen. Er hielt sich für einen geistig gesunden, durch und durch rationalen Mann. Nie hatte er an irgendwelchen Halluzinationen oder dergleichen gelitten. Und doch war er gerade mit etwas konfrontiert worden, das eigentlich nur ein Hirngespinst sein konnte.

Jemand hüstelte. Picard erinnerte sich wieder an die versammelten Offiziere und sah zu ihnen – sie warteten.

Er faßte sich und las erneut den Text des Datenblocks. »Sie werden hiermit aufgefordert, das Kommando ...«

Wieder lenkte ihn etwas ab, und als er diesmal zum Laufsteg sah ... Dort standen jetzt nicht drei zerlumpte Gestalten, sondern *sechs*. Sie zeigten auf ihn, lachten noch lauter und höhnischer als vorher.

Und wie durch Magie verschwanden sie erneut. Von einem Augenblick zum anderen waren sie einfach nicht mehr da. Picard sah sich im Hangar um und entdeckte keine Spur der Fremden.

Er begann damit, zwei und zwei zusammenzuzählen. Gab es eine Verbindung zwischen den sonderbaren Gestalten und dem Gefühl der Desorientierung? Gehörte vielleicht alles zusammen?

Was auch immer der Fall sein mochte: Er konnte das Rätsel nicht ausgerechnet hier und jetzt lösen, während die Offiziere zugegen waren. Sie hätten ihren neuen Captain sicher für verrückt gehalten.

Er brauchte Zeit, um gründlich über alles nachzudenken. Dann gelang es ihm sicher, eine vernünftige Erklärung zu finden.

Zunächst aber mußte er diese Zeremonie hinter sich bringen, um anschließend sein Quartier aufzusuchen. Zum drittenmal konzentrierte er sich auf den Datenblock.

»... über die U.S.S. *Enterprise* zu übernehmen. Aktuelles Datum. Gezeichnet Konteradmiral Norah Satie, Starfleet Command.«

Picard schaltete den elektronischen Block aus, trat hinter dem Podium hervor und sah zu seiner neuen Crew. Die Männer und Frauen erwiderten seinen Blick. Erneut warteten sie auf die ersten direkten Worte des Captains einer nagelneuen *Enterprise*.

Bevor er die Offiziere mit einigen weisen Bemerkungen beeindrucken konnte, sah er wieder die Zerlumpten. Zehn waren es nun, und sie grölten aus vollem Hals. Instinktiv trat Picard einen Schritt zurück, um vorbereitet zu sein, falls die Fremden übers Geländer sprangen und sich auf ihn stürzten.

Doch es kam nicht zu einem Angriff. Einen Sekundenbruchteil später war der Laufsteg wieder leer, und eine gespenstische Stille dehnte sich im Hangar aus.

Nein, es konnte keine Halluzination sein. Es handelte sich gewiß nicht um Wahnvorstellungen eines müden oder gar gestörten Bewußtseins. *Irgend etwas geschieht hier*, dachte Picard. *Und bis ich genau weiß, was es damit auf sich hat, müssen alle notwendigen Sicherheitsmaßnahmen ergriffen werden.*

Er sah zu den Offizieren und rief: »Alarmstufe Rot! Gefechtsstationen besetzen!«

Zunächst starrten ihn die Versammelten nur verblüfft an. Fassungslosigkeit zeigte sich in ihren Zügen – sie schienen die Worte des Captains für einen Scherz zu halten. Nur ein Offizier nahm Picards Anweisung sofort ernst.

»Sie haben den Captain gehört!« ließ sich Lieutenant Yar laut vernehmen. »Bewegung!«

Das löste die Männer und Frauen aus ihrer Starre. Sie liefen los, gaben den Alarm-Befehl weiter und eilten zu ihren Posten.

Picard beobachtete die jähe Aktivität. Zwanzig Jahre lang hatte er die *Stargazer* kommandiert, doch so etwas erlebte er nun zum erstenmal.

Willkommen an Bord der Enterprise, *dachte er.*

7

»Alarmstufe Rot«, brummte Miles Edward O'Brien gedankenverloren, als er zusammen mit vielen anderen Besatzungsmitgliedern durch den Gang eilte. »Ich verstehe das einfach nicht.«

Sein Freund und Kollege Sutcliffe verstand es ebensowenig. Er wies deutlich darauf hin, als sie zum nächsten Turbolift hasteten.

»Ich habe davon gehört, daß neue Kommandanten die Crew sofort beeindrucken wollen«, sagte er. »Aber das eben war Blödsinn. Alle Leute zu den Gefechtsstationen zu schicken, ohne einen triftigen Grund ...« Sutcliffe seufzte. »Eine dumme Entscheidung vom Captain, ausgerechnet jetzt eine Übung zu veranstalten.«

O'Brien warf ihm einen kurzen Blick. »Sag so was nicht.«

»Was soll ich nicht sagen?«

»Daß der Captain eine dumme Entscheidung getroffen hat.«

»Warum denn nicht?« fragte Sutcliffe.

»Weil er der Captain ist«, erwiderte O'Brien.

»Und das bedeutet, er kann keine dummen Entscheidungen treffen?«

»Genau.«

»Willst du mich auf den Arm nehmen?« schnaufte Sutcliffe. »Raumschiffkommandanten sind auch nur Menschen. Oder Vulkanier. Oder Andorianer. Ihnen unterlaufen Fehler, so wie uns.«

»Ich sehe die Sache aus einem anderen Blickwinkel«, sagte O'Brien. »Man nörgelt nicht am Captain herum.

Nicht mal dann, wenn man mit einem Freund redet. Nicht einmal in *Selbstgesprächen.*« Er zögerte, erinnerte sich an sein früheres Schiff und den kommandierenden Offizier. »So war's an Bord der *Phoenix,* unter Captain Maxwell. Und so soll's auch hier sein, jedenfalls für mich.«

Sutcliffe lächelte. »Blinder Gehorsam? So was findest du gut?«

O'Brien zuckte mit den Schultern. »Ich meine Gehorsam, keine Blindheit. Man mag einen anderen Standpunkt vertreten als der Captain – daran gibt es nichts auszusetzen. Aber wenn man anfängt, die eigene Meinung für die maßgebliche zu halten, so fordert man Schwierigkeiten heraus.« Er brummte leise. »Starfleet Command hat nicht die Angewohnheit, das Kommando von Galaxy-Schiffen Berserkern oder Versagern anzuvertrauen. Wenn Captain Picard Alarmstufe Rot veranlaßte, so hatte er bestimmt einen guten Grund dafür.«

»Obwohl du nicht die geringste Ahnung hast, worin dieser ›Grund‹ bestehen könnte?« fragte Sutcliffe.

O'Brien runzelte die Stirn. »Es spielt keine Rolle, ob ich darüber Bescheid weiß oder nicht. Ich ...«

Er unterbrach sich, als er mit der Schulter gegen etwas stieß. Besser gesagt: gegen jemanden. Es handelte sich um eine Asiatin, die mehrere transparente Behälter mit Pflanzen trug. Einige davon fielen nun zu Boden.

»Oh, Mist«, fluchte O'Brien, ging in die Hocke und griff nach den Behältern. Seltsamerweise schien es die junge Frau gar nicht eilig zu haben, sie aufzuheben.

»Die *B'lednaya ...*«, stöhnte sie, und Schmerz zeigte sich in ihren dunklen Augen.

»Keine Sorge.« O'Brien lächelte. »Ich helfe Ihnen.«

Die Frau sah ihn an. »Sparen Sie sich die Mühe. *B'lednaya* sind sehr empfindlich.« Sie hob ein Gefäß. »Wie Sie sehen, sind die Stiele gebrochen.«

Das stimmte. Zwar sahen die violetten und gelben

Blumen noch immer so hübsch aus wie vorher, aber es würde nicht mehr lange dauern, bis sie verwelkten.

O'Brien fühlte sich schuldig. Aber er mußte zur Brücke, um bei Installationen zu helfen; man erwartete ihn dort in wenigen Minuten. Er wollte bei seinen vorgesetzten Offizieren keinen schlechten Eindruck machen, indem er sich verspätete.

Raumschiffkommandanten hatten für viel Verständnis, aber sie legten auch großen Wert auf Pünktlichkeit. Das wußte O'Brien aus eigener Erfahrung.

»Hören Sie …«, wandte er sich an die Frau. Sie war recht attraktiv, wie er jetzt bemerkte. »Es tut mir sehr leid, doch mein Dienst beginnt gleich. Sind Sie ganz sicher, daß ich Ihnen nicht helfen kann?«

Die Asiatin sah ihn an, und der Blick eines Ammoniakatmers hätte nicht eisiger sein können. »Ich glaube, Sie haben schon genug ›geholfen‹, oder?«

Nun, wenn sie die Sache so sieht …, dachte O'Brien.

Er stand auf und setzte den Weg zum Turbolift fort. Sutcliffe erschien wieder an seiner Seite und klopfte ihm auf die Schulter.

»Mach dir nichts draus«, kommentierte er. »Sie war ohnehin nicht dein Typ. Zu zart gebaut.«

O'Brien sah über die Schulter zurück. Als sie die Behälter mit den ruinierten Pflanzen einsammelte, fühlte er etwas, das er nie zuvor empfunden hatte. Schuldgefühle? Ja. Aber hinzu kam noch etwas anderes …

»Da hast du wahrscheinlich recht«, erwiderte er. Was ihn jedoch nicht daran hinderte, noch zweimal zurückzusehen, bevor er in den Turbolift trat.

Tasha Yar fühlte sich im Gesellschaftsraum des zehnten Vorderdecks nicht besonders wohl. Aber er gehörte zu den wenigen bereits vollständig eingerichteten Sektionen des Schiffes; deshalb eignete er sich gut für ihre Besprechungen mit verschiedenen Besatzungsmitgliedern.

Immerhin bekleidete sie den Rang eines Senior-Offiziers. Wenn alle Kollegen an Bord waren, beschränkte sich ihre Zuständigkeit auf die Sicherheit von Schiff und Crew. Doch derzeit mußte sie sich auch um viele andere Dinge kümmern: von den Dienstplänen der Shuttlehangars bis hin zur Ausstattung der Krankenstation.

Derzeit trank Yar zu stark gewürzte dagawarianische Malzmilch und wartete auf das Eintreffen der letzten Shuttlepiloten. Die Namen kannte sie bereits: Collins, Mayhew und Prieto. Bei allen drei war die Leistungsklassifikation ziemlich hoch – wenn auch nicht ganz so hoch wie bei ihr.

Tasha nahm zur Kenntnis, daß alle anderen Personen im Gesellschaftsraum mit Begleitern oder Begleiterinnen am Tisch saßen. Sie bildete die einzige Ausnahme. Nun, sie war an so etwas gewöhnt. Angesichts ihrer Herkunft zweifelte sie daran, ob sie jemals so gesellig wie andere Leute werden konnte.

Kurze Zeit später merkte sie, daß doch noch jemand anders allein an einem Tisch saß: Counselor Troi. Die Betazoidin war kurz nach Yar an Bord gekommen und beobachtete sie nun.

Tasha begegnete ihrem Blick, und daraufhin wandte sich die Counselor ab. Zu spät. Yar hatte die ihr geltende Aufmerksamkeit bemerkt und entschied, aktiv zu werden.

Sie nahm ihre Malzmilch, schritt zum Tisch der Betazoidin und setzte sich dort unaufgefordert. Troi lächelte, und ihr Gesicht verriet dabei einen Hauch Neugier.

Tasha glaubte nicht an beiläufiges Beobachten. »Sie haben mich angestarrt«, sagte sie. »Geben Sie es zu.«

Trois Lächeln verblaßte. »Ja«, erwiderte sie nach einigen Sekunden. »Das stimmt vermutlich.«

Ihre Ehrlichkeit verblüffte Yar, vertrieb jedoch nicht den Ärger aus ihr. »Weil Sie meinen Fall interessant finden«, fuhr sie fort. »Oder vielleicht nur deshalb, weil Sie nichts Besseres zu tun hatten.«

Dünne Falten formten sich in der betazoidischen Stirn. »Wie bitte, Lieutenant?«

Tasha brummte. »Was halten Sie davon? Wie schneidet meine Kindheit auf Turkana Vier im Vergleich mit anderen persönlichen Hintergründen ab, die Sie analysieren durften?«

Sie versteifte sich unwillkürlich, als die gräßlichen Erinnerungen zurückkehrten.

»Haben Sie viele Patienten, die sahen, wie ihre Verwandten im Kreuzfeuer starben?« fragte Yar. »Die Jahre damit verbrachten, in kalten, feuchten Tunneln zu schlafen? Oder die gar nicht zu schlafen wagten, weil sie ständig damit rechnen mußten, von Plünderern oder noch schlimmeren Leuten entdeckt zu werden?«

Die Counselor schüttelte den Kopf. »Lieutenant… Tasha…«

»Oh, ich weiß«, sagte der neue Sicherheitsoffizier. »Als Profi sind Sie nicht von den Dingen schockiert, die ich anstellen mußte, um zu überleben. Ich meine das vergossene Blut, die Lügen und notwendigen Bündnisse. Viele scheußliche Kompromisse waren notwendig, um es mir zu ermöglichen, am Leben zu bleiben und jene Hölle zu verlassen.«

»Es tut mir leid«, entgegnete Troi. »Ich weiß überhaupt nicht, wovon Sie reden. Besser gesagt: Bis eben wußte ich es nicht.«

Tasha sah sie groß an. Die Counselor schien aufrichtig zu sein, aber… »Sie sind Betazoidin, nicht wahr?« Und in einem vorwurfsvollen Tonfall fügte sie hinzu: »Sie können Gedanken lesen.«

»Eigentlich bin ich nur eine halbe Betazoidin«, sagte Troi. »Mein Vater kam von der Erde. Deshalb bin ich nur imstande, Gefühle zu erfassen.« Sie zögerte kurz. »Als Nichttelepathin auf Betazed aufzuwachsen… Das brachte viele Nachteile mit sich. Doch Sie hatten es offenbar weitaus schwerer.«

Tasha spürte, wie sie aus Verlegenheit errötete. »Sie

sind gar nicht fähig, meine Gedanken zu lesen?« vergewisserte sie sich. »Aber warum haben Sie mich dann beobachtet?«

Die Counselor vollführte eine entschuldigende Geste. »Das war unhöflich, ich weiß. Vielleicht heißt der Grund schlicht und einfach ... Neugier. Ich bin natürlich mit den Informationen Ihrer elektronischen Personalakte vertraut, aber es gab auch viele Dinge, die unklar blieben. Eine meiner Aufgaben besteht darin, ein besonderes Verständnis für jeden Offizier zu entwickeln.«

Tasha lehnte sich zurück. »Sie haben also nicht in meinem Bewußtsein herumgeschnüffelt und versucht, meine Gedanken zu lesen?«

Troi schüttelte den Kopf. »Selbst wenn ich dazu in der Lage wäre – von einer solchen Möglichkeit würde ich keinen Gebrauch machen. So sehr ich Sie auch verstehen möchte: Ohne Erlaubnis darf ich keinen ›Blick‹ in Ihre Psyche werfen. Das wäre alles andere als ethisch gerechtfertigt.«

Yar musterte die Counselor und kam sich *dumm* vor. »Allem Anschein nach ist eine Entschuldigung angebracht. *Ich* muß mich bei *Ihnen* entschuldigen, nicht umgekehrt.«

Die Betazoidin schüttelte erneut den Kopf. »Das ist nicht nötig. Sie haben die Situation falsch beurteilt, und so etwas kann jedem passieren. Ich schlage vor, wir vergessen die Sache einfach.«

Yar lächelte. »In Ordnung.« Sie sah über den Tisch und hoffte, daß sie eines Tages Freundschaft mit Troi schließen konnte. Ein erstrebenswertes Ziel: Immerhin waren sie beide Senior-Offiziere, und eine lange Zusammenarbeit stand ihnen bevor.

Außerdem fühlte es sich bestimmt gut an zu wissen, daß es an Bord eine Person gab, die im Notfall helfen, auf die sie sich verlassen konnte. Der Captain neigte ganz offensichtlich zu ausgeprägter Exzentrizität – von ihm durfte sie keine Unterstützung erwarten.

Plötzlich riß Troi die Augen auf und blickte über Yars Schulter hinweg. »Achtung!«

Tasha war immer sehr stolz auf ihre guten Reflexe gewesen. Mit einer fließenden Bewegung stand sie auf und wirbelte um die eigene Achse – rechtzeitig genug, um den taumelnden Kellner zu sehen. Mehrere heiße Getränke standen auf seinem Tablett.

Jemand anders hätte sich glücklich schätzen können, den Drinks auszuweichen. Tasha schaffte es, das Tablett so zu fangen, daß nur wenig von der heißen Flüssigkeit verschüttet wurde.

»Bitte verzeihen Sie«, sagte der Kellner. Er schien von der eigenen Ungeschicklichkeit bestürzt zu sein. »Ist alles in Ordnung mit Ihnen?«

Yar schnitt eine finstere Miene. »Passen Sie beim nächsten Mal besser auf. Die Counselor und ich hätten starke Verbrennungen erleiden können.«

»Ich weiß«, pflichtete ihr der Kellner bei. »Es ist nur ... Hier geht's drunter und drüber. Jemand sollte sich um den Gesellschaftsraum kümmern, alles organisieren und so. Jemand, der weiß, worauf es dabei ankommt.«

»Oder *die* weiß, worauf es ankommt«, betonte Tasha.

Der Wächter seufzte. »Er, sie oder es. Wichtig ist nur, daß hier jemand Ordnung schafft.«

Er ging fort und beherzigte dabei den Rat, vorsichtiger zu sein. Troi sah ihm fast reumütig nach. »Wissen Sie ... Ich habe bei der Planung dieser Sektion geholfen.«

Yar drehte sich zu ihr um. »Tatsächlich?«

Die Counselor nickte und nahm Platz. Tasha folgte ihrem Beispiel. »Es ging darum, einen Treffpunkt zu schaffen, wo die Leute ein wenig Dampf ablassen können. Ich meine einen Ort, um Konflikte zu lösen, neue Freunde zu finden und so weiter. Ich dachte, daß der Gesellschaftsraum mein Werk fortsetzt – wenn ich in dreißig Jahren in den Ruhestand trete, um mich mit anderen Dingen zu befassen.«

»Leider haben Sie die Notwendigkeit eines Sektionsleiters übersehen«, erwiderte Yar. »Ein Wirt gehört hierher. Beziehungsweise eine Wirtin.«

Troi seufzte leise. »Ja. Nun, die Verwaltung von Gesellschaftsräumen ist nicht gerade meine Spezialität.«

Yar lächelte unwillkürlich. Eine Sekunde später fiel ihr ein, daß die Pflicht rief. »Entschuldigen Sie bitte. Ich wollte mich mit einigen neuen Shuttlepiloten treffen. Um sie einzuweisen.«

»Verstehe«, sagte Troi. »Bleiben Sie ruhig hier sitzen. Ich muß ohnehin los. Sie können den ganzen Tisch für sich haben.«

Sie wartete keine Antwort ab und stand auf. Neuer Ernst vertrieb das Schmunzeln von ihren Lippen.

»Und noch etwas, Tasha ... Wenn Sie mit jemandem reden möchten ...«

»Dann weiß ich, wo ich einen Gesprächspartner finde«, entgegnete Yar. »Herzlichen Dank dafür.«

Die Counselor schritt zum Ausgang. Tasha sah ihr nach und bemerkte, daß zwei Shuttlepiloten den Gesellschaftsraum betraten. Collins und Mayhew kamen nur ein wenig zu früh. Und Prieto? Wo steckte er?

Mayhew deutete in ihre Richtung, und die beiden Piloten durchquerten den Raum. Sie setzten sich an den Tisch und schienen sofort mit der Besprechung beginnen zu wollen. Nun, wahrscheinlich ging es ihnen darum, diese Sache möglichst schnell hinter sich zu bringen. Damit sie sich um ihre Shuttles kümmern konnten.

»Wo ist ihr Kollege?« fragte Yar. »Prieto?«

Die beiden Piloten wechselten einen Blick. »Nun, äh ...«, begann Collins unsicher.

»Er wollte uns hier treffen«, sagte Mayhew. »Sobald er ...«

»Ja?« hakte Tasha nach.

Mayhew verzog das Gesicht. »Er hatte noch eine Verabredung, Lieutenant.«

Yar nickte langsam. »Und ich kann mir auch denken, was für eine. Vermutlich ist sie ... romantischer Natur.«

Mayhew sah wie jemand aus, der barfuß über glühende Kohlen laufen mußte. »Äh, etwas in der Art.«

Tasha sah zur Uhr an der Wand. Bestimmt dauerte es nicht lange, bis man sie entfernte – man konnte sich nicht richtig entspannen, wenn man dauernd an die Zeit erinnert wurde.

»Prieto hat noch genau neununddreißig Sekunden, um hier zu erscheinen«, sagte Yar. »Wenn er sich verspätet, wird er alt und grau, bevor ...«

Die Tür des Gesellschaftsraums öffnete sich, und Prieto kam im Laufschritt herein. Er zog sich einen Stuhl heran und nahm zwischen den beiden anderen Piloten Platz.

»Tut mir leid, daß es so knapp geworden ist«, sagte er. »Wissen Sie, ich ...«

»Schon gut«, unterbrach ihn Yar. Sie schnitt eine finstere Miene. »Um ganz ehrlich zu sein, Prieto: Leute wie Sie bringen mich noch ins Grab.«

Picards Quartier war noch nicht vollständig eingerichtet. Nun, eigentlich mußte erst noch mit der Einrichtung begonnen werden. Das Vorzimmer enthielt nur einen Monitor und einige andere Gegenstände, weiter nichts.

Trotzdem kam es einer Zuflucht gleich und bot Schutz vor den neugierigen Blicken der Besatzungsmitglieder, die sich nach wie vor fragten, warum er Alarmstufe Rot veranlaßt hatte. Picard teilte ihre Verwirrung, doch in seinem Fall galt sie nicht dem Alarm, sondern den Umständen.

Inzwischen zweifelte er kaum mehr daran, daß zwischen der Desorientierung und dem Erscheinen der Fremden im Shuttlehangar eine Verbindung existierte. Es handelte sich um zwei Aspekte eines größeren Problems, das noch verborgen blieb.

Der Türmelder summte, und Picard hob erstaunt den Kopf. Wer wollte ihn jetzt besuchen?

»Herein«, sagte er.

Das Schott glitt beiseite, und Jean-Luc sah einen rundlichen, blauhäutigen Bolianer in ziviler Kleidung. Der Mann lächelte ein wenig zu freundlich.

»Ich heiße Mot«, stellte sich der Bolianer vor. »Ich bin einer der Friseure an Bord dieses Schiffes.«

Picard starrte ihn groß an. Es hatten keine Friseure zur Crew der *Stargazer* gehört – aus Platzmangel. Doch bei der *Enterprise* war alles anders; sie kam fast einer fliegenden Stadt gleich.

»Freut mich, Sie kennenzulernen, Mot«, sagte der Captain.

Eigentlich wäre Picard jetzt viel lieber allein gewesen. Er mußte gründlich über einige Dinge nachdenken – je eher, desto besser.

»Die Freude ist ganz meinerseits, Sir«, erwiderte der Bolianer. »Natürlich würde ich es vorziehen, mit Ihnen zu sprechen, während Sie auf meinem Stuhl sitzen, vor allem deshalb, weil Sie ganz offensichtlich meine Dienste benötigen … Aber mir ergeht es wie Ihnen: Mein Friseurladen ist ebenso unvollständig eingerichtet wie Ihr Quartier.«

Picard nickte und versuchte, Anteilnahme zu zeigen. »Ich bin sicher, daß bald Abhilfe geschaffen wird«, antwortete Picard. »In Hinsicht auf Ihren Friseurladen, meine ich.«

»Das hoffe ich sehr«, entgegnete Mot. »Wissen Sie, an Bord eines so großen Raumschiffs ist der Friseurladen die mit Abstand wichtigste Sektion. Dort werden Ideen ausgetauscht, Entscheidungen getroffen und die Maschen des sozialen Gewebes gesponnen. Natürlich dient der Laden auch dazu, Haare zu schneiden, auf sehr geschickte und kunstvolle Art, wenn ich das hinzufügen darf.«

Der Captain gewann den Eindruck, daß diese Konversation Stunden dauern mochte, wenn er nicht aufpaßte. Oder gar Tage.

»Ich weiß, was Sie meinen«, gab er zurück. »Sofort nach unserem Gespräch wende ich mich an den für Ihr Deck zuständigen Offizier. Er oder sie wird dafür sorgen, daß die Einrichtung und Ausstattung Ihres Friseurladens absoluten Vorrang bekommen.«

Der Bolianer strahlte. »Das ist sehr nett von Ihnen. Hoffentlich erhalte ich Gelegenheit, mich dafür erkenntlich zu zeigen.« Er bedachte den Captain mit einem prüfenden Blick. »Ich könnte meine Instrumente holen. Normalerweise lehne ich Privatbesuche in Unterkünften ab, aber für jemanden wie Sie ... Ihr letzter Friseur scheint nicht sehr tüchtig gewesen zu sein ...«

»Nein«, sagte Picard etwas zu schnell. »Das ist nicht nötig ... Danke.«

Mot nahm keinen Anstoß daran. »Ich verstehe. Sie möchten warten, bis Sie zu mir in den Laden kommen können. Es geht Ihnen um die vollständige Erfahrung. Sie möchten gewissermaßen im Glanz der Tradition baden.«

»Ja«, bestätigte Picard, in dem sich Verzweiflung regte. »Sie haben völlig recht. Genau das ist mein Wunsch. Wenn Sie mich jetzt bitte entschuldigen würden ...«

»Ich hätte mir gleich denken können, daß Sie Purist sind«, sagte Mot. »Immerhin stammen Sie aus einer alten Winzerfamilie. Nun, es freut Sie sicher zu erfahren, daß sich meine Familie seit Generationen der Kunst des Haareschneidens widmet – so wie Ihre der des Weinbaus.«

Vage Bilder zogen am inneren Auge des Captains vorbei, blieben undeutlich und verschwommen. Er gab der Neugier nach. »Woher ... wissen Sie von meiner Herkunft?« erkundigte er sich.

»Ich bin Friseur«, erklärte Mot stolz, so als sei das Erklärung genug. »Und wie gesagt: Damit setze ich eine lange Familientradition fort. Während die Picards in ihren terranischen Weinbergen arbeiteten, schleiften wir die Scheren in unseren Läden auf Bol. Wir ...«

Der Captain hörte gar nicht mehr zu. Als Mot die Weinberge erwähnte, stimulierte er damit neue mentale Bilder, und diesmal waren sie nicht mehr ganz so undeutlich wie zuvor.

Picard sah eine Sonne, die hinter träge dahinziehenden Dunstschwaden aufging. Er entsann sich an Reben, die gebunden werden mußten. Und an den Besuch eines Freundes, mit dessen Augen etwas nicht stimmte.

In dem Traum – wenn es ein *Traum* war – fühlten sich Jean-Lucs Hände alt und steif an. Und sein Selbst ... Der Verstand funktionierte nicht mehr so gut wie früher. Was den Besucher betraf: Er hieß *...*

... Geordi. Plötzlich erinnerte er sich, nicht nur an den Weinberg, sondern auch an alles andere. Reminiszenzen strömten in sein Bewußtsein, rissen die geistigen Barrieren mühelos fort.

Der Weinberg ... die heruntergekommenen, in Lumpen gekleideten Gestalten ... Sie existierten in der Zukunft, in *seiner* Zukunft. Beziehungsweise in einer späteren Phase davon, denn er entsann sich auch noch an eine andere, von der ihn weniger Jahre trennten.

Picard schnappte nach Luft, als ihm noch etwas einfiel. Die höhnisch lachenden Fremden auf dem Laufsteg des Shuttlehangars ... Er hatte sie auch im Weinberg gesehen. Ja, er war ganz sicher.

Es mochten weniger gewesen sein, aber in Aufmachung und Verhalten unterschieden sie sich nicht von den Gestalten, die ihn erschreckt hatten, als er die *Galileo* verließ. Dem Geordi in der Zukunft war es dabei ebenso ergangen wie den Offizieren im Hangar – andere Personen schienen nicht in der Lage zu sein, die Fremden zu sehen.

Sie existierten nur für Picard. Aber warum? Wer oder was konnte dafür verantwortlich sein?

Von einem Augenblick zum anderen kannte er die Antwort. Besser gesagt: Er konnte jetzt wenigstens Vermutungen anstellen – weil er über ein Wissen verfügte, das zweiunddreißig Jahre weit in die Zukunft reichte.

»Natürlich blieb ich im Geschäft, so wie es mein Vater wünschte«, fuhr der Bolianer fort. Er schien die Veränderungen des Captains überhaupt nicht zu bemerken. »Wie dem auch sei: Ich habe großen Respekt vor Ihnen, weil Sie nicht dem Weg der Familie folgen, sondern einen eigenen Lebenspfad beschreiten. Ja, das meine ich ernst. Es ist gewiß nicht leicht …«

»Mr. Mot …«, unterbrach Picard den Friseur. »Ich möchte nicht unhöflich sein, aber viele Dinge erfordern meine Aufmerksamkeit. Daher wäre ich Ihnen sehr dankbar, wenn wir dieses Gespräch zu einem anderen Zeitpunkt fortsetzen könnten.«

Der Bolianer sah zu ihm auf. »Oh, natürlich, Captain.« Erneut formten seine Lippen ein übertriebenes Lächeln. »Und der Laden …?«

»Bekommt absolute Priorität«, versprach Picard.

Er hätte es nicht für möglich gehalten, aber Mots Lächeln wurde noch breiter. »Dann überlasse ich Sie jetzt Ihren Pflichten«, sagte er. »Sie können sich bestimmt vorstellen, daß ich ebenfalls viel zu tun habe.«

Picard nickte wissend – obwohl er nicht die geringste Ahnung hatte, welche dringenden Aufgaben den Friseur erwarteten. Er beobachtete, wie der Bolianer in den Korridor trat und noch einmal winkte.

»Danke!« rief Mot, als sich die Tür des Quartiers schloß.

»Nein«, sagte der Captain mehr zu sich selbst. »Ich danke *Ihnen*.«

8

PERSÖNLICHES LOGBUCH DES CAPTAINS:
STERNZEIT 41153.7

Diese Aufzeichnung erfolgt mit Sicherheitscode Omega drei zwei sieben. Ich bin jetzt davon überzeugt, daß ich zwischen drei verschiedenen Zeitperioden meines Lebens hin und her wechsle. Ich habe beschlossen, die Crew nicht zu informieren. Wenn tatsächlich ein Transfer in die Vergangenheit stattgefunden hat, so darf ich keine Informationen über die Zukunft preisgeben.

Picard blickte aus dem Fenster des Beobachtungszimmers, als seine drei Offiziere hereinkamen. Bei einer nahen Starbase sollten später weitere Mitglieder der Kommando-Crew aufgenommen werden, doch bis dahin mußte sich der Captain mit Lieutenant Yar, Counselor Troi und Lieutenant Worf begnügen.

Er wußte, daß niemand von ihnen vor ihm Platz nehmen würde, und deshalb setzte er sich ans obere Ende des langen Tisches aus synthetischem Holz. Die anderen folgten seinem Beispiel.

In der Zukunft kannte Picard diese Personen gut und brachte ihnen uneingeschränktes Vertrauen entgegen. Doch derzeit begegnete er ihnen mit wachsamer Zurückhaltung, und sie zeigten ihm gegenüber das gleiche Gebaren. Sie mußten sich erst noch aneinander gewöhnen.

»Berichten Sie, Lieutenant«, wandte sich der Captain an Yar.

Sie schien keinen Anstoß daran zu nehmen, daß er sich so knapp ausdrückte. Vielleicht war es ihr sogar lieber.

»Wir haben einen Subraum-Scan des Schiffes und der nahen Raumbereiche durchgeführt«, sagte Yar. »Dabei sind keine Anomalien irgendeiner Art entdeckt worden.«

Der Klingone räusperte sich. »Bei allem Respekt, Sir… Es wäre nützlich, wenn wir wüßten, wonach es Ausschau zu halten gilt.«

Der Captain nickte. »Ich habe Ihren Kommentar zur Kenntnis genommen, Mr. Worf.« Er wandte sich an die Betazoidin – besser gesagt, an die Halbbetazoidin; immerhin stammte ihr Vater von der Erde. »Spüren Sie etwas Ungewöhnliches an Bord der *Enterprise*, zum Beispiel eine fremde Präsenz, die nicht hierhergehört? Möglicherweise eine Intelligenz, die von einem anderen Existenzniveau aus agiert?«

Troi setzte ihre empathischen Kräfte ein. Kurze Zeit später schüttelte sie den Kopf. »Nein, Sir. Ich fühle nur die Besatzungsmitglieder… und ihre Familien an Bord.«

»Verstehe.« Picard stand auf und ging einige Schritte am Tisch entlang. Er wußte, daß die Blicke der Offiziere auf ihm ruhten – sie beobachteten ihn und versuchten, einen besseren Eindruck von ihm zu gewinnen, während sie auf Anweisungen warteten. »Mr. Worf, bitte ordnen Sie für alle Decks einen Sicherheitsalarm der zweiten Stufe an.«

Der Klingone wirkte überrascht und warf Yar einen verlegenen Blick zu. Die blonde Frau stand auf und musterte den Captain erstaunt.

»Wenn Sie gestatten, Sir: *Ich* bin der Sicherheitsoffizier an Bord dieses Schiffes. Es sei denn, Sie möchten mir einen anderen Aufgabenbereich zuweisen…«

Picard fluchte innerlich. Tasha hatte natürlich recht. Doch die Stimme seines Instinkts behauptete, daß *Worf* für die Sicherheit der *Enterprise* und ihrer Crew zuständig war.

»Nein«, erwiderte er. »So etwas habe ich nicht vor. Sicherheitsalarm der zweiten Stufe, Lieutenant.«

Yar nickte knapp. »Aye, Sir.«

Bevor sie die Order weitergeben konnte, drang eine Stimme aus dem Lautsprecher der internen Kommunikation: »Captain Picard zur Brücke.«

Jean-Luc erkannte die Stimme. Sie gehörte O'Brien – im Kontrollraum überwachte er die Installation einiger Geräte.

»Ich bin unterwegs, Chief«, erwiderte er, führte die anderen Offiziere hinaus und kehrte auf die Brücke zurück.

Tasha folgte dem Captain und sah, daß Miles O'Brien – ein sympathischer Ire – im Kommandobereich wartete. Er hielt einen Datenblock in der Hand und reichte ihn Picard.

Überall um sie herum waren Besatzungsmitglieder mit verschiedenen Dingen beschäftigt. Sie prüften Schaltkreise, schoben Kontrollinstrumente hin und her oder verbanden Konsolen mit dem Computer. Eine Art gut organisiertes Chaos herrschte – wie man es an Bord eines Schiffes erwarten durfte, das auf seine erste Mission vorbereitet wurde.

»Was ist los?« fragte der Captain. Er hob die Stimme, um sich trotz des Lärms verständlich zu machen.

O'Brien brummte etwas Unverständliches. »Starfleet hat Alarm gegeben, Sir. Offenbar fliegt eine Anzahl von Raumschiffen zur Neutralen Zone zwischen dem romulanischen Reich und der Föderation.«

Dieser Hinweis weckte Tashas Interesse. »Was für Raumschiffe?«

Der Chief wandte sich ihr zu. »Frachter, Transporter

und so weiter. Zivile Einheiten. Keine Föderationsschiffe.«

Picard las die Einzelheiten auf dem Datenblock und runzelte die Stirn. Yar gewann den Eindruck, daß die jüngsten Ereignisse fast eine persönliche Bedeutung für ihn hatten.

»Hier heißt es, in der Neutralen Zone sei eine große Raum-Anomalie entstanden«, sagte er. »Im Devron-System, um ganz genau zu sein.«

Worf reagierte mit einem Temperament, das eigentlich nicht überraschte, wenn man seine Abstammung berücksichtigte. Klingonen und Romulaner waren einmal Verbündete gewesen, doch heute gab es keine erbitterteren Feinde.

»Vielleicht ist es ein Trick«, grollte er. »Möglicherweise wollen die Romulaner Schiffe in die Neutrale Zone locken, um dadurch einen Vorwand für militärische Aktionen zu bekommen.«

O'Brien sah zu dem Klingonen. »Ich weiß es nicht, Sir. Wie dem auch sei: Starfleet hat uns neue Anweisungen übermittelt. Der Transfer nach Farpoint ist gestrichen. Wir sollen so schnell wie möglich zur Neutralen Zone fliegen.«

Für Tasha Yar waren das nicht unbedingt schlechte Neuigkeiten. Ihrer Meinung nach dauerte der Aufenthalt im Dock schon viel zu lange – durch die Langeweile wurde sie immer unruhiger und gereizter. Sie sehnte sich danach, endlich aufzubrechen, das Schiff auf die Probe zu stellen. Und dazu bot dieser Auftrag gute Gelegenheit.

»Nein«, sagte der Captain.

Yar musterte ihn verblüfft. »*Nein*, Sir?«

»Sie haben richtig gehört. Wir fliegen *nicht* zur Neutralen Zone, sondern nach Farpoint, wie geplant.«

Tasha konnte es kaum fassen. Sie wollte Einwände erheben, doch Worf kam ihr zuvor.

»Captain!« entfuhr es ihm. »Vielleicht steht die Sicherheit der Föderation auf dem Spiel! Wir ...«

Picard brachte ihn mit einem kühlen Blick zum Schweigen. »Kehren Sie zu Ihrem Posten zurück, wenn Sie nicht wollen, daß ein anderer Ihren Platz einnimmt.«

Einige Sekunden lang befürchtete Yar, daß sich der Klingone dazu hinreißen ließ, dem Captain die Stirn zu bieten. Doch dann gab er nach und stapfte zur rückwärtigen Station, an der er bis eben gearbeitet hatte.

»Captain«, begann Troi besorgt, »wenn Sie uns Ihre Gründe nennen würden ...«

Picard schüttelte den Kopf. »Ich beabsichtigte nicht, irgend etwas zu erklären, Counselor.« Er wandte sich so an Yar, als repräsentierte sie den Rest der Crew. »Dieser Hinweis gilt für alle: Wir fliegen wie vorgesehen nach Farpoint.«

Eine halbe Ewigkeit schien zu vergehen, und niemand rührte sich. Eine seltsame Anspannung herrschte auf der Brücke, und niemand schien imstande zu sein, sie zu vertreiben.

Tasha versuchte, einen Sinn im Verhalten des Captains zu erkennen. Zweifellos wußte er, daß eine Konfrontation mit den Romulanern – oder eine *mögliche* Konfrontation – nicht einfach ignoriert werden durfte. Der Farpoint-Mission kam nicht annähernd so große Bedeutung zu.

Als Yar nun darüber nachdachte ... Eigentlich hatte sich Picard von Anfang an sehr sonderbar verhalten. Der starre Blick im Shuttle, anschließend im Hangar der Befehl, Alarmstufe Rot zu veranlassen, obgleich überhaupt keine Gefahr drohte ... Und in der Aussichtskammer vergaß er, daß sie der Sicherheitsoffizier war.

Was das Starren an Bord der *Galileo* betraf ... Tasha führte es darauf zurück, daß der Captain angesichts seines neuen Kommandos aufgeregt war. Mit der Alarmstufe Rot unmittelbar nach seiner Ankunft wollte er vielleicht nur dafür sorgen, daß die Crew auf Zack blieb. Und daß er Worf mit dem Sicherheitsoffizier der *Enterprise* verwechselte ... Nun, normalerweise achtete ein Captain sehr darauf, daß ihm keine derartigen Fehler unterliefen, doch völlig auszuschließen waren sie nicht.

Aber jetzt *dies*. Der Beschluß, eine Starfleet-Order zu mißachten. So etwas lag natürlich im Ermessensspielraum eines Raumschiffkommandanten, aber es wurde nur sehr selten von dieser Möglichkeit Gebrauch gemacht, und immer nur nach reiflicher Überlegung.

Picard sah O'Brien an. »Ich glaube, wir haben Probleme mit den Plasma-Induktoren des Warptriebwerks, nicht wahr, Chief?«

»Ja, Sir«, bestätigte O'Brien überrascht. »Aber woher …«

»Vielleicht weiß ich, wie wir ihre volle Einsatzfähigkeit wiederherstellen können. Bitte begleiten Sie mich.« Und zu Tasha: »Wenn Sie uns brauchen … Wir sind im Maschinenraum.«

Sie nickte und beobachtete, wie die beiden Männer zum Turbolift gingen. Als Picard und O'Brien die Brücke verlassen hatten, näherte sich Worf. Er trat so nahe an Yar heran, daß nur sie ihn hörte.

»Ich verstehe das nicht«, sagte der Klingone leise. »Die Romulaner planen vielleicht einen Angriff, und dem Captain scheint das völlig gleichgültig zu sein.« Er zögerte kurz. »Ist dies wirklich der gleiche Mann, der die *Stargazer* befehligte und bei Maxia Zeta die Ferengi besiegte?«

Tasha zuckte mit den Schultern. »Soweit ich weiß, ja«, antwortete sie.

»Was haben Sie jetzt vor?« knurrte Worf.

Eine gute Frage. Sollte sie sich mit Starfleet Command in Verbindung setzen und auf Picards Verhalten hinweisen? Oder war es besser, die Anweisungen des Captains zu befolgen?

»Ich habe Befehle bekommen, an die ich mich halten werde«, sagte Yar schließlich. »Treffen wir Vorbereitungen für den Flug nach Farpoint.«

Das war ganz offensichtlich nicht die Antwort, die Worf hören wollte. Doch *derzeit* konnte ihm Tasha keine andere geben.

Picard saß an der Konsole im Büro des Chefingenieurs, Miles O'Brien stand neben ihm. Draußen im Maschinenraum arbeiteten mehrere Besatzungsmitglieder neben dem Warpreaktor. Vor dem ersten Warptransit mußten einige Justierungen vorgenommen werden.

Der Captain leistete eine noch wichtigere Arbeit, die unter normalen Umständen Stunden gedauert hätte. Glücklicherweise *erinnerte* er sich an das Problem – und auch an die Lösung. Das war einer der Vorteile, die Zukunft zu kennen.

Er reichte O'Brien den Datenblock, lehnte sich zurück und beobachtete, wie der rothaarige Mann aufs Display sah.

»Damit lassen sich die sekundären Plasma-Induktoren umgehen«, erläuterte Picard. »Anschließend ist nur noch eine Restrukturierung des energetischen Verteilungsmusters notwendig. Irgendwelche Fragen?«

O'Brien kniff die Augen zusammen, als er darüber nachdachte, was der Captain von ihm verlangte. Als er den Kopf hob, zeigte sich ein Schatten von Unsicherheit in seinem Gesicht.

»Wissen Sie, Sir ... Mit solchen Dingen bekomme ich es nicht gerade jeden Tag zu tun. Der Chefingenieur sollte die Modifikationen vornehmen.«

»Der Chefingenieur befindet sich nicht an Bord«, erwiderte Picard. »Wir müssen noch eine Zeitlang auf die Dame verzichten. Aber selbst wenn sie bereits hier wäre ... Ich trage dieses Anliegen an *Sie* heran.«

Offenbar mangelte es O'Brien an Selbstvertrauen. Jean-Luc hielt es für notwendig, ihn zu ermutigen.

Er beugte sich vor. »Vertrauen Sie mir, Chief. Ich *weiß*, daß Sie dazu fähig sind. Sie haben nicht umsonst als

Kind über Jahre hinweg kleine Modelle von Raumschiffstriebwerken gebaut. Das zahlt sich jetzt aus.«

O'Brien sah ihn so verblüfft an, als hätte Picard gerade zugegeben, eine Ferengi-Mutter zu haben. »Woher wissen Sie das, Sir?«

Jean-Luc begriff seinen Fehler sofort. O'Brien hatte ihm diese Informationen bei einem persönlichen Gespräch anvertraut, das erst in vielen Jahren stattfinden würde.

Er räusperte sich. »Aus … Ihrer Starfleet-Akte. Wie könnte ich es sonst erfahren haben?«

Der Ire wirkte beeindruckt. »Im Ernst? Ich wußte nicht, daß die Personaldateien solche Einzelheiten enthalten.«

Picard seufzte innerlich – O'Brien schien ihm zu glauben. Er mußte vorsichtiger sein, wenn er in dieser Zeitperiode etwas zustande bringen wollte. »Was die Energieverteilung betrifft …«

O'Brien lächelte. Nach der Stärkung seines Selbstbewußtseins fühlte er sich der Aufgabe gewachsen. »Ja, Sir. Ich kümmere mich sofort darum.«

Er nahm den Datenblock, betrat den Maschinenraum und wandte sich dort an einige Besatzungsmitglieder.

»Fletcher!« rief er. »Holen Sie Munoz und Lee. Es geht darum, das energetische Verteilungsmuster zu restrukturieren. Vermutlich müssen wir uns die ganze Nacht um die Ohren schlagen.«

»Ein solches Unterfangen wäre nicht sonderlich ratsam.« Die Stimme kam aus einem Bereich des Maschinenraums, den Picard nicht sehen konnte. Er wandte sich von dem Schreibtisch ab, der einmal Geordi LaForge gehören würde – nachdem dort einige andere Chefingenieure gesessen hatten –, schritt zur Tür und sah um die Ecke.

»Ah«, murmelte er und verstand die Bemerkung, als er feststellte, von wem sie stammte.

Commander Data trat zu O'Brien. Allem Anschein nach begegneten sie sich nun zum erstenmal.

»Wie bitte?« fragte der Chief.

»Die Nacht ist kein substantielles Objekt, sondern ein Zustand«, dozierte der Androide. »Und einen Zustand kann man sich nicht ›um die Ohren schlagen‹.«

Picard hatte ganz vergessen, wie naiv und unschuldig Data damals – hier und jetzt – gewesen war. Während der nächsten Jahre würde er ein erstaunliches Lernvermögen beweisen und wie ein organisches Geschöpf reifen.

O'Brien musterte den Neuankömmling verwirrt. »Es war nur so ein Ausdruck, Sir.«

Der Androide musterte ihn. »Ein Ausdruck?«

Miles suchte nach geeigneten Worten. »Eine ... äh ... Redewendung. Damit wollte ich Mr. Fletcher darauf hinweisen, daß die Arbeit recht lange dauern könnte.«

Data neigte den Kopf ein wenig zur Seite, als er diese Informationen verarbeitete. »Ich verstehe«, erwiderte er schließlich. »›Die Nacht um die Ohren schlagen‹ bedeutet also ›lange arbeiten‹?«

O'Brien lächelte schief und noch immer ein wenig unsicher »Ja.«

»Seltsam«, kommentierte der Androide. »Woher stammt diese Redewendung? Und wie kommt es, daß man sie im modernen Sprachgebrauch verwendet?«

Besorgnis huschte durch O'Briens Gesicht. »Das weiß ich leider nicht, Sir. Wenn Sie möchten, weise ich den Computer an ...«

Picard beschloß, dem Chief zu Hilfe zu eilen. »Willkommen an Bord, Commander Data«, sagte er. »Es freut mich sehr, Sie zu sehen.«

Und er freute sich tatsächlich. Picard lächelte herzlich – endlich war jemand an Bord, auf den er sich voll und ganz verlassen konnte.

Der Androide drehte sich zum Captain um. Bestimmt fragte er sich jetzt, warum ihn der Kommandant des

Raumschiffs *Enterprise* so freundlich begrüßte. Letztendlich fand er sich einfach damit ab, ebenso wie mit vielen anderen Dingen.

»Auch ich bin … den Umständen entsprechend erfreut, Sie zu sehen, Sir«, entgegnete Data.

Picard deutete auf ein Wandsegment neben dem Warpkern. »Sie können mir bei den Infusoren helfen. Ich möchte dort einige Veränderungen vornehmen.«

Data nickte knapp. »Gewiß.«

Sie schritten zur Wand und lösten die Verkleidung. Picard zeigte auf einen Schaltkreis.

»Wie Sie sehen, gibt es hier einige Schwierigkeiten. Irgend etwas funktioniert nicht richtig, und bisher haben wir vergeblich versucht, die Ursache der Fehlfunktion zu finden.«

Der Androide betrachtete die komplexe Anordnung von Schaltelementen. »Hier ist ein völlig neuer Subprozessor für die Feldinduktion erforderlich.« Er wandte sich an den Captain. »Offenbar müssen wir uns … die Nacht um die Ohren schlagen.«

Picard lächelte. Data lernte schnell. Er konzentrierte seine Aufmerksamkeit auf die Infusoren und …

… blickte auf einen dunklen Monitor. Der Captain sah sich um und stellte fest, daß er in Beverlys Büro weilte – er befand sich also wieder in der Zeitperiode, die er für seine ›Gegenwart‹ hielt. Und hier trug er noch immer seinen Bademantel, wie ein Symbol der Hilflosigkeit.

»Jean-Luc … Was ist los?«

Er drehte sich um und sah Beverly im Eingang des Büros. Hinter ihr stand Riker, und in seinen Augen leuchtete jene Frage, die Dr. Crusher gerade gestellt hatte.

»Es ist wieder passiert«, sagte Picard.

Beverly runzelte die Stirn. »Eine Zeitverschiebung?«

Er nickte. »Ja.«

Crusher hob die Hand. »Warten Sie hier.« Sie eilte

fort, kehrte kurze Zeit später mit einem medizinischen Tricorder zurück und richtete ihn auf den Kopf des Captains.

»Was ist geschehen?« erkundigte sich Riker.

Picard seufzte. »Die Bilder sind jetzt etwas klarer als vorher. Je öfter ich zwischen den einzelnen Zeitperioden hin und her wechsele, desto mehr Erinnerungen kann ich bewahren.« Er unterbrach sich, um seine Gedanken zu sammeln. »Der erste Transfer brachte mich in eine Zukunft, von der mich noch… viele Jahre trennen. Anschließend war ich wieder in der Vergangenheit… in der Zeit vor unserer ersten Mission.«

Beverly beendete den Scan und sah aufs Display. Irgend etwas veranlaßte sie, die Augen zusammenzukneifen.

»Nun?« fragte der Erste Offizier.

Die Ärztin schüttelte ungläubig den Kopf. »Ich habe das temporale Zentrum des Gehirns sondiert und die jetzt ermittelten Werte mit den früheren Analyseergebnissen verglichen. Die Neurotransmitter-Aktivität im Ammonshorn hat um *dreizehn* Prozent zugenommen.« Sie sah Picard an. »Innerhalb weniger Minuten haben Sie Erinnerungen gewonnen, die *zwei Tagen* entsprechen.«

»Zwei Tage?« wiederholte Riker. »Aber das ist…«

»Unmöglich?« meinte Picard. Er nickte. »Es sei denn, ich habe viel Zeit woanders verbracht.«

Er lächelte grimmig. Endlich gab es einen *Beweis* dafür, daß tatsächlich etwas geschah. Er war nicht verrückt – er reiste *wirklich* durch die Zeit.

9

Das *Habak* war ein rechteckiges Zimmer in einem hohen Turm und diente den Bewohnern von Darvon V als Zeremonienkammer. Man konnte es nur mit Hilfe einer hölzernen Leiter erreichen, die durch ein Loch im Boden führte. Eine zweite Leiter reichte durch eine Öffnung in der Decke. Jenseits davon zeigte sich matter Sonnenschein.

Eine Feuerstelle befand sich in der Nähe. Zwar hatte dort schon seit Tagen nichts mehr gebrannt, aber trotzdem hing der Geruch von verkohltem Holz in der Luft.

Schon seit Stunden betrachtete Wesley Crusher die heiligen Wandbehänge des *Habak*. Er sah sie nicht zum erstenmal, und er würde sie noch öfter sehen, bevor seine Reise – oder dieser Teil davon – zu Ende ging.

Seltsam: So oft er die handgewobenen Wandbehänge mit ihren bunten Symbolen auch betrachtete – er fand sie nie langweilig. Immer wieder glaubte er, ein neues, bisher unentdecktes Bedeutungsniveau zu erkennen, etwas Subtiles, das Weisheit in Aussicht stellte.

»Wesley?«

Der junge Mann drehte sich um und bemerkte den Reisenden. Wes hatte weder gesehen noch gehört, daß er hereingekommen war. Der Reisende schien das *Habak* nicht wie andere Leute zu erreichen – er erschien einfach.

Damit bot er ein Beispiel, dem Wesley nacheiferte. Er übte, zu anderen Existenzebenen zu gelangen, und während sein Geschick wuchs, wurde es immer weniger notwendig, zu gehen oder Leitern hochzuklettern, um andere Orte zu erreichen.

Nun, meistens ging und kletterte er trotzdem. Weil es sich besser anfühlte. Ein Teil von ihm hoffte, daß es dabei blieb, daß jene Empfindungen nie aus ihm wichen.

»Ja, Reisender?« fragte er.

Das Wesen von Tau Ceti musterte ihn mit einer Intensität, die Beverly Crushers Sohn überraschte. »Spürst du es nicht?«

Spüren? Was denn? Wesley schüttelte den Kopf. »Nein. Was soll ich denn spüren?«

Der Reisende antwortete nicht, trat an einen Wandteppich heran und deutete auf eine bestimmte Stelle. Wes hielt aufmerksam Ausschau und sah ein farbenfrohes Bild. Es zeigte etwas, das sich nicht ohne weiteres identifizieren ließ. Seltsam... Er zweifelte kaum daran, daß jene Symbole bis eben überhaupt nicht existiert hatten.

Er öffnete sein Bewußtsein, verband sein Selbst mit der Realität des Bildes und betrachtete es nicht nur auf dieser Seinsebene, sondern auch auf einigen anderen. Die Darstellung schien zu wachsen und sich zu dehnen, um alle Aspekte der von Wesley berührten Existenz zu durchdringen.

Schließlich gab er einem Instinkt nach, den er nicht benennen oder verstehen konnte: Er sah zu einem anderen Bild, das sich leichter deuten ließ. Es stellte die *Enterprise* dar. Und wie das Durcheinander aus Farben existierte es nicht nur auf einem Realitätsniveau.

Von einem Augenblick zum anderen begriff Wesley. Er wandte sich dem Reisenden zu, und eine schwere Last schien sich auf ihn herabzusenken. »Nein«, sagte er. »Ich darf es nicht geschehen lassen.«

»Es geschieht bereits«, erwiderte sein Lehrer.

»Dann muß ich dafür sorgen, daß es aufhört.«

Der Reisende lächelte gütig. »Hältst du ein Eingreifen für klug?«

Ein Kloß formte sich im Hals des jungen Mannes. »Es … es sind meine Freunde. Und meine Mutter. Wie kann ich *nicht* eingreifen?«

Der Reisende lächelte auch weiterhin. »Vor nicht allzu langer Zeit deutete vieles darauf hin, daß es hier im Dorf Gewalt geben würde. Erinnerst du dich?«

Wesley nickte. Wie hätte er es vergessen können? Die Einheimischen hatten einige Cardassianer gefangengenommen, und Captain Picard war verpflichtet gewesen, sie zu befreien. Die Sicherheitsgruppe der Föderation wurde mit den Dorfbewohnern konfrontiert, und ein Blutvergießen schien sich kaum mehr vermeiden zu lassen.

Auch bei jener Gelegenheit hatte Wes etwas unternehmen wollen. Doch der Reisende riet ihm ab. »Sie müssen selbst über ihr Schicksal bestimmen, Wesley. Es steht uns nicht zu, Einfluß auf das Geschehen zu nehmen. Vertrau ihrer Fähigkeit, die eigenen Probleme selbst zu lösen.«

Der Captain fand tatsächlich eine Möglichkeit, die Katastrophe zu verhindern. Aber eigentlich sorgte nur reines Glück dafür, daß alles gut ausging … Hatte der Reisende vielleicht im voraus davon gewußt? Selbst nach all seinen Studien sah sich Wesley außerstande, diese Frage zu beantworten.

»Es ist wie … mit der Ersten Direktive, nicht wahr?« erkundigte er sich. »Wir dürfen uns nicht einmischen, oder?«

Der Reisende hob und senkte andeutungsweise die Schultern. »Es gibt immer Gesetze, Wesley. Einige schaffen wir selbst, und andere werden uns auferlegt. Wie dem auch sei: Sie müssen beachtet werden.«

Der junge Mann runzelte die Stirn, als sein Blick wieder zum Farbenchaos glitt. »Wird es nie notwendig, die Gesetze zu brechen? Gibt es überhaupt keine Ausnahmen?«

Der Reisender neigte den Kopf auf eine Weise, die

Wesley an Data erinnerte. »Vielleicht kommt es manchmal zu solchen Situationen. Aber wer soll entscheiden, wann es soweit ist? Wer hat die Weisheit, um eine Ausnahme zu erkennen?«

Wes seufzte. Es war tatsächlich wie mit der Ersten Direktive. »Dann kann ich ihnen also nicht helfen? Ich darf ihnen nicht mitteilen, was vor sich geht?«

Der Reisende sah ihn voller Mitgefühl an. »An deiner Stelle würde ich mich gegen eine Intervention entscheiden – selbst wenn sie in meiner Macht läge.«

Wesley ging einige Schritte und ließ sich auf die Sitzbank sinken, die aus der westlichen Wand ragte. Er strich das Haar zurück, holte tief Luft und ließ den Atem als langen Seufzer entweichen.

»Mutter...«, hauchte er.

Riker schüttelte den Kopf, als er sich an den dunklen, glänzenden Tisch in der Aussichtskammer setzte. Die anderen Senior-Offiziere waren ebenfalls zugegen. Er hatte viele phantastische Phänomene erlebt, doch dies erschien ihm besonders seltsam.

Die Vorstellung, daß der Captain durch die Zeit reiste, aufgrund eines Vorgangs, der rätselhaft blieb... Das war bizarr, gelinde gesagt. Und mehr als nur ein wenig beunruhigend.

Der Erste Offizier sah zu Picard und dachte daran, daß für den Captain praktisch jederzeit ein neuer temporaler Transfer beginnen konnte: eine Reise, die für ihn zwei oder drei Tage dauerte, während *hier* nur wenige Sekunden verstrichen.

So seltsam es auch sein mochte: Es geschah *wirklich*. Dr. Crusher hatte Riker den Beweis gezeigt, die Ergebnisse der Sondierung. Und außerdem bekamen sie es nicht zum erstenmal mit temporalen Verschiebungen zu tun. Sie wußten, daß Reisen durch die Zeit möglich waren.

Riker bedauerte vor allem, daß ihnen kaum Anhaltspunkte zur Verfügung standen. Sie brauchten Daten, um die Situation einzuschätzen, um einen Eindruck von der Lage zu gewinnen. Unglücklicherweise standen sie noch immer mit leeren Händen da.

Nun, darum sind wir hier zusammengekommen, nicht wahr? dachte der Erste Offizier. *Für eine Beratung. Um gemeinsam zu überlegen. Vielleicht fällt uns dann etwas ein.*

»Danke, daß Sie alle so schnell gekommen sind«, sagte der Captain. »Immerhin spielt der Faktor *Zeit* eine beträchtliche Rolle«, fügte er nur halb im Scherz hinzu und wandte sich dann an Deanna. »Erinnern Sie sich an meinen ersten Tag an Bord der *Enterprise?*«

Die Counselor nickte. »Ja, ich glaube schon.«

Picard beugte sich vor. »Was geschah nach dem Empfang?«

»Sie meinen, nachdem Sie das Shuttle *Galileo* verließen?«

»Ja.«

Deanna dachte nach. »Wir trafen uns im Gesellschaftsraum. Ich stellte Sie Worf und den übrigen Senior-Offizieren vor …«

Der Captain hob die Hand. »Erinnern Sie sich daran, daß ich noch im Hangar Alarmstufe Rot veranlaßt habe? Erinnern Sie sich daran, daß Starfleet unsere Einsatzorder änderte, die *Enterprise* nicht nach Farpoint schickte, sondern zur Neutralen Zone – damit sie dort eine Raum-Anomalie untersuchte?«

Troi schwieg einige Sekunden lang. »Nein. Nein, daran entsinne ich mich nicht.«

Picard lehnte sich zurück. »Nun, Sie ahnen es bereits: Ich habe so etwas erlebt, vor wenigen subjektiven Stunden.«

»Offenbar existiert eine Diskontinuität zwischen den von Ihnen beschriebenen Zeitperioden«, ließ sich Data vernehmen. »Ereignisse in der einen bleiben ohne Einfluß auf die anderen beiden.«

»Aber wir kennen jetzt ein gemeinsames Element«,

warf Riker ein. »In Vergangenheit *und* Gegenwart wird von einer Raum-Anomalie im Devron-System berichtet. Das kann wohl kaum ein Zufall sein.«

Der Captain nickte. »Vielleicht gibt es jene Anomalie auch in der Zukunft.«

»Möglicherweise handelt es sich bei ihr um eine… temporale Störungszone.« Geordi untermalte seine Worte mit einigen Gesten. »Eine Art Loch im Raum-Zeit-Kontinuum, sozusagen.«

Beverly wandte sich an Picard. »Wo ist der Zusammenhang mit Ihren Zeitreisen?«

»Eine gute Frage«, erwiderte der Captain. »Vielleicht kehre ich mit einer Antwort von meinem nächsten Trip in die Vergangenheit – oder in die Zukunft – zurück.«

»Und bis dahin sorgen die Romulaner dafür, daß uns nicht langweilig wird«, sagte Riker.

Picard sah ihn an und bestätigte damit die Notwendigkeit einer entsprechenden Diskussion. Was auch immer mit ihm passierte – das romulanische Problem verlor dadurch nicht an Bedeutung.

»Danke, daß Sie mich daran erinnern, Nummer Eins. Was die gegenwärtige Mission betrifft: Alle Sektionen sollen Berichte über ihre Gefechtsbereitschaft abliefern, und zwar bis morgen um acht Uhr Bordzeit.« Er musterte die anwesenden Offiziere der Reihe nach. »Ich hoffe natürlich, daß es nicht zu einem Kampf kommt. Aber wir sollten trotzdem vorbereitet sein. Das ist alles.«

Die Männer und Frauen standen auf, um zu ihren jeweiligen Aufgaben zurückzukehren. Als Deanna zur Tür ging, fing Riker ihren Blick ein.

»Heute scheint's spät zu werden«, sagte er. »Sollen wir zuerst was essen?«

In Deannas Augen bemerkte Riker etwas, das er dort nicht erwartet hatte: Zögern, Unbehagen, Verlegenheit. Was mochte der Grund dafür sein?

»Nun, ich…« Troi blickte über die Schulter des Ersten Offiziers. »Ich meine, *wir* haben schon etwas vor.«

Riker drehte den Kopf – und sah Worf. Der Anblick überraschte ihn sehr, doch es gelang ihm, sich rasch wieder zu fassen.

Offenbar war die Beziehung zwischen Deanna und dem Klingonen weiter fortgeschritten, als er bisher angenommen hatte. Zum Teufel auch ... Deshalb konnte er ihnen wohl kaum Vorwürfe machen, oder? Nichts verpflichtete sie, den Ersten Offizier der *Enterprise* ständig auf dem laufenden zu halten.

»Ich verstehe«, sagte er und gab sich alle Mühe, normal zu klingen. »Na schön. Also bis morgen früh.«

Worf neigte kurz den großen Kopf. »Gute Nacht, Sir.«

Riker nickte. »Worf ...«

Er blieb stehen, sah Deanna und dem Klingonen nach. Eine seltsame Leere breitete sich in seiner Magengrube aus und stand in einem direkten Zusammenhang mit diesem Anblick.

Er hatte nicht das Recht, irgend jemandem vorzuschreiben, mit wem er oder sie die Nacht verbringen sollte. Dazu war *niemand* befugt.

Deannas und Wills Verhältnis hatte aufgehört, als seine Mission auf Betazed zu Ende ging. Das lag jetzt schon Jahre zurück, doch die heutige Counselor war für ihn noch immer eine Person, die ihm sehr nahe stand.

Jetzt mußte er feststellen, daß vielleicht jemand anders seinen früheren Platz einnahm. Jemand, den er mochte und respektierte, zugegeben. Trotzdem: Es kündigte sich eine Veränderung an, die ihn nicht gerade mit Begeisterung erfüllte.

Oder steckte noch mehr dahinter? Gingen seine Gefühle tiefer, als er sich eingestehen wollte? Hatte er irgendwo tief in seinem Innern gehofft, daß es noch eine gemeinsame Zukunft für Deanna und ihn gab?

Riker versuchte, diese nicht sehr angenehmen Gedanken zu verdrängen. Er seufzte, verließ den Raum und kehrte zur Brücke zurück.

10

Picard blieb an der rückwärtigen wissenschaftlichen Station stehen, um Data Anweisungen zu erteilen. Das Licht der Displays und Anzeigeflächen fiel auf das Gesicht des Androiden.

»Führen Sie ständige Subraum-Sondierungen durch«, sagte der Captain. »Vielleicht orten wir dabei eine temporale Störungszone.«

»Aye, Sir«, bestätigte Data und machte sich sofort an die Arbeit.

Picard sah, daß Riker zum leeren Kommandobereich ging. Er folgte dem Ersten Offizier, und die beiden Männer nahmen in ihren Sesseln Platz.

»Will...« Der Captain sah zum großen Wandschirm. »Die Sache mit der Zeitverschiebung... Ich erlebe dabei eine kurze Phase der Desorientierung. Wenn so etwas während einer kritischen Situation geschieht, so möchte ich, daß Sie das Kommando übernehmen.«

Riker reagierte nicht. Picard drehte den Kopf und sah, daß der Blick des Ersten Offiziers in die Ferne reichte.

»Nummer Eins?«

Will merkte plötzlich, daß die Aufmerksamkeit des Captains ihm galt. Er straffte die Schultern.

»Entschuldigung, Sir. Sie möchten, daß ich bereit bin, das Kommando zu übernehmen. Verstanden.«

Einige Sekunden später wurde deutlich, daß ihn etwas beschäftigte – etwas, das nichts mit dem Dienst zu tun hatte, wie Picard vermutete.

Er runzelte die Stirn. »Da wir gerade bei Desorientierung sind... Ist alles in Ordnung mit Ihnen?«

Riker nickte. »Ich bin nur ein wenig abgelenkt, Captain. Ansonsten ist alles bestens.«

Picard glaubte ihm nicht ganz, entschied jedoch, es dabei bewenden zu lassen. Selbst jemand wie Will Riker durfte gelegentlich mit offenen Augen träumen. Der Captain zweifelte nicht daran: Wenn es zu einem Notfall kam, so würde sein Stellvertreter sofort handeln.

Außerdem: Picard mußte noch einige Dinge erledigen, bevor es zu einem neuerlichen temporalen Transfer kam. Es blieb ihm nichts anderes übrig, als das Geheimnisvolle und Rätselhafte zunächst zurückzustellen, um sich mit dem Gewöhnlichen zu befassen.

»Die Brücke gehört Ihnen, Nummer Eins. Ich bin im Bereitschaftsraum.«

Riker lächelte flüchtig. »Aye, Sir.«

Der Captain stand auf und schritt zu einer Tür, die sich mit leisem Zischen für ihn öffnete.

Dahinter erstreckte sich der Bereitschaftsraum. Manchmal erschien er Picard wie ein Zufluchtsort, der Ruhe und Frieden verhieß. Alles befand sich an seinem Platz: vom alten Shakespeare-Folianten bis hin zum Modell der *Stargazer*, von der Naikous-Statue, die er auf dem Föderationsplaneten Kurlan gekauft hatte, bis hin zum majestätischen terranischen Löwenfisch.

Diese Umgebung wirkte ermutigend auf Picard, obwohl er wußte, daß der Eindruck von Unveränderlichkeit täuschte. Es gab keine Garantie dafür, daß er in einer Stunde – oder auch nur in einer Minute – noch hier sein würde. Praktisch jederzeit konnte ein neuer Sprung in die Vergangenheit oder in die Zukunft erfolgen.

Er verbannte diese Überlegungen aus seinem bewußten Denken, nahm am Schreibtisch Platz und besann sich auf die Verwaltungsroutine eines Raumschiffs. Das Leben an Bord der *Enterprise* ging auch dann weiter, wenn Gefahren drohten.

Er hatte kaum mit der Arbeit begonnen, als er das

Summen des Türmelders hörte. Er wandte sich in die entsprechende Richtung und sagte: »Herein.«

Die Bordärztin betrat das Zimmer. Picard glaubte, in ihren Zügen einen Schatten von Kummer zu erkennen, aber er war nicht ganz sicher.

Mit langen Schritten ging Beverly Crusher zum Replikator. »Milch, warm. Mit ein wenig Muskat.«

Das Gerät summte, und wenige Sekunden später erschien das gewünschte Getränk im Ausgabefach. Beverly nahm es und näherte sich damit dem Schreibtisch.

Er sah zu ihr auf. »Was hat das zu bedeuten?«

Die Ärztin lächelte. »Dies ist Medizin. Ein Glas warme Milch – und anschließend acht Stunden ungestörter Schlaf.«

Picard lehnte sich im Sessel zurück. »Beverly ...«

»Du hast gerade eine ärztliche Anweisung gehört«, erwiderte Crusher und verzichtete auf das Sie – immerhin waren sie allein. »Ich weiß nicht, ob du in der Vergangenheit oder der Zukunft geschlafen hast, aber eins ist mir klar: In der Gegenwart brauchst du eine Ruhepause. Wenn du dich nicht hinlegst, muß ich dir ein Sedativ verabreichen.«

Der Captain lächelte und ergab sich seinem Schicksal. »Ja, *Sir*.«

Eine Zeitlang musterten sie sich gegenseitig und schmunzelten. Dann beugte sich Beverly vor und berührte Picards Hand.

Es begann als eine Geste der Freundschaft und Anteilnahme. Doch der Kontakt dauerte etwas länger als notwendig, und Crusher drückte kurz zu, bevor sie die Hand zurückzog.

Picard sah auf, und diesmal konnte kein Zweifel bestehen: Es zeigte sich tatsächlich Sorge in Beverlys Zügen. Er blickte in die Augen der Ärztin und versuchte, ihre Gedanken zu erraten.

»Was ist los?« fragte er.

Sie öffnete den Mund, um zu antworten. Doch dann

schloß sie ihn wieder, drehte sich um und ging zur Tür. Picard wollte die Sache nicht auf sich beruhen lassen – worum auch immer es ging.

»Beverly!«

Sie blieb stehen, atmete tief durch und wandte sich um. Sie brauchte einige Sekunden, um sich zu sammeln, bevor sie sprechen konnte.

»Als Ärztin bin ich manchmal zu unangenehmen Mitteilungen gezwungen«, sagte sie leise. »Ich muß Patienten darauf hinweisen. Daß eine Operation notwendig ist, daß sie keine Kinder bekommen können oder … oder daß ihnen eine sehr problematische Krankheit droht …«

Bei den letzten Worten klang Crushers Stimme rauh. Sie wandte den Blick ab, und ihre Augen glänzten feucht.

Beverlys Mitgefühl rührte Picard, und er trat zu ihr.

»Du hast von einer *Möglichkeit* gesprochen«, erinnerte er sie. »Wieso bist du plötzlich so sicher?«

»Du hast die Zukunft gesehen«, entgegnete Beverly. »Du *weißt*, was geschehen wird.«

Picard versuchte, überzeugend zu lächeln. »Ich stelle mir die Zukunft als etwas vor, das nicht unwiderruflich feststeht. In fünfundzwanzig Jahren kann viel passieren, Beverly.«

Er wußte nicht genau, wie sie darauf reagieren würde. Eine große Überraschung erwartete ihn: Beverly beugte sich vor und küßte ihn auf die Lippen.

Jean-Luc blieb keineswegs passiv. Sie hatten sich schon einmal geküßt, vor einigen Monaten, nach einer Mentalverschmelzung auf dem Planeten Kesprit. Doch diesmal war alles anders. Diesmal dauerte der Kuß wesentlich länger.

Anschließend blickte Beverly dem Captain tief und bedeutungsvoll in die Augen. Er roch ihr sehr zartes Parfüm und bemerkte erst jetzt, wie … verlockend es sein konnte.

»Ja«, sagte die Ärztin schließlich. »In fünfundzwanzig Jahren kann viel passieren.«

Bevor Picard um eine Erklärung bitten konnte, ging sie zur Tür und verließ den Bereitschaftsraum. Hinter ihr schloß sich die Tür, und Jean-Luc dachte über das nach, was gerade geschehen war.

Handelte es sich um den Anfang einer neuen Phase in ihrer Beziehung? Oder hatte er nur ein flüchtiges Gefühl erlebt, geboren aus der Besorgnis um ihn?

Nur die *Zeit* konnte Aufschluß darüber geben.

Picard erinnerte sich an die Milch, kehrte zum Schreibtisch zurück, nahm das Glas und trank einen Schluck. Fast sofort spürte er eine beruhigende Wirkung.

Er stellte das Glas wieder auf den Tisch, trat zur Couch und streckte sich darauf aus. Viel zu deutlich vernahm er das dankbare Knacken seiner Gelenke.

Beverly hatte recht – er war erschöpft. Der Captain schloß die Augen und entschied, nur ein kleines Nickerchen zu machen. Zweifellos würde er im Traum noch einmal den Kuß erleben und sich fragen, was er wohl bedeutete. Nun, man konnte von unangenehmeren Dingen träumen, oder?

Als er einschlief, hörte er eine Stimme. Doch sie konnte nur in seiner Einbildung existieren, denn er war allein im Bereitschaftsraum …

»Sir? Wachen Sie auf, Sir.«

Die Stimme erklang tatsächlich. Picard hob die Lider, um nach ihrem Ursprung Ausschau zu halten. LaForge stand neben der Couch. Licht glühte hinter ihm, und deshalb ließ sich sein Gesicht kaum erkennen.

»Ja«, murmelte er. »Ja … Was ist? Haben wir die Neutrale Zone erreicht?«

LaForge sah ihn mit seinen künstlichen Augen an. »Die … Neutrale Zone, Captain?«

Picard hob den Kopf, sah sich um – und stellte fest,

daß er in Datas Bibliothek zurückgekehrt war. Er befand sich wieder in der *Zukunft*.

Das Licht hinter Geordi ... Es stammte von einem offenen Fenster, durch das Sonnenschein des späten Nachmittags schimmerte. Picard rieb sich die Augen.

»Verzeihen Sie«, sagte er. »Ich bin wieder in ... der Vergangenheit gewesen.« Er setzte sich auf und versuchte, die Gedanken zu ordnen. »Was ist los?«

LaForge lächelte nachsichtig. »Data hat Vorbereitungen für einige Untersuchungen in den biometrischen Laboratorien getroffen. Wir können uns jetzt auf den Weg machen, wenn Sie soweit sind.«

Picard schüttelte den Kopf, als er sich erinnerte. »Nein. Nein, dafür haben wir keine Zeit. Wir müssen zur Neutralen Zone.«

Geordi runzelte die Stirn. »Warum denn, Sir?«

Der frühere Captain trachtete danach, sich zu konzentrieren. »In den anderen beiden Zeitperioden hat Starfleet von einer ... Raum-Anomalie im ... im Devron-System berichtet!« Er schlug sich mit der Faust auf die flache Hand. »Ja, genau! Ich erinnere mich. Das Devron-System in der Neutralen Zone.«

LaForge seufzte. »Sir ...«

Picard achtete nicht auf ihn. Die Bilder wurden jetzt immer deutlicher, und er wollte sich nicht ablenken lassen – aus Furcht davor, den Faden zu verlieren.

»Wenn die Anomalie in der Vergangenheit existierte, dann gibt es sie vielleicht auch hier. Wir müssen der Sache auf den Grund gehen.«

LaForge musterte ihn skeptisch. »Wenn Sie in den beiden anderen Zeitperioden von Raum-Anomalien gehört haben, so bedeutet das nicht, daß sich auch bei uns ein solches Phänomen manifestieren muß.«

Picard spürte, wie ihm das Blut ins Gesicht schoß. »Verdammt, Geordi – ich *weiß*, was es zu unternehmen gilt!«

LaForge lächelte wieder. Picard fand das fast noch

schlimmer als die zuvor beobachtete Ungläubigkeit in der Miene des jüngeren Mannes. Er konnte es nicht ertragen, gönnerhaft und von oben herab behandelt zu werden.

»Na schön, Captain. Wie Sie meinen. Doch zunächst einmal… Es gibt gar keine Neutrale Zone mehr, erinnern Sie sich?«

Es gab keine Neutrale Zone mehr? Picard dachte nach, kramte in den untersten Schubladen seines Gedächtnisses – und stellte verblüfft fest, daß Geordi recht hatte.

»Klingonen«, murmelte er. »In dieser Zeitperiode haben Klingonen des romulanische Reich übernommen.«

LaForge nickte. »Ja. Hinzu kommt: Die Beziehungen zwischen uns und den Klingonen sind derzeit nicht besonders gut.«

Picard ärgerte sich über Geordis Tonfall und stand mühsam auf. »Das *weiß* ich«, erwiderte er scharf und strich sein Hemd glatt, so wie früher den Uniformpulli. »Ich habe nicht *völlig* den Verstand verloren.«

Von einem Augenblick zum anderen wurde ihm klar, wie zänkisch er klang. Schon wieder brüskierte er Personen, die ihm nur helfen wollten.

Er legte Geordi die Hand auf die Schulter, um zu zeigen, daß er seine letzten Worte bedauerte.

»Bitte entschuldigen Sie, Geordi. In dieser Zeit fällt es mir schwer, klar zu denken und … mich an Dinge zu erinnern. Ich wollte den Ärger darüber nicht an Ihnen auslassen.«

LaForge nickte. »Schon gut.« Und nach einer kurzen Pause: »Wenn wir zum Devron-System wollen, brauchen wir ein Schiff.«

Picard kratzte sich am Kinn. »Das stimmt.« Plötzlich fiel ihm etwas ein. »Ich glaube, es wird Zeit, bestimmte Personen um einen Gefallen zu bitten.«

LaForge wölbte eine Braue. »Bestimmte Personen?« wiederholte er.

»Ja«, bestätigte Picard. »Setzen Sie sich mit Admiral Riker in der Starbase zwei vier sieben in Verbindung.«

Data hatte einen Monitor in die Bibliothek gebracht, und Geordi betrachtete ihn anerkennend. Der Schirm zeigte das Starfleet-Symbol auf violettem Grund.

»Gute Auflösung«, sagte LaForge. »Um ganz ehrlich zu sein: Ein solches Gerät habe ich nie zuvor in einem privaten Haushalt gesehen.«

Data nickte. »Ich habe bereits darauf hingewiesen: Es bringt gewisse Vorteile mit sich, Professor für Mathematik an der Universität von Cambridge zu sein.«

Offenbar gab es in diesem Zusammenhang einen ganzen *Haufen* von Vorteilen, denn der Androide brauchte nur kurze Zeit, um einen Kontakt mit Starfleet Command herzustellen und einen Gesprächstermin mit Admiral Riker zu vereinbaren.

Nur wenige Minuten nach Datas Anfrage wurde die Verbindung mit Riker hergestellt. Geordi stellte erstaunt fest, daß der frühere Erste Offizier ergraut war – aber das galt für sie alle, oder? Außerdem trug er als Admiral große Verantwortung und hatte daher mehr Grund, graue Haare zu bekommen.

Aber die Unterschiede beschränkten sich nicht nur darauf. Noch bevor Riker ein Wort sagte, wirkte er schroffer und nicht annähernd so gelassen wie damals an Bord der *Enterprise*. Das typische Will Riker-Lächeln war verschwunden.

»Jean-Luc ...«, begrüßte er den früheren Captain. »Data ... Geordi ...« Er freute sich, die alten Kameraden wiederzusehen, aber er zeigte nicht jenen Enthusiasmus, den sich Picard erhofft hatte. Natürlich wußte er noch nicht, worum es ging, aber er schien schon jetzt eine ablehnende Haltung einzunehmen.

»Sie sehen ganz wie ein Admiral aus, Will«, erwiderte Picard. »Nun, es ist uns schließlich gelungen, Sie in der

Starfleet-Hierarchie bis an die Spitze zu bringen, nicht wahr?«

Riker rutschte in seinem Sessel ein wenig zur Seite. »Ja«, sagte er knapp. Sein Tonfall deutete darauf hin, daß er kaum Zeit hatte. »Was kann ich für Sie tun, Sir?«

Als Picard die Situation erklärte und sein Anliegen schilderte, wurde der Admiral immer kühler. Schließlich lehnte er sich zurück und runzelte die Stirn.

»Jean-Luc, Sie wissen, daß ich Ihnen gern helfen würde, aber… Sie verlangen etwas Unmögliches. Die Klingonen haben ihre Grenzen geschlossen. Kein Föderationsschiff darf ins Imperium fliegen.«

Picard schüttelte den Kopf und versuchte, ruhig zu bleiben. »Vielleicht ist Ihnen nicht ganz klar, wie ernst die Sache ist, Will. Wenn sich tatsächlich eine Raum-Anomalie im Devron-System befindet…«

Riker gab ihm keine Gelegenheit, den Satz zu beenden. »Heute morgen habe ich einen Starfleet-Bericht über den betreffenden Sektor gelesen. Darin war nicht die Rede von ungewöhnlichen Aktivitäten im Devron-System, geschweige denn von irgendwelchen Anomalien.«

»Das glaube ich nicht!« entfuhr es Picard. »Vielleicht funktionierten die Fernbereichssensoren der Beobachtungsschiffe nicht richtig. Wir müssen selbst nach dem Rechten sehen!«

Offenbar widerstrebte es dem Admiral, direkt abzulehnen. Er sah zu Data. »Was halten Sie von der Angelegenheit, Professor?«

Der Androide zögerte und dachte gründlich nach. Er hatte sich wirklich ein ganzes Stück weiterentwickelt, stellte Geordi fest. Jetzt ließ er sich bei seinen Entscheidungen nicht mehr allein von Logik leiten, sondern zog auch die Gefühle der beteiligten Personen in Erwägung.

»Ich bin mir nicht ganz sicher«, antwortete er. »Nun, ich kann die Ausführungen des Captains nicht widerlegen. Und er scheint davon *überzeugt* zu sein, daß er immer wieder durch die Zeit reist.«

»Verstehe«, brummte Riker und gewann den Eindruck, daß der Androide Picard unterstützte. Dadurch wurde es schwerer für ihn, Hilfe zu verweigern. »Die *Yorktown* patrouilliert an der Grenze. Ich bitte Captain Shelby, mit den Fernbereichssensoren das Devron-System zu untersuchen. Wenn sie etwas findet, gebe ich Ihnen Bescheid.«

Picard schüttelte den Kopf. »Das genügt nicht.«

»Es muß genügen«, entgegnete der Admiral. »Tut mir leid, Jean-Luc. Weitere Maßnahmen kann ich leider nicht ergreifen. Riker Ende.«

11

Als der Monitor dunkel wurde, lehnte sich Riker zurück und seufzte. Er verabscheute es, ausgerechnet zu dem Mann schroff zu sein, der so viel für ihn getan hatte.

Doch blieb ihm eine Wahl? Die Absicht, unter den derzeitigen Umständen ins stellare Territorium der Klingonen zu fliegen… Ebensogut hätte man versuchen können, einen Mugato zu zähmen. Beides sorgte für eine drastische Verkürzung der Lebenserwartung.

Nun, so wie Picard aussah… Vermutlich stand ihm ohnehin kein langes Leben mehr bevor. Und seine letzten Tage würden voller Elend und Erniedrigung sein – die Krankheit verurteilte ihn zu einem derartigen Leid.

Ist das der Grund? überlegte Riker. *Will Picard mit Glanz und Glorie aus dem Leben scheiden, anstatt langsam dahinzusiechen?*

Der Admiral dachte gründlich darüber nach, und schließlich schüttelte er den Kopf. Für Picard mochte es eine Sache sein, das eigene Leben zu opfern. Aber Data und Geordi waren bereit, ihn zu begleiten; ihnen lag sicher nichts daran, schon bald zu sterben.

Data… Mit seinem Haar stimmte etwas nicht. Er schien damit eine der Schiefertafeln geputzt zu haben, die man in Cambridge noch immer benutzte.

Der Kommunikator summte. »Hier Riker«, antwortete der Admiral automatisch.

Eine Sekunde später erschien das Gesicht von Captain Sam Lavelle auf dem Schirm. Er lächelte und freute sich, den Mann wiederzusehen, der ihm an Bord der *Enterprise* mit solcher Strenge begegnet war.

»Admiral Riker ... Sie sehen gut aus. Kein Wunder: Wir Kanadier sind eine besonders ausdauernde Sorte Mensch.«

Das war natürlich ein Scherz. Lavelle hatte einmal fälschlicherweise angenommen, Riker stamme aus Kanada – obwohl er in Alaska geboren und aufgewachsen war.

»In der Tat«, erwiderte der Admiral und bestätigte damit die Anspielung. Aber dabei blieb es auch; derzeit war ihm nicht zum Lachen zumute.

Lavelle wurde ernster, als er den mangelnden Enthusiasmus des Admirals bemerkte. »Stimmt was nicht, Sir?«

Riker zuckte mit den Schultern. »Versprechen Sie mir etwas, Sam. Wenn ich als Neunzigjähriger an Sie herantrete und Sie bitte, mich mit der *Enterprise* zu irgendeinem verrückten Ort zu bringen, wo nicht nur mir der Tod droht, sondern auch allen anderen ... Lehnen Sie mein Anliegen ab, einverstanden?«

Lavelle musterte den Admiral und fragte sich, was ihn bewog, solche Worte an ihn zu richten. Er verzichtete darauf, sich danach zu erkundigen, spürte offenbar, daß Riker nicht darüber reden wollte.

»Zunächst einmal ... Ich bin sicher, daß Sie mich nie um einen solchen Gefallen bitten werden, ungeachtet des Alters. Und zweitens: Es wäre das Problem von jemand anders. Oder haben Sie vergessen, welcher Tag heute ist?«

Plötzlich erinnerte sich Riker. »Heute endet Ihr aktiver Dienst bei Starfleet, nicht wahr?«

»Sie klingen niedergeschlagen«, bemerkte Lavelle mit einer gewissen Zufriedenheit. »Bedeutet das vielleicht, daß Sie es sich anders überlegt haben?«

Ein weiterer Scherz. Der Admiral reagierte so, wie es der jüngere Mann von ihm erwartete.

»Nein, Sam. Ich bin noch immer der Meinung, daß Sie ein lausiger Offizier sind. Ich habe mich nur an Sie gewöhnt. Und der Mensch ist eben ein Gewohnheitstier.«

Lavelle lächelte. »Dann bedauern Sie also nichts, weil Sie ...« Er unterbrach sich und begriff, daß ihm ein Fehler unterlaufen war. »Tut mir leid«, fügte er hinzu. »Ich wollte sie nicht erwähnen.«

Riker nickte und versuchte, den Schmerz der Erinnerung zu ignorieren. »Schon gut.« Er wechselte das Thema. »Glauben Sie, daß Sie als Leiter einer Forschungsstation glücklich werden?«

Sam hob und senkte die Schultern. »Ich habe Korina versprochen, daß wir uns eine Zeitlang mit anderen Dingen beschäftigen. Sie hat die Wahl getroffen. Nachdem sie fünfzehn Jahre lang an Bord der *Enterprise* eingesperrt war, blieb mir in dieser Hinsicht kaum ein Mitspracherecht.« Er schmunzelte. »Außerdem ... Vielleicht habe auch ich genug vom Leben an Bord eines Raumschiffs. Möglicherweise steckt doch eine Landratte in mir.«

Ein Lächeln umspielte Rikers Lippen. »Ich werde Sie vermissen, Lavelle. Kann ich Sie nicht umstimmen?«

Sam schüttelte den Kopf. »Zu spät. Meine Koffer sind bereits gepackt.« Er zögerte kurz und maß den Admiral mit einem nachdenklichen Blick. »Und Sie? Wie lange wollen Sie noch in Ihrem staubigen alten Büro hocken?«

»Bis man mich rauswirft.«

»Wollen Sie es nicht vorher verlassen?« fragte Lavelle verschmitzt. »Verspüren Sie überhaupt nicht mehr den Wunsch, mit einem Raumschiff zu fernen Welten zu fliegen? In Bereiche vorzustoßen, wo noch nie jemand gewesen ist?«

Eine gute Frage. Auch wenn sie – wenigstens zum Teil – scherzhafte Bedeutung hatte. Riker holte tief Luft und ließ den Atem langsam entweichen.

»Ferne Welten sind für mich nicht mehr so wichtig wie früher«, sagte er. Es überraschte ihn, wie bitter dabei seine Stimme klang. »Vielleicht werde ich alt.«

Die nächsten Worte Sam Lavelles waren ernst gemeint. »Vielleicht lassen Sie zu, daß Sie alt werden.«

Dabei handelte es sich um ein weiteres Thema, das der Admiral nicht erörtern wollte. »Teilen Sie Ihrer Crew mit, daß in ein oder zwei Tagen Ersatz eintrifft, Sam. Und bleiben Sie mit mir in Verbindung. Beta Retimnion ist per Subraum-Kommunikation ebensogut zu erreichen wie jeder andere Ort in der Galaxis.«

Der jüngere Mann lächelte ein wenig melancholisch. »Das gilt auch für Sie, Sir. Wir bleiben in Kontakt. Und noch einmal: Besten Dank für alles. Lavelle Ende.«

Der Schirm wurde dunkel, und Riker lehnte sich zurück. Ein zehn Jahre jüngerer Mann, der mutig genug war, den Kommandosessel eines Raumschiffs wie der *Enterprise* aufzugeben ... Ein sehr ernüchternder Gedanke.

Was ist mit den Jahren geschehen? dachte Riker voller Wehmut. Was hatte ihn so sehr von den Dingen entfernt, die damals *alles* für ihn bedeuteten? Wo war seine Abenteuerlust geblieben?

Er wünschte sich plötzlich, die Uhr des Lebens um fünfundzwanzig Jahre zurückstellen zu können. Mit der ganzen Kraft seines Herzens sehnte er sich in jene Zeit zurück, als alle Wünsche in Erfüllung gingen und er sich nicht mit ständigen Schuldgefühlen quälen mußte. Er wäre zu allem bereit gewesen, um die Tage der Zufriedenheit und des Glücks zurückzuholen ...

Geordi LaForge seufzte, als Riker die Kom-Verbindung unterbrach. Picard mußte jetzt eine schwere Enttäuschung hinnehmen – obwohl es so bestimmt besser war.

Der frühere Chefingenieur sah kaum einen Sinn in dem Versuch, durchs stellare Territorium der Klingonen zu fliegen. Immerhin waren sie jetzt keine draufgängerischen jungen Offiziere mehr. Und selbst wenn es ihnen nicht an Tatendrang und Wagemut gefehlt hätte –

warum wegen der Hirngespinste eines alten Mannes das Leben riskieren?

Picard wandte sich vom Monitor ab. Es fiel Geordi nicht schwer, seine Empfindungen zu erraten. Er war betrübt und auch verärgert. Außerdem fühlte er sich von einem Mann verraten, in dem er einmal so etwas wie einen Sohn gesehen hatte.

Aber bestimmt kam er darüber hinweg. LaForge beschloß, ihm dabei zu helfen. *Ich begleite ihn nach Hause. In einigen Tagen hat er das Devron-System und alles andere vergessen.*

»Verdammt!« knurrte Picard. »Undankbarer Kerl. Sitzt schon zu lange hinter seinem Schreibtisch. Wißt ihr, wie oft ich für ihn die Kastanien aus dem Feuer geholt habe? Erinnert ihr euch?«

»Nun …« Geordi versuchte, sich seine Erleichterung nicht anmerken zu lassen. »Ich schätze, jetzt können wir nur noch abwarten. Wenn die *Yorktown* etwas entdeckt …«

Data sah ihn an. »Es gibt noch eine andere Möglichkeit.«

LaForge ächzte innerlich. Eine andere Möglichkeit? Das entsprach nicht gerade seinen Hoffnungen.

»Und die wäre?« fragte er.

»Wir könnten uns von einem Medo-Schiff mitnehmen lassen«, schlug der Androide vor.

»Von einem Medo-Schiff?« wiederholte Picard und kniff die Augen zusammen.

Data nickte. »Auf Romulus kam es zu einem Ausbruch der Terellianischen Pest. Der klingonische Hohe Rat erlaubt es medizinischen Föderationsschiffen, die Grenze zu passieren.«

Picard lächelte. »Ja … Ja, natürlich …«

Geordi musterte Data. Offenbar war diese Angelegenheit noch lange nicht ausgestanden.

»Also müssen wir uns jetzt einen Medo-Kreuzer besorgen«, sagte er.

Jean-Lucs Hand schloß sich um den Arm des Androiden. »Ich glaube, das läßt sich arrangieren, Mr. Data. Lokalisieren Sie die U.S.S. *Pasteur*. Ich kenne ihre Kommandantin. Sogar ziemlich gut …«

Sein Blick kehrte sich nach innen, galt Erinnerungsbildern. Schließlich seufzte er leise.

»Besser gesagt: Ich *kannte* sie einmal ziemlich gut …«

Die frühere Beverly Crusher, Captain des Medo-Schiffes U.S.S. *Pasteur*, musterte die drei Besucher, die im Bereitschaftsraum vor ihr standen. Der größte Teil ihrer Aufmerksamkeit galt jedoch dem Mann, mit dem sie einmal verheiratet gewesen war.

»Ich habe nie ›nein‹ sagen können, wenn du mich um etwas gebeten hast«, sagte sie zu Jean-Luc und lehnte sich im Sessel zurück.

Er lächelte. »Du hättest mir eine solche Antwort geben sollen, als ich dich bat, meine Frau zu werden.«

Beverly gab sich verärgert, als sie Picards Blick erwiderte. »Fang bloß nicht damit an«, sagte sie. »Sonst überlege ich mir diese Sache vielleicht anders.«

Ein Erinnerungsbild entstand vor ihrem inneren Auge. Sie sah sich selbst an ihrem Hochzeitstag, vor dem Haus der Howards auf Caldos. Zusammen mit Jean-Luc legte sie in Anwesenheit des Gouverneurs Maturin das Ehegelübde ab, während Freunde und Offizierskollegen zusahen. Der Wind trug damals den Duft von Heidekraut herbei …

Wesley gehörte zu den Gästen und gab äußerlich durch nichts zu erkennen, zu welchem wundervollen Wesen er geworden war. Er lächelte, freute sich für seine Mutter.

Jean-Lucs Bruder Robert freute sich ebenfalls, und zwar darüber, daß die Ehe an einem von Traditionen gesegneten Ort begann. Darauf hatte er während eines kurzen Gesprächs vor der Trauung hingewiesen.

Wenn die Zeremonie in Frankreich stattgefunden

hätte, im Haus der eigenen Familie, begleitet vom Duft reifer Weintrauben... Dann wäre Robert vermutlich noch glücklicher gewesen. Aber wenigstens befanden sie sich nicht an Bord eines Raumschiffes, umgeben von einer künstlichen Welt. *Irgendeine* Tradition war Jean-Lucs Bruder lieber als gar keine.

Was Beverly betraf... Zum erstenmal seit Jahren erfuhr sie wieder echte Freude. Durch die Ehe mit diesem ehrenwerten Mann schien eine Art kosmisches Gleichgewicht wiederhergestellt zu werden. Sie glaubte, daß es für den Rest ihres Lebens so blieb, daß sie das Glück bis ins hohe Alter begleitete.

In dieser Hinsicht sind meine Prognosen nicht besonders zuverlässig, dachte Beverly, als sie sich wieder auf die Gegenwart besann. *Zum Glück bin ich Ärztin und keine Wahrsagerin.*

Jean-Luc gab Data einen Stoß in die künstlichen Rippen. »Na bitte. Ich wußte, daß ich auf sie zählen kann. Sie ist nicht wie Riker.« Verbitterung prägte seine Miene, als er sich an das Gespräch mit dem Admiral erinnerte. »Weißt du, was er gesagt hat, Beverly? Habe ich dir davon erzählt?«

Sie nickte. »Ja, Jean-Luc.«

Es schmerzte, ihn auf diese Weise zu erleben: ein Mann, dessen Intellekt einst so beeindruckend gewesen war und der nun ein Opfer von Senilität zu werden drohte. Die Ärztin und Kommandantin sah Geordi und Data an.

»Na schön. Zuerst einmal brauchen wir eine Erlaubnis für den Flug ins Imperium.«

»Was ist mit *Worf?*« fragte der frühere Chefingenieur. »Gehört er noch immer dem klingonischen Hohen Rat an?«

»Ich weiß es nicht«, erwiderte Data. »Seit einer Weile bekommen wir kaum noch aktuelle Informationen über die politische Situation im Imperium. In einem der letzten Berichte wurde erwähnt, daß Worf nun auf H'atoria lebt, einer kleiner klingonischen Kolonie unweit der Grenze.«

Jean-Luc schnippte mit den Fingern. »Worf … Das ist es. Ja, das ist die Antwort.« Er nickte. »*Worf*. Er wird uns helfen. Bestimmt.«

Eine Stimme drang aus dem Interkom-Lautsprecher. »Chilton an Captain Picard.«

»Hier Picard«, entgegnete Beverly.

»Ich höre«, sagte ihr Exmann zur gleichen Zeit.

Sie wechselten einen Blick.

»Captain …« Chilton nahm die doppelte Antwort aus dem Bereitschaftsraum gelassen hin. »Station McKinley hat sich mit uns in Verbindung gesetzt. Man möchte wissen, wann wir andocken.«

Beverly stand auf. »Teilen Sie McKinley mit, daß wir mit einer Prioritätsmission beauftragt worden sind. Bis zum Andocken dauert's noch eine Weile.«

»Aye, Sir«, bestätigte Chilton.

Picard lächelte, als die Kommandantin der *Pasteur* zur Tür ging. »Du hast den Namen behalten?«

Beverly überhörte die Frage, die eigentlich gar keine Frage war, führte Jean-Luc und die anderen auf die Brücke. Das Merkurstabsymbol am Kommandosessel wies deutlich auf die Art des Raumschiffs hin, mit dem sie unterwegs waren.

Jetzt nehmen wir eine andere Aufgabe wahr, dachte Beverly. *Aber wenn Jean-Luc recht hat … Dann geht es auch in diesem Fall darum, Leben zu retten.*

»Nell«, wandte sie sich an Fähnrich Chilton, »nehmen Sie Kurs auf H'atoria. Maximale Geschwindigkeit.«

Chilton warf einen kurzen Blick über die Schulter, gab jedoch nicht zu erkennen, daß er überrascht war. »Aye, Captain.«

Beverly sah Jean-Luc an und deutete zum Turbolift. »Auf Deck fünf ist ein Quartier für dich vorbereitet. Wenn du dich ausruhen möchtest …«

Er bedachte sie mit einem verdrießlichen Blick. »Es

geht schon wieder los. Ständig rätst du mir, ich solle mich ausruhen. Ich wollte eine Ehefrau, keinen Leibarzt.«

Die Kommandantin lächelte höflich und beschloß, ihren früheren Ehemann daran zu erinnern, wer hier die Entscheidungen traf. »Ich könnte dich zu deiner Unterkunft eskortieren lassen.«

Ein oder zwei Sekunden lang befürchtete sie, daß er es ihr unnötig schwer machte. Doch dann schnaubte Jean-Luc leise und drehte sich um. »Es besteht keine Gefahr, daß ich mich an Bord eines Raumschiffs verirre. *So* alt bin ich nicht ...«

Er brummte leise vor sich hin, als er zum Turbolift ging.

»Alle behandeln mich wie einen senilen Narren«, grummelte Picard. Er sah sich in der Transportkapsel um, schien nach jemandem Ausschau zu halten, der ihm zuhörte. »Aber es liegen noch einige gute Jahre vor mir ... brauche mich nicht herumführen und mir alles zeigen zu lassen ...«

Kurz darauf schloß sich die Tür. Beverly wandte sich sofort an Geordi und Data.

»Wann wurde der letzte neurologische Scan durchgeführt?« fragte sie und versuchte, die Traurigkeit aus der Stimme zu verbannen.

LaForge zuckte mit den Schultern, und seine künstlichen Augen glänzten. »Ich weiß es nicht. Aber wenn Sie entsprechende Sondierungen vorschlagen, vergeuden Sie nur Ihre Zeit. Er meinte, er hätte ›die Nase voll von den verdammten Untersuchungen‹.«

Beverly nickte langsam – typisch für Jean-Luc. »Glauben Sie, daß etwas dran ist? Reist er tatsächlich in der Zeit hin und her?«

Geordi wandte den Blick ab und schwieg. Offenbar begegnete er Picards Geschichte mit einer gehörigen Portion Skepsis.

»Ich weiß auch nicht, was ich davon halten soll«, gestand Beverly. »Aber er ist noch immer Jean-Luc Picard. Wenn er sich eine letzte Mission wünscht, so soll er sie bekommen.«

In der Transportkapsel brummte Picard auch weiter vor sich hin. »Ich muß die Anomalie finden...«, sagte er leise und konzentrierte seine Gedanken auf das Ziel. »Um allen zu beweisen, daß ich nicht verrückt bin. Wenn wir sie gefunden haben ... Dann werden sie staunen.«

Ja. Und alle würden es bedauern, an ihm gezweifelt zu haben.

Nun, es ging ihm nicht in erster Linie darum zu beweisen, daß er recht hatte. Dabei handelte es sich nur um einen zusätzlichen positiven Aspekt. Er wollte vor allem herausfinden, warum er durch die Zeit reiste – und welche Verbindung mit dem Phänomen im Devron-System existierte.

Der Turbolift hielt an, und die Tür öffnete sich. Picard verließ die Transportkapsel und ...

... betrat die Brücke. Schwindel und Desorientierung erfaßten ihn, teilte ihm mit, daß erneut ein temporaler Transfer stattgefunden hatte.

Sein Blick glitt durch den Kontrollraum, und er sah: Tasha an der taktischen Station, Worf im rückwärtigen Bereich der Brücke, O'Brien an der Navigationskonsole, Data an der Operatorstation. Troi nahm ihren üblichen Platz ein, saß neben dem Kommandosessel.

Picard rückte seine Uniformjacke zurecht. »Bericht.«

»Wir fliegen nach Farpoint«, erwiderte die Counselor. »In vierzehn Stunden und dreißig Minuten treffen wir dort ein.«

Der Captain nickte. Er schritt zu O'Brien, sah ihm über die Schulter und betrachtete die Anzeigen der Navigationskonsole.

Der Chief blickte voller Unbehagen zu ihm auf. »Kann ich Ihnen irgendwie helfen, Sir?«

»Ja«, bestätigte Picard. »Wie weit sind wir vom Chavez-System entfernt?«

O'Brien kniff die Augen zusammen. »Vom Chavez-System? Wir haben es gerade passiert, Sir.«

Diese Mitteilung erstaunte den Captain. »Tatsächlich? Und es ist überhaupt nichts geschehen?«

»Nein, Sir«, antwortete der Chief verwirrt.

Der Captain fluchte innerlich. »Warptransfer unterbrechen«, sagte er. »Kursumkehr. Bringen Sie uns zurück zum Chavez-System.«

Aus den Augenwinkeln beobachtete er die Reaktionen auf seine Order. Tasha, Troi und einige andere Offiziere wechselten überraschte Blicke. O'Brien hingegen beschränkte sich darauf, die Anweisung auszuführen.

»Wir haben das Chavez-System erreicht«, meldete der Chief nach einer Weile.

Der Captain wandte sich an Data. »Orten Sie etwas Ungewöhnliches in der Nähe, Commander?«

Der Androide drehte den Kopf. »Wie würden Sie *ungewöhnlich* in diesem Zusammenhang definieren, Sir? In jedem Raumbereich gibt es einzigartige Merkmale, die woanders nicht existieren.«

Picard überlegte und versuchte, sich an die Einzelheiten zu entsinnen. Auf welche Weise war es beim *erstenmal* passiert?

Schließlich fiel ihm etwas ein.

»Erfassen die Sensoren eine Art Barriere?« erkundigte er sich. »Ein … hochenergetisches Plasmafeld?«

Tasha bediente die Kontrollen der taktischen Konsole, und einige Sekunden später schüttelte sie den Kopf. »In der Nähe befindet sich nichts dergleichen, Sir.«

Verwundert blickte Picard wieder auf O'Briens Konsole hinab. »Es ist die richtige Zeit und der richtige Ort. Er sollte hier sein.«

Der Chief runzelte die Stirn. »Wen meinen Sie, Sir?«

Picard straffte die Gestalt und sah sich erneut auf der Brücke um. »*Q*!« rief er. »Wir sind hier, verdammt!«

Keine Antwort.

Einmal mehr wandte er sich an seinen Plagegeist. »Die Sache dauert jetzt lange genug! Welches Spiel treiben Sie diesmal?«

Erneut blieb alles still. Q reagierte nicht.

Im Gegensatz zu den Offizieren. Wieder wechselten sie Blicke und fragten sich vermutlich, ob der Captain den Verstand verloren hatte.

Picard runzelte die Stirn und drehte sich zu Troi um. »Counselor … Spüren Sie eine fremde Präsenz von der Art, wie ich sie schon einmal beschrieben habe? Eine überlegene Intelligenz?«

Die Betazoidin wirkte besorgt. »Nein, Sir.«

Im hinteren Bereich der Brücke flüsterten Worf und Tasha miteinander. Offenbar glaubten sie, daß der Captain nichts bemerkte.

»Was ist … Q?« fragte der Klingone leise.

Yar zuckte mit den Achseln. »Ein Buchstabe des Alphabets, soweit ich weiß.«

Verdammt! fluchte Picard. *Wo steckt er? Und was führt er diesmal im Schilde?*

»Auf diese Weise sollte es eigentlich nicht geschehen …«, murmelte er. Lauter und fester fügte er hinzu: »Position halten. Ich bin im Bereitschaftsraum.«

Auf dem Weg zur Tür nahm er die Blicke der Offiziere wortlos hin. Was hätte er auch sagen sollen? Daß er aufs Erscheinen eines mit übernatürlichen Kräften ausgestatteten Superwesens wartete? Daß er die Befehle von Starfleet Command mißachtete, um Gespenstern nachzujagen?

Verärgert betrat er den Bereitschaftsraum …

… und fand sich an einem ganz anderen Ort wieder.

Es handelte sich um eine Art Gerichtssaal aus Glas und Stahl; nirgends gab es etwas, das nicht hart und unnachgiebig war. Ein großes Publikum hatte sich eingefunden, eine wilde Menge aus hohlwangigen Vogelscheuchen – heruntergekommene, ausgemergelte Männer und Frauen, die auf Picard zeigten und seinen Namen kreischten.

Unter diesen Leuten befanden sich auch jene Gestalten, die er im Weinberg seiner ›Zukunft‹ und im Shuttlehangar der ›Vergangenheit‹ gesehen hatte. Ihre Anzahl war nun um ein Vielfaches gewachsen. Der von ihnen ausgehende Gestank erfüllte die Luft, und ganz deutlich spürte der Captain ihren Haß.

Plötzlich wußte er um seinen derzeitigen Aufenthaltsort Bescheid. Er hatte ihn schon einmal gesehen – dies war das einundzwanzigste Jahrhundert, das postatomare Grauen der Menschheit.

Das erklärte die zerlumpte Kleidung der Zuschauer, ihre offensichtliche Armut, die Verbitterung in ihren Stimmen, die Hoffnungslosigkeit in den Augen.

Hier war Picard vor einigen Jahren angeklagt worden. Nicht nur er, sondern die ganze Menschheit.

Kurz darauf wurde sein Verdacht bestätigt, als das Publikum zu einem langen, dunklen Flur sah. Er stellte den einzigen Ein- beziehungsweise Ausgang des Raums dar, und nun kam jemand.

Jemand, der im Schneidersitz auf einem schwebenden Polster saß.

Q, dachte der Captain. *Wer sonst?*

Einige Sekunden später sah er seinen Verdacht bestätigt. Mit perfektem Timing glitt die Entität aus den Schatten hervor, veranlaßte die Menge damit zur gewünschten Reaktion. Die Zuschauer grölten begeistert, als Q in die Mitte des Saals schwebte, gehüllt in den reich bestickten Talar eines Richters.

Er hob die Hand, brachte das Publikum damit zum Schweigen. Fast sofort herrschte völlige Stille. Mit einem arroganten Lächeln wandte sich Q an Picard.

»*Mon capitaine*«, sagte er, und Ironie funkelte in seinen Augen. »Ich hatte schon befürchtet, Sie kämen *nie* hierher.«

12

»Q«, sagte Picard. »Das hätte ich mir eigentlich denken können.«

Das Wesen zuckte mit den Schultern. »Eigentlich waren Sie sich nur zu sechsundneunzig Prozent sicher. Aber warum kleinlich sein?«

Picard brachte derzeit keine Geduld für Qs Späße auf. »Was hat dies alles zu bedeuten?«

»Ist es nicht offensichtlich, Jean-Luc?« Q vollführte eine ausladende Geste, die dem ganzen Gerichtssaal und den gräßlichen Zuschauern galt. »Sehen Sie das nicht selbst, alter Knabe? Oder übersteigt diese einfache Kombination aus Wahrnehmung und Erkenntnis Ihr geistiges Leistungsvermögen?«

Der Captain runzelte die Stirn. Er mußte sich an die von Q bestimmten Spielregeln halten; es blieb ihm nichts anderes übrig. »Zum letztenmal habe ich vor sieben Jahren in diesem Gerichtssaal gestanden ...«

»Vor sieben Jahren«, wiederholte Q spöttisch. »Wie wenig ihr Sterblichen von der Zeit wißt. Müssen Sie immer so linear sein, Jean-Luc?«

Picard ließ sich nicht beirren. »Sie warfen mir vor, der Repräsentant einer barbarischen Spezies zu sein ...«

»›Eines gefährlichen, wilden, kindlichen Volkes‹ – so lauteten die Worte, wenn ich mich recht entsinne.«

»Aber wir haben bewiesen, daß die Menschheit friedlich und gutmütig geworden ist«, fuhr der Captain fort. »Sie bestätigten das und ließen uns unseren Weg gehen.« Er sah sich um, blickte zu den jetzt stummen

Zuschauern. »Wieso befinde ich mich wieder in diesem Gerichtssaal, obgleich das Urteil bereits gefällt ist?«

Q seufzte. »Sie möchten, daß ich die Punkte für Sie verbinde, Sie von A nach B führe, dann von B nach C und so weiter – damit Sie trotz Ihrer beschränkten Intelligenz alles verstehen.« Er schüttelte den Kopf und schien sich über Picards Begriffsstutzigkeit zu ärgern. »Wie langweilig ...«

»Vielleicht für Sie. Was mich betrifft ...«

»Es wäre viel interessanter, wenn Sie den Versuch unternähmen, der Sache auf den Grund zu gehen.« Q überlegte kurz und schnippte mit den Fingern, so als hätte er plötzlich eine Idee. »Ich helfe Ihnen dabei.«

Er griff unter den Talar und holte einen Kartenblock hervor. Auf dem ersten Blatt stand die Nummer 10.

»Wir gehen folgendermaßen vor, *mon ami.* Ich beantworte jede Frage, bei der ein ›Ja‹ oder ›Nein‹ möglich ist. Wenn Sie es mit zehn oder weniger Fragen schaffen, das Rätsel zu lösen, so sind Sie der große Gewinner. Nun, was halten Sie davon?«

Auch diesmal schien Picard kaum eine Wahl zu haben. »Na schön, Q.« Er fragte sich, wie er gleich zu Anfang möglichst viel herausfinden konnte. »Stellen Sie die Menschheit erneut vor Gericht?«

Q lächelte. »Nein«, sagte er und klappte eine Karte um. Zum Vorschein kam die Zahl 9.

»Gibt es irgendeine Verbindung zwischen dem Gerichtsverfahren vor sieben Jahren und den aktuellen Ereignissen?« fragte der Captain.

Q gab vor, darüber nachzudenken. »Mal sehen. Hmmm ... Ich glaube, die richtige Antwort lautet *Ja.*« Die nächste Karte zeigte eine 8.

»Doch Sie behaupten, daß nicht erneut gegen uns verhandelt wird ...«

»Stimmt«, sagte Q. »Das Gerichtsverfahren ist längst vorbei. Das wären drei Fragen für den Kandidaten von der Erde.«

»Ich habe nur eine Feststellung getroffen, keine Frage gestellt«, protestierte Picard.

Q klappte ungerührt eine weitere Karte um. »Ihnen bleiben sieben. Bisher haben Sie keine besonders gute Arbeit geleistet, wenn Sie mir diese Bemerkung gestatten. Ein Affe hätte es vermutlich weiter gebracht – und wäre außerdem auch noch geistreicher gewesen.«

Picard unterdrückte den Ärger und konzentrierte sich auf die nächste Frage. »Die Raum-Anomalie in der Neutralen Zone – hat sie mit den derzeitigen Geschehnissen zu tun?«

»Oh, diesmal ist die Antwort ein klares *ja.*« Q ließ die nächste Karte erscheinen.

»Steckt eine romulanische Verschwörung dahinter? Planen die Romulaner einen Krieg?«

»Sie verbringen zuviel Zeit mit dem Klingonen«, sagte Q. »Nein und noch einmal nein. Sechs Fragen gestellt. Ihnen bleiben vier.«

Picard schnappte nach Luft. »Einen Augenblick ... Ich habe nicht sechs Fragen gestellt, sondern nur fünf.«

Q zählte sie an den Fingern ab. »›Steckt eine romulanische Verschwörung dahinter? Planen die Romulaner einen Krieg?‹ Das sind zwei verschiedene Fragen.«

Zorn vibrierte in Picard, und er bemühte sich, ihn unter Kontrolle zu halten. Hier bot sich die Gelegenheit, Aufschluß zu gewinnen. Diese Chance durfte er nicht vergeuden.

»Haben Sie die Anomalie geschaffen, Q?«

Die Entität lachte vergnügt. »Nein, nein, nein, Sie unglaublicher Dummkopf. Sie werden sehr überrascht sein, wenn Sie erfahren, wodurch die Anomalie entstand. *Falls* Sie es jemals herausfinden. Noch drei Fragen.«

Der Captain versuchte es mit einer anderen Taktik. »Sind Sie für meine temporalen Transfers verantwortlich?«

Q sah sich argwöhnisch um und wirkte nun ein

wenig schuldbewußt. Er schien nach Zuhörern Ausschau zu halten und beugte sich auf dem schwebenden Kissen vor.

»Ich antworte, wenn Sie mir versprechen, daß Sie niemandem etwas verraten«, hauchte er.

»Ich verspreche es«, erwiderte der Mensch.

»Gut«, flüsterte Q. »Die Antwort lautet *ja.*«

Picard schüttelte den Kopf. »Aber warum?«

»Tut mir leid«, sagte Q. »Diese Frage läßt sich nicht mit ›ja‹ oder ›nein‹ beantworten. Damit haben Sie das Spiel vorzeitig beendet.« Er warf den Kartenblock achtlos fort. »Was mich kaum überrascht. Eine solche Dummheit habe ich von Ihnen erwartet. Übrigens: Derartige Verhaltensweisen bilden die Basis für unsere Entscheidung.«

Picard maß das Wesen mit einem durchdringenden Blick. »Ihre Entscheidung?« wiederholte er.

Q nickte. »Ein weiteres Urteil wurde gefällt, Captain. Und Sie sind schuldig.«

Picard trat seinem Widersacher einen Schritt entgegen. »Schuldig? In welcher Hinsicht?«

»Ihre Schuld besteht in Wertlosigkeit.« Q musterte den Captain nun mit offener Verachtung. »Vor sieben Jahren kündigte ich Ihnen an, daß wir Sie beobachten. Das waren keine leeren Worte. Wir *haben* Sie im Auge behalten und gehofft, daß Ihre affenartige Spezies wenigstens *ansatzweise* die Fähigkeit zeigt, sich in intellektueller Hinsicht weiterzuentwickeln.«

Das schwebende Kissen der Entität sank dem Boden entgegen, bis sich Qs Augen auf einer Höhe mit denen des Captains befanden. In ihnen sah Picard etwas, das er dort nie zuvor gesehen hatte.

»Doch was mußten wir mit ansehen?« fuhr Q fort. »Sie verbrachten viel Zeit damit, sich um Commander Rikers berufliche Laufbahn zu sorgen, Counselor Trois pedantischem Psychogeschwafel zuzuhören, Worf dabei zu helfen herauszufinden, ob er ein Mann ist oder eine

Maus… Ganz zu schweigen von Data, den Sie in seinem lächerlichen Bestreben unterstützten, menschlicher zu werden.«

»Wir haben zahllose neue Welten besucht«, sagte Picard. »Dabei fanden wir Gelegenheit, Kontakte zu fremden Völkern zu knüpfen, unser Wissen übers Universum zu mehren, es besser zu verstehen…«

»Auf ihre eigene, armselige Weise«, räumte Q ein. »Aber Sie ahnen nicht einmal, wie weit der noch vor Ihnen liegende Weg ist. Sie haben die vergangenen sieben Jahre verschwendet, anstatt sie zu nutzen, um zu wachsen.«

»Da bin ich anderer Ansicht…«, wandte Picard ein.

Q winkte ab. »Im Universum mag die Zeit ewig sein, Captain. Doch die Geduld unseres Kontinuums hat Grenzen – und in bezug auf Ihr Volk ist sie nun zu Ende.«

Picard fürchtete plötzlich, daß es nicht die geringste Möglichkeit für ihn gab, dieses spezielle Duell zu gewinnen. Qs Entscheidung schien bereits unwiderruflich festzustehen.

»Sie haben ein Urteil erwähnt«, sagte er langsam. »Wie lautet es?«

»Es wird Zeit für Sie, die Reise zu den Sternen zu beenden, Jean-Luc«, meinte Q. »Es wird Zeit für Sie, anderen, würdigeren Spezies Platz zu machen.«

Der Captain verstand nicht. »Soll das heißen, daß wir keine interstellare Raumfahrt mehr betreiben dürfen?«

In Qs Augen loderte es. »Nein, Sie Einfaltspinsel. Es soll heißen, daß Sie nicht mehr *existieren* dürfen. Das Schicksal der Menschheit ist besiegelt. Ihr Volk wird vollständig und für immer ausgelöscht.«

Nein, dachte Picard. *Das ist ausgeschlossen.* Dazu konnte nicht einmal ein so skrupelloses Geschöpf wie Q fähig sein.

»Ich?« fragte Q, der die Gedanken des Captains gelesen hatte. »Wollen Sie schon wieder *mich* für alles verantwortlich machen? Diesmal bin ich nicht Ihr Gegner. Obwohl ich nach einem Abend geistloser Balalaikamusik bereit gewesen wäre, zu Ihrem Feind zu werden.«

»Balalaikamusik? Wie …«

»Schon gut.« Q beugte sich so nah zu Picard vor, daß sich fast ihre Nasen berührten. »*Ich* bin es nicht, der die Vernichtung der Menschheit auslöst«, sagte er. »Dieses Verdienst gebührt *Ihnen*.«

Jean-Luc schüttelte den Kopf. »*Ich* bin es, der …?«

»Ja. Sie schicken sich *hier* an, den Untergang der Menschheit einzuleiten. Sie *haben* es bereits getan, in der Vergangenheit. Und in der Zukunft wiederholen Sie den Vorgang.«

Picard hörte, wie er mit den Zähnen knirschte. »Was hat es mit diesem doppeldeutigen Gerede auf sich?«

Q holte tief und melodramatisch Luft. »Meine Güte. Er versteht nicht. Nun, wahrscheinlich ist es mein Fehler. Ich habe an ihn geglaubt, einen winzigen Funken Entwicklungspotential in ihm gesehen. Doch das muß ein Irrtum gewesen sein. *C'est la vie*.«

»Nein«, sagte Picard, als er spürte, daß die Entität den Gerichtssaal verlassen wollte. »Sie dürfen es nicht einfach dabei belassen. Sie müssen …«

Q schien ihn überhaupt nicht zu hören. »Viel Glück, Jean-Luc. Vielleicht können Sie es noch vermeiden, alle Menschen in der Galaxis umzubringen. Aber ich bezweifle es.«

»Nein!« rief der Captain.

»An welchen Gott auch immer Sie glauben: Möge er Ihrer Seele gnädig sein. Die Verhandlung ist vertagt.«

Noch einmal, und noch lauter: »Nein!«

Q hob die Hand, um den Captain zu verabschieden. Ein Gong ertönte …

… und Picard setzte sich auf, war von einem Augenblick zum anderen hellwach. Das Geräusch verklang, wich Stille, und erst dann begriff der Captain, daß er sich im Bereitschaftsraum befand. Einige weitere Sekunden verstrichen, bevor ihm klar wurde, daß er in der ›Gegenwart‹ weilte.

Er sprang auf, eilte zur Tür und betrat die Brücke. Riker war nicht zugegen, und deshalb stellte er eine Interkom-Verbindung her.

»Commander Riker«, sagte er.

»Hier Riker«, antwortete der Erste Offizier.

»Versammeln Sie die Senior-Offiziere.« Der Captain schauderte, als er sich erinnerte. »Und veranlassen Sie Alarmstufe Rot. Unser Problem ist größer, als wir bisher dachten.«

13

»Dr. Pulaski?« – Kate Pulaski sah von dem Tisch auf, an dem sie sich mit dem andorianischen Spiel *Choctoq* beschäftigte – und verlor. Sie wußte nicht, wen sie erwarten sollte, jedoch gewiß nicht die Tochter des Fünften Hauses von Betazed, Hüterin des Heiligen Kelchs von Riix.

»Botschafterin Troi?« erwiderte sie, und es gelang ihr nicht, die Überraschung zu verbergen. Einige der anderen Offiziere sahen von nahen Tischen auf, setzten dann ihre Gespräche fort.

Pulaski hatte Lwaxana Troi zum letztenmal vor fünf Jahren gesehen und stellte keine wesentlichen Veränderungen an ihr fest. Das Haar war jetzt nicht mehr braun, sondern dunkelrot, doch ihr haftete noch immer jene Art von Munterkeit an, die selbst standhafte Raumschiffkommandanten veranlaßte, mit der nächsten Rettungskapsel zu fliehen.

Ich schätze, in diesem Punkt steht gerade mir keine Kritik zu, dachte Pulaski. *Wenn man mir gestattet, die Sprichwörter ein wenig durcheinanderzubringen: Wer so oft wie ich am Trog gewesen ist, sollte nicht den ersten Stein werfen.*

»Sie erinnern sich offenbar an mich«, sagte die Betazoidin. »Und ja: Ich *habe* die Haarfarbe geändert. Wie nett von Ihnen, das zu bemerken.«

Pulaski errötete. Telepathie war eine sehr unangenehme Sache, wenn man genauer darüber nachdachte. Sie deutete auf den Stuhl ihr gegenüber. »Bitte nehmen Sie Platz.«

Die Botschafterin setzte sich. Sie nahm ein *Choctoq*-Stück und betrachtete das Drachensymbol auf der glatten weißen Fläche. »Ich weiß – Sie fragen sich, was ich an Bord der *Repulse* mache. Nun, Botschafter Zul von Triannis erkrankte vor einigen Tagen ...«

»Und Sie vertreten ihn in dem Team von Alpha Tiberia, das die Verhandlungen führt«, beendete Pulaski den Satz. »Ich verstehe. Allerdings: Botschafter Zul kennt sich besonders gut mit den Tauschhandel-Methoden der Ferengi aus ...«

»In der Tat«, bestätigte Lwaxana und legte das *Choctoq*-Teil an den richtigen Platz zurück. »Deshalb bat man *mich*, für ihn einzuspringen. Wissen Sie, Doktor, auch ich hatte mit den Ferengi zu tun. Und ich darf Ihnen versichern, daß meine diesbezüglichen Erfahrungen umfassender sind, als es bei Botschafter Zul der Fall sein kann.«

Pulaski lächelte. »Daran zweifle ich nicht. Nun... Wie geht's Deanna? Und den anderen von der *Enterprise?*«

Lwaxana Troi runzelte die Stirn. »Ob Sie's glauben oder nicht: Deanna ist noch immer nicht verheiratet. Und sie hat das hübscheste Gesicht an Bord des Schiffes, wenn ich so sagen darf.« Die Betazoidin seufzte. »Was die anderen betrifft... Es ist praktisch alles so wie früher.« Sie überlegte kurz. »Hatte Will Riker schon einen Bart, als Sie an Bord waren?«

Die Ärztin nickte. »Ja. Er hatte sich ihn gerade wachsen lassen.«

»Und ... haben Sie Alexander kennengelernt?«

Pulaski schüttelte den Kopf. »Ich glaube nicht. Wer ist er?«

Lwaxana lächelte. »Der netteste klingonische Junge, den Sie sich vorstellen können. Kaum zu glauben, daß ausgerechnet der grimmige Mr. Wuff sein Vater ist.«

Pulaski schmunzelte amüsiert. »Sie meinen *Worf.*«

»Wuff, Worf ...« Lwaxana Troi zuckte mit den Schultern, so als spiele der Name keine Rolle. »Wie dem auch sei: Alexander kam nach dem Tod seiner armen Mutter an Bord. Kannten Sie K'Ehleyr?«

Pulaski stellte die logische Verbindung her. »K'Ehleyr war die Mutter des Jungen?«

Lwaxana nickte. »Armes Ding. Irgendein Schurke aus dem Hohen Rat brachte sie um, als ihre Nachforschungen die verräterischen Umtriebe seiner Familie zu entlarven drohten.«

Die Ärztin schauderte. »Schrecklich. Aber mit dem Jungen ist alles in Ordnung, oder?«

»*Jetzt* schon«, betonte Lwaxana. »Was er vor allem meiner Tochter verdankt. Sie hat sich sehr um ihn gekümmert.«

Pulaski erinnerte sich an Worf. Er war ihr sehr sympathisch gewesen, doch sie konnte sich kaum vorstellen, daß er ganz allein einen Jungen großzog. Für jemanden wie ihn mußte das sehr schwer sein.

»Da haben Sie recht«, sagte die Botschafterin.

Erneut bedauerte Pulaski die telepathischen Fähigkeiten von Betazoiden. »Und Data?« fragte sie. »Wie geht es ihm?«

Lwaxana sah sie an. »Der Androide?« Sie dachte über die Frage nach. »Nun, er verändert sich kaum, oder?« Sie legte eine kurze Pause ein. »Nein, es sollte besser heißen: *Äußerlich* verändert er sich kaum. Aber seine Persönlichkeit hat einen beeindruckenden Entwicklungsprozeß hinter sich. Seine Umgangsformen sind besser geworden. Er verhält sich jetzt mehr wie ein… Mensch, wenn Sie verstehen, was ich meine.«

Die Ärztin seufzte und betrachtete die bunten *Choctoq*-Teile auf ihrer Seite des Tisches. »Wie sehr ich mich geirrt habe…«

»Bei was?« erkundigte sich Lwaxana Troi.

»Bei Data. Als ich die medizinische Abteilung der *Enterprise* leitete, habe ich ihn nur für eine Art Maschine gehalten. Er ist kein biologisches Geschöpf, und daher lehnte ich es damals ab, ihn als Person zu akzeptieren.

Nun, gelegentlich sehe ich mir die Starfleet-Dateien an, die zu seiner elektronischen Personalakte gehören. Er hat tatsächlich Fortschritte erzielte, wie sie nur einer *Person* möglich sind.« Pulaski seufzte. »Ja, ich habe mich damals sehr in ihm geirrt.«

Lwaxana musterte sie. »Das sollten Sie ihm sagen. Er würde sich bestimmt freuen, so etwas von Ihnen zu hören. Von jemandem, den er respektiert.«

Die Ärztin nickte. »Vielleicht beherzige ich Ihren Rat. Ob sich Data über eine solche Mitteilung freut oder nicht – *ich* fühle mich dadurch bestimmt besser.« Sie zögerte. »Da fällt mir ein … Ich könnte der *Enterprise* einen Besuch abstatten. Genug freie Zeit hätte ich …«

Lwaxana beugte sich vor und schüttelte den Kopf. »Damit warten Sie besser noch ein wenig«, sagte sie leise.

Sie sah sich um und stellte zufrieden fest, daß niemand lauschte. »Die *Enterprise* befindet sich auf einer geheimen Mission«, fuhr die Betazoidin fort. »Im Bereich der romulanischen Neutralen Zone. Dort gibt es eine Anomalie oder was in der Art.«

Pulaski bedachte Lwaxana mit einem neugierigen Blick. »Wenn die Mission *geheim* ist – wieso wissen Sie dann davon?« Eine Sekunde später beantwortete sie ihre eigene Frage: *Telepathie*.

Die Botschafterin lächelte. »Es zahlt sich aus, dann und wann einem Admiral Gesellschaft zu leisten. Dabei erfährt man immer das eine oder andere.« Das Lächeln verschwand abrupt. »Natürlich möchte ich nicht, daß die Sache allgemein bekannt wird. Deanna würde mich *umbringen*. Und bei Riix: Das arme Mädchen hat schon genug Probleme. Habe ich Ihnen gesagt, daß sie noch immer nicht verheiratet ist?«

Pulaski schmunzelte. »Ja, das haben Sie.«

Lieutenant Reginald Barclay seufzte hingebungsvoll, als er sich an die Einzelheiten seiner Verwandlung erinnerte.

»Eigentlich war es gar nicht so schlimm, eine Spinne zu sein«, sagte er. »Ich meine, ich wußte überhaupt nicht, was geschah. Ich hatte nur den… vagen Eindruck, daß sich gewisse Dinge veränderten. Um mich herum schien alles langsamer abzulaufen. Das heißt: Meine Reaktionsgeschwindigkeit wuchs. Und… oh, ja. Dann war da noch die *andere* Sache.«

Er sah Counselor Troi an. Sie saß ihm gegenüber, und wie üblich richtete sie einen von Anteilnahme geprägten Blick auf ihn.

»Sie meinen den Appetit auf Fliegen«, erwiderte sie ruhig.

Barclay nickte. Selbst jetzt konnte er kaum daran denken, ohne daß ihm der Mund wäßrig wurde. »Ja. Genau.«

Troi lächelte. »Wie ich schon sagte, Reg: Ihre Gefühle sind keineswegs ungewöhnlich. Alle Besatzungsmitglieder wurden von dem Protomorphose-Syndrom betroffen. Jeder von uns – auch ich – hat in diesem Zusammenhang unangenehme Erinnerungen.«

»Ja, aber man benannte die Krankheit ausgerechnet nach *mir*.«

Troi musterte ihn. »Dr. Crusher folgte damit der wissenschaftlichen Tradition. Wenn sie den Namen ändern soll…«

Barclay dachte kurz über diese Möglichkeit nach und schüttelte dann den Kopf. Eigentlich fand er Gefallen daran, auch wenn der Name nahelegte, daß er für die Epidemie verantwortlich war.

Immerhin errang er dadurch eine gewisse Unsterblichkeit. Noch in Hunderten oder gar Tausenden von Jahren würden Ärzte und Wissenschaftler der Föderation voller Ehrfurcht vom Barclayschen Protomorphose-Syndrom sprechen.

Wenn dann noch eine Föderation existierte. So wie sich die Dinge derzeit entwickelten, konnte man da nicht ganz sicher sein.

»Ich glaube, das mit der Spinne belastet mich gar nicht so sehr«, gestand er. »Auch nicht der Umstand, daß man eine Krankheit nach mir benannte.«

Das wußte die Counselor natürlich schon seit einer ganzen Weile, obwohl sie nicht darauf hingewiesen hatte. Ihre wichtigste Pflicht bestand im Zuhören.

Sie wartete nun geduldig darauf, daß Barclay sein wahres Problem schilderte.

»Die gegenwärtige Mission ...«, brachte er schließlich hervor. »Die im Devron-System entdeckte Anomalie und die zur Neutralen Zone entsandten romulanischen Kriegsschiffe ...« Furcht kroch in dem Lieutenant empor, und er schluckte krampfhaft. »Wir mußten Berichte über die Gefechtsbereitschaft erstellen. Sie wissen, was das bedeutet, nicht wahr?«

Troi begegnete seinem Blick in aller Ruhe. »Nein, Reg. Was bedeutet es?«

»Ein Kampf steht hervor.« Barclay rang mit sich selbst. »Gegen die Romulaner.« Er starrte auf seine Hände, die zu zittern begannen. »Niemand hat darauf hingewiesen, aber ich weiß die Zeichen zu deuten.«

Die Counselor beugte sich vor und ließ sich Zeit mit der Antwort. Diesmal existierte für Barclays Angst eine reale Grundlage, und das wußten sie beide.

»Ich glaube, Sie ziehen voreilige Schlüsse, Reg. Ich kann Ihnen keine Garantie dafür geben, daß es nicht zu einem Kampf kommt. Doch dabei handelt es sich nur um eine von vielen Möglichkeiten.«

Der Lieutenant runzelte die Stirn. »Und die Gefechtsbereitschaft? Entsprechende Berichte werden nur angefordert, wenn man einen Kampf erwartet.«

»Oder wenn es zu einer Konfrontation kommen *könnte*«, sagte Troi. »Derzeit ist die Lage noch unklar. Wir wissen nicht, was es mit der Anomalie auf sich hat und warum die Romulaner solches Interesse daran zeigen. Deshalb sind wir vorsichtig – bis wir Bescheid wissen.«

Dieser Hinweis sorgte dafür, daß sich Barclay ein wenig besser fühlte. Aber eben nur ein wenig. »Und wenn die Romulaner auf *unsere* Reaktion reagieren? Was ist, wenn sie uns orten und vermuten, daß wir ihre Absichten … falsch verstehen?«

Trois Gesichtsausdruck blieb weiterhin sanft und gelassen. »So etwas läßt sich nicht völlig ausschließen«, räumte sie ein. »Allerdings halte ich die Romulaner für alles andere als impulsiv. Bestimmt sind sie nicht ohne weiteres bereit, uns anzugreifen.«

Barclay blieb skeptisch. »Sie haben dreißig Kriegsschiffe zur Neutralen Zone geschickt. Wenn sie keine feindlichen Absichten haben, was …« Ein jäher Kloß im Hals hinderte ihn daran, den Satz zu beenden.

»Reg … Ich weiß nicht, was uns bevorsteht und wie die Sache ausgeht. Aber eins steht für mich fest: Ohne zusätzliche Informationen hat es keinen Sinn, sich Sorgen zu machen.« Troi lächelte ermutigend. »Außerdem sollte Ihnen klar sein, daß Captain Picard alles versuchen wird, einen Kampf zu vermeiden.«

Das stimmte. Andererseits … Vielleicht hatte Picard nur wenig – oder gar keine – Kontrolle über die Entwicklung der Situation.

Barclay kam nicht dazu, diesen Gedanken in Worte zu fassen. Eine Stimme drang aus dem Interkom-Lautsprecher.

»Riker an Counselor Troi. Der Captain hat mich aufgefordert, die Senior-Offiziere zu versammeln. Wir treffen uns in der Aussichtskammer, und zwar *sofort*.«

Deanna Troi wirkte nur selten beunruhigt, doch jetzt war das der Fall, wie Barclay feststellte.

»Ich bin unterwegs«, antwortete sie.

Der Lieutenant hatte plötzlich das Gefühl, den Boden unter den Füßen zu verlieren. »Aber … unser Gespräch …«

Die Counselor griff nach seinem Arm und zog ihn mit

sich, als sie zur Tür ging. »Wir setzen es so bald wie möglich fort.«

Panik quoll in Barclay empor. »Ich hatte noch gar keine Gelegenheit, Ihnen von den anderen Dingen zu erzählen …«

Troi verharrte dicht vor der Tür, die sich mit einem leisen Zischen öffnete.

»Reg … Ich weiß, daß es nicht leicht für Sie ist, aber versuchen Sie, sich zu entspannen. Wenn Sie sich aufregen, wird nur alles schlimmer.«

»Versuchen Sie, sich zu entspannen«, wiederholte Barclay, als Troi ihn in den Korridor führte. »Gute Idee.« Doch tief in seinem Innern wußte er, daß es nicht klappen würde. Sich zu entspannen – das gehörte nicht gerade zu seinen starken Seiten.

Es war zu spät, die Counselor daran zu erinnern: Sie schritt bereits zum nächsten Turbolift. Kurz darauf schloß sich das Schott der Transportkapsel, und Barclay blieb allein zurück. Andere Besatzungsmitglieder eilten an ihm vorbei.

Für diese Leute ist es ganz einfach, sich mit allem abzufinden, dachte er. Sie waren vor Schreck nicht so sehr erstarrt, daß sie kaum mehr atmen konnten.

Es ging dabei nicht nur um die Angst vor dem Tod. Barclay litt an einer anderen, heimtückischeren Furcht. In alptraumhaften Visionen sah er sich selbst, wie er während eines kritischen Zeitpunkts versagte, wodurch andere Personen starben. Er fürchtete, zu einem brabbelnden, völlig nutzlosen Idioten zu werden, wenn die Belastungen zu groß wurden.

Mit anderen Worten: Er hatte Angst davor, Angst zu haben. Die Vorstellung, entsetzt zu sein, erfüllte ihn mit Entsetzen. Er zitterte bereits bei dem Gedanken, das große Zittern zu bekommen.

Aber vielleicht hatte die Counselor recht. Vielleicht genügte es wirklich, sich zu entspannen. Ein Holodeck-Programm würde ihm sicher dabei helfen …

Barclay rief sich selbst zur Ordnung. Nein, das Holodeck kam nicht in Frage. Dadurch hatten sich bereits genug Probleme ergeben.

Das Sportzentrum …

Der Lieutenant schüttelte den Kopf. Er war nicht sehr sportlich. Wenn er das Sportzentrum aufsuchte, fühlte er sich dort nur fehl am Platz.

Und der Gesellschaftsraum? Ja. Er konnte jetzt eine von Guinans Spezialitäten vertragen. Außerdem hörte sie ihm immer zu, ganz gleich, wie dumm und nebensächlich seine Sorgen waren.

Barclay ging zum Turbolift und brauchte nur einige wenige Sekunden zu warten, bis sich die Tür öffnete. Doch als er die Transportkapsel betrat, verschwand die Entschlossenheit aus ihm und wich einem Unbehagen, das sich schnell verdichtete.

Warum mußte die Counselor ganz plötzlich an einer Beratung der Senior-Offiziere teilnehmen? Gab es vielleicht einen Zusammenhang mit … den romulanischen Kriegsschiffen, die sich der Neutralen Zone näherten? Spitzte sich die Lage zu?

Drohte doch ein Angriff? Stand der Kampf *unmittelbar* bevor?

Bevor Barclay auch nur versuchen konnte, die neuerliche Furcht unter Kontrolle zu bringen, schrillten die Alarmsirenen in der *Enterprise*.

»Alarmstufe Rot«, tönte es aus allen Kom-Lautsprechern. »Dies ist keine Übung. Alarmstufe Rot. Dies ist keine Übung …«

14

Picard saß am oberen Ende des Tisches in der Aussichtskammer und musterte die anwesenden Offiziere. Er sah nicht nur Besorgnis und Fassungslosigkeit, sondern auch Ärger – Empfindungen, die sich während der neuerlichen Begegnung mit Q auch in ihm geregt hatten.

Nur Datas Miene blieb seltsam leer – in dieser Zeitperiode war er kaum imstande, Gefühle zum Ausdruck zu bringen.

»Nun?« fragte der Captain. »Was halten Sie davon?«

Geordi schüttelte den Kopf. »Ich glaube ihm nicht. Bestimmt handelt es sich wieder um einen von Qs verrückten Scherzen. Vielleicht belauscht er uns gerade und lacht sich kaputt, während wir uns hier den Kopf zerbrechen.«

»Ich glaube, diesmal müssen wir davon ausgehen, daß er die Wahrheit gesagt hat«, meinte Picard. »Was bedeutet: Ich führe irgendwie eine Katastrophe herbei, der die ganze Menschheit zum Opfer fällt.«

Beverly beugte sich vor. »Q sagte doch, daß Sie den Untergang der Spezies Mensch bereits eingeleitet *haben*, oder?«

Deanna nickte. »Ja. *Und* Sie sind hier und jetzt die Ursache davon.«

Riker seufzte. »Bei der Sache kriegt man Kopfschmerzen.«

In Datas Stirn bildeten sich dünne Falten. »Die drei Zeitperioden, zwischen denen die temporalen Transfers des Captains stattfinden, zeichnen sich durch eine offensichtliche Diskontinuität aus. In diesem Kontext sind Qs Bemerkungen vielleicht verwirrend, könnten aber den Sachverhalt richtig wiedergeben. Welche Maßnahmen auch immer der Captain in der Vergangenheit ergriffen hat: Die entsprechenden Ereignisse haben bereits stattgefunden. Hier in der Gegenwart bahnen sie sich gerade an …«

»Und in der Zukunft müssen sie erst noch geschehen«, beendete Picard den Satz.

Der Androide sah ihn an. »Ja, Sir.«

Worf verzog das Gesicht. »Jetzt bekomme *ich* Kopfschmerzen.«

»Wie soll ich mich nun verhalten?« fragte der Captain. »Wäre es angebracht, wenn ich mich in allen drei Zeitperioden irgendwo einschließe? Kann ich nur dadurch verhindern, die Katastrophe auszulösen?«

»Es könnte auch Ihre *Untätigkeit* sein, die zur Auslöschung der Menschheit führt«, sagte Riker. »Wenn Sie während eines kritischen Augenblicks auf der Brücke gebraucht werden und nicht zugegen sind …«

»Es hat keinen Sinn, *alles* in Frage zu stellen«, warf Deanna ein. »Es gibt keine Möglichkeit, die Ereignisse vorherzusehen. Meiner Ansicht nach müssen wir unser Verhalten von den jeweiligen Umständen bestimmen lassen und so reagieren wie sonst auch. Andernfalls laufen wir Gefahr, von Unschlüssigkeit gelähmt zu werden.«

Picard nickte. »Einverstanden.« Er überlegte kurz. »Offenbar gibt es eine Verbindung zwischen meinen Zeitsprüngen, Qs Drohungen … und dem Erscheinen der Anomalie im Devron-System. Was läßt sich daraus schließen?«

»Es gibt viele Möglichkeiten«, sagte Data. »Vielleicht haben Ihre temporalen Transfers die Anomalie geschaffen. Oder umgekehrt: Die Anomalie verursacht Ihre Zeitsprünge.«

»Aber warum ausgerechnet der Captain?« brummte Worf. »Warum betrifft das Phänomen nur ihn?«

Diese Frage sorgte dafür, daß alle nachdachten. Picard antwortete als erster – mit einer Folgerung, die selbst ihn überraschte.

»Denkbar wäre auch noch etwas anderes. Vielleicht hat Q mich mit der Fähigkeit ausgestattet, durch die Zeit zu reisen – um mir eine Chance zu geben, die Menschheit zu retten.«

Erstaunte Blicke trafen den Captain. »Wie kommen Sie darauf?« fragte der Erste Offizier.

»Q hat immer eine gewisse … Faszination für die Geschicke der Menschheit gezeigt«, erklärte Picard. »Insbesondere in bezug auf mich. Ich glaube, er hat mehr als nur beiläufiges Interesse daran, was mit mir geschieht.«

»Das stimmt«, pflichtete Data dem Captain bei. »Q bringt Ihnen ein ähnliches Interesse entgegen wie jemand einem geliebten Haustier. Seine Beziehung zu Ihnen ist ähnlich gestaltet wie die zwischen Spot und mir.«

Von diesem Vergleich war Picard nicht sonderlich begeistert, worauf er den Androiden mit einem Blick hinwies.

Data neigte ein wenig den Kopf zur Seite. »Es handelt sich nur um eine Analogie, Captain.«

»Ja«, erwiderte Picard. »Und leider kommen Sie der Wahrheit damit sehr nahe. Nehmen wir einmal an, daß Q mich für etwas hält, das ihm gehört. Vielleicht möchte er nicht, daß sein Besitz … zerstört wird. Doch es ist ihm verboten, direkt einzugreifen.«

»Verboten?« wiederholte Geordi. »Denken Sie dabei an die anderen Q-Einheiten?«

»Ja«, bestätigte der Captain. »Oder er ist an die Regeln eines Sittenkodex gebunden, von dem wir nichts wissen.«

»Wenn er Ihnen die Fähigkeit zur Zeitreise gab …«, spekulierte Riker. »Vielleicht wollte er Sie in die Lage versetzen, die Entstehung des Problems an drei verschiedenen Stellen zu beobachten.«

Picard dachte darüber nach. »Die Entstehung eines Problems, das nur mit den Ressourcen von drei verschiedenen Zeitperioden gelöst werden kann …«

Er unterbrach sich, als eine Stimme aus dem Interkom drang. »Fähnrich Calan an Captain Picard.«

Jean-Luc hob den Kopf. »Sprechen Sie, Fähnrich.«

»Wir nähern uns der Neutralen Zone, Sir.«

Picard beobachtete, wie die Offiziere Blicke wechselten.

»Ich bin unterwegs«, sagte er.

Sie kehrten zur Brücke zurück, und dort nahm jeder seinen gewohnten Platz ein. Der Captain ließ sich in den Kommandosessel sinken und sah zum Wandschirm.

»Relativgeschwindigkeit null«, sagte er. »Fernbereichssondierung.«

Die Sensoren wurden entsprechend justiert, und wenige Sekunden später wanderten Datenkolonnen über die Displays.

»Auf der anderen Seite der Neutralen Zone befinden sich vier romulanische Kriegsschiffe«, sagte Data. Er bediente die Kontrollen der Operatorstation. »Sie halten ihre Position, Sir. Das gilt auch für die Föderationsschiffe *Concord* und *Bozeman* diesseits der Grenze.«

»Die Fronten sind klar«, kommentierte Riker. »Jetzt kommt es darauf ein, wer den ersten Schritt unternimmt.«

»Wir«, erwiderte der Captain. »Mr. Worf, setzen Sie sich mit dem romulanischen Flaggschiff in Verbindung. Es hat keinen Sinn, Kom-Stille zu wahren.«

»Aye, Sir«, brummte der Klingone. Nach einer kurzen Pause fügte er hinzu. »Der romulanische Kommandant bestätigt den Kontakt.«

»Auf den Schirm«, sagte Picard …

… und im großen Projektionsfeld erschien das Gesicht eines älteren Klingonen.

Picard sah sich verwundert um und stellte fest, daß er

sich nicht mehr an Bord der *Enterprise* befand. Dies war der Kontrollraum des Medo-Schiffes *Pasteur*; er weilte wieder in der ›Zukunft‹.

Beverly saß neben ihm. Seine Hand schloß sich fest um die Armlehne ihres Sessels, als er versuchte, die Desorientierung zu überwinden.

Kurze Zeit später begriff er, wen der Wandschirm zeigte: Worf. Der frühere Sicherheitsoffizier schien am Schreibtisch eines kleinen Büros zu sitzen. Die Regale hinter ihm enthielten Bücher und Dokumente.

»Captain Picard ...«, sagte der Gouverneur und neigte den Kopf – auf diese Weise brachten Klingonen Respekt zum Ausdruck.

Beverly nickte. »Hallo, Worf. Es ist lange her.«

»In der Tat«, erwiderte der Klingone. »Ich habe Ihre Anfrage gelesen.«

Er zögerte, und irgend etwas in seiner Miene deutete auf Unbehagen hin. Picard ahnte, daß ihn keine guten Nachrichten erwarteten.

»Zunächst einmal sollten Sie wissen, daß ich nicht mehr dem Hohen Rat angehöre«, sagte Worf.

Es waren tatsächlich keine guten Nachrichten. Durch einen in Ungnade gefallenen Worf wurde ihre Mission noch schwieriger.

»Ich sprach mich gegen ein Ende des Bündnisses mit der Föderation aus«, fuhr Worf fort. »Dadurch verlor das Haus Mogh seinen Einfluß. Es wurde – inoffiziell – von der Heimatwelt vertrieben und ins Exil verbannt.«

»Ich verstehe«, sagte Beverly voller Anteilnahme.

Picard konnte seine Ungeduld nicht länger im Zaum halten. »Worf!« platzte es aus ihm heraus. »Sie können nicht *völlig* machtlos sein. Wir brauchen Ihre Hilfe.«

Der Klingone schnitt eine Grimasse. »Ich bin nur der Gouverneur dieser Kolonie«, brummte er und sprach die Worte so als, als stellten sie einen Fluch dar. »Meine Autorität ist vor allem ... zeremonieller Natur.« Plötzlich klang seine Stimme zorniger. »Wenn Admiral Riker

Ihnen ein Schiff mit Tarnvorrichtung zur Verfügung gestellt hätte, wären Sie sicher. Ich kann einfach nicht glauben, daß er es ablehnte, Ihnen zu helfen.«

Picard gestikulierte. »Es ist mir völlig gleichgültig, ob wir mit einem Raumschiff unterwegs sind, das sich tarnen kann oder nicht. Es kommt nur darauf an, das Devron-System zu erreichen.« Er ballte die Fäuste. »Selbst wenn Sie Ihre einstigen Privilegien eingebüßt haben … Bestimmt können Sie uns eine Erlaubnis dafür beschaffen, die Grenze zu passieren. Zumindest *dazu* sollten Sie imstande sein.«

Worf senkte den Kopf, sah dann wieder auf. »Tut mir leid. Ich bin vor allem dem Imperium verpflichtet und muß mich an die Vorschriften halten.«

Picard musterte ihn und versuchte es auf eine andere Weise.

»Vielleicht bin ich inzwischen zu alt, um so etwas zu verstehen«, sagte er. »Aber der Worf, den ich einst kannte, hielt Vorschriften für weniger wichtig als Loyalität und Ehre.«

Als Picard zögerte, hob der Klingone den Kopf. In den dunklen Augen unter Worfs Brauenhöckern funkelte es.

»Aber seitdem ist viel Zeit vergangen«, fuhr Jean-Luc fort. Er holte nun zum entscheidenden verbalen Schlag aus. »Vielleicht sind Sie nicht mehr der Worf von damals.«

Er hatte gehofft, eine emotionale Reaktion auszulösen, doch auf den jähen Wutanfall des Gouverneurs war er nicht vorbereitet. Mit einer jähen Geste fegte Worf alle Gegenstände vom Schreibtisch. Speichermodule flogen wie Geschosse durch die Luft, und die dünnen Folien offizieller Berichte segelten exotischen Vögeln gleich umher.

»Dor-sHo GHA!« donnerte der Klingone und bebte vor Zorn. Seine Faust schmetterte einem Vorschlaghammer gleich auf den Tisch – es krachte laut.

Picard wartete stumm.

Es irrlichterte in Worfs Augen, als er einen anklagenden Zeigefinger auf seinen ehemaligen Captain richtete. »Sie haben Ihr Wissen um klingonische Ehre und Tradition immer verwendet, um mich zu manipulieren.«

»Stimmt«, erwiderte Picard gelassen. »Weil es funktioniert. Ihr Problem besteht darin, daß Sie *tatsächlich* einen Sinn für Ehre haben. Dinge wie Loyalität und Vertrauen sind Ihnen wirklich wichtig.« Er schnaubte leise. »Ist es meine Schuld, daß ich Sie so gut kenne, Worf? Und ist es Ihre Schuld, daß Sie jene Tugenden haben, mit denen sich andere gern schmücken?«

Der Klingone starrte ihn an. Sein Zorn ließ nach, aber nur langsam.

»Na schön«, knurrte er schließlich. »Sie können die Grenze passieren. Vorausgesetzt, Sie nehmen mich mit. Niemand kennt die Neutrale Zone besser als ich, und Sie brauchen jemanden, der Ihnen den Weg weist.« Er runzelte die Stirn. »Im Imperium gibt es Leute, die sich einen Krieg gegen die Föderation wünschen, die glauben, daß man uns während des Bündnisses ausgenutzt hat. Jene Klingonen würden nicht zögern, das Feuer auf Sie zu eröffnen.«

Picard lächelte. Jetzt bekam er sogar mehr, als er erhofft hatte. »Ich akzeptiere Ihre Bedingungen.«

Worf unterbrach die Verbindung. Sein Gesicht verschwand vom Schirm, wich den Sternen.

Jean-Luc hatte seinen Willen durchgesetzt. Sie flogen zum Devron-System.

Beverly wandte sich an Chilton. »Fähnrich ... Teilen Sie dem Transporterraum zwei mit, daß der Gouverneur an Bord gebeamt werden soll.«

»Aye, Sir.«

Worf trat vor den Schreibtisch, um dort auf den Transfer zu warten. Er fragte sich, welche Konsequenzen sich aus der gerade getroffenen Entscheidung für seine berufliche Laufbahn ergeben würden. Ein Klingone gab nicht einfach so seinen Posten auf, nicht einmal dann, wenn die Pflichten nur aus bürokratischem Firlefanz bestanden. Sicher mußte er mit einer offiziellen Rüge rechnen. Vielleicht nahm man ihm sogar den Titel.

Zum erstenmal seit vielen Jahren *grinste* er. Es gab Schlimmeres, als einen Posten zu verlieren, der ihn nie mit Zufriedenheit erfüllt hatte. Warum nicht endlich einen Schlußstrich ziehen? *Dieser Tag ist so gut wie jeder andere, um aus dem Amt zu scheiden.*

Einer der Assistenten kam mit einem Datenblock herein. »Ich habe hier den Bericht über die Nachschublieferungen ...«

»K'dho moqak!« donnerte Worf.

Der Assistent wich zurück, und einige Sekunden lang schwieg er verblüfft.

»Aber, Gouverneur ...«

»Streichen Sie alle Termine für heute«, sagte Worf. Er überlegte kurz und fügte dann grimmig hinzu: »Nein. Streichen Sie *alle* Termine.«

Der Assistent schüttelte den Kopf. »Ich verstehe nicht«, ächzte er. »Die Delegation von Krios ...«

»Soll ihre banalen Probleme selbst aus der Welt schaffen«, erwiderte Worf.

Weitere Einwände blieben ihm erspart, denn plötzlich befand er sich an einem anderen Ort. Innerhalb eines Sekundenbruchteils begriff Worf, daß er auf der Transporterplattform des Medo-Schiffes *Pasteur* rematerialisiert war.

»Willkommen an Bord«, sagte die schlanke malcorianische Technikerin an der Konsole. Ihr langes rotes Haar bildete einen Zopf.

Der Klingone nickte. Es gab kein Zurück für ihn. Was auch immer von jetzt an geschah: Er wollte sich in erster Linie von den Geboten der Ehre leiten lassen.

15

Gouverneur Worf befindet sich an Bord«, meldete Chilton.

Beverly nickte. Bestimmt freute sie sich ebenso wie Picard darüber, daß Worf mitkam. Ein riskanter Flug durchs stellare Territorium des Imperiums stand ihnen bevor, und dabei konnten sie jede Hilfe gebrauchen.

Jean-Lucs frühere Ehefrau richtete einen strengen Blick auf ihn. »Eins möchte ich klarstellen. Wenn wir in ernste Schwierigkeiten geraten, gebe ich die Anweisung, in den Raumbereich der Föderation zurückzukehren. Dies ist kein Schiff der Galaxy-Klasse. Bei einem Kampf hätten wir kaum eine Chance.«

Das stimmte natürlich. Ihnen waren Grenzen gesetzt – und an Beverlys Stelle hätte auch Picard es nicht versäumt, deutlich darauf hinzuweisen.

Andererseits handelte es sich nicht um eine gewöhnliche Mission, und außergewöhnliche Einsätze verlangten manchmal außergewöhnliche Maßnahmen. Nun, diesen Punkt konnte Jean-Luc später betonen. Derzeit hielt er es für besser, eine Konfrontation mit Beverly zu vermeiden.

Mit einem Nicken signalisierte er Bereitschaft, sich zu fügen. »Ich verstehe.«

»Gut.« Beverly schien zufrieden zu sein. »Fähnrich … Nehmen Sie Kurs auf das Devron-System. Warp dreizehn.«

Sie hob die Hand, um den Ausführungsbefehl zu geben. Doch dann zögerte sie und sah zu ihrem Exmann. Ihre Lippen formten ein fast wehmütiges

Lächeln. »Noch einmal?« fragte sie. »Um der alten Zeiten willen?«

Er schmunzelte und wußte, was sie meinte. Wie tausendmal an Bord der *Enterprise* hob er auf vertraute Weise die Hand …

»Ausführung«, sagte er.

»Wie bitte, Sir?« O'Brien bedachte ihn mit einem fragenden Blick.

O'Brien gehörte nicht zur Crew der *Pasteur*. Picard sah sich um und stellte fest, daß ein neuerlicher temporaler Transfer stattgefunden hatte.

Er war wieder in der Vergangenheit, an Bord der *Enterprise*. Picard atmete tief durch und blickte zum Wandschirm, der die Sonne und mehrere Planeten des Chavez-Systems zeigte.

Es spielte nun keine Rolle mehr für ihn. Er hatte jetzt einige zusätzliche Informationen, und dadurch änderte sich das Ziel.

»Nehmen Sie Kurs auf das Devron-System«, wies er O'Brien an. »Warp neun.«

Troi musterte ihn mit offensichtlicher Besorgnis. »Sir, das Devron-System befindet sich in der Neutralen Zone.«

Von der taktischen Station her erklang Yars Stimme. »Wir haben nicht den Befehl erhalten, zur Neutralen Zone zu fliegen, Sir.«

Der Captain warf ihr einen warnenden Blick zu. »Das ist mir klar, Lieutenant. Führen Sie meine Anweisungen aus, Chief.«

O'Brien nickte. »Aye, Sir.«

Picard spürte die Verwunderung der Offiziere, achtete jedoch nicht darauf.

Troi trat an seine Seite. »Kann ich Sie unter vier Augen sprechen, Captain?« fragte sie so leise, daß nur er sie verstand.

»Natürlich.« Picard wandte sich erneut an Yar. »Stellen Sie einen Kontakt mit Farpoint her, Lieutenant. Ich möchte mit Commander Riker reden.«

»Aye, Sir«, bestätigte Tasha und beobachtete neugierig, wie Captain und Counselor zum Bereitschaftsraum gingen.

Picard nahm nicht ohne eine gewisse Zufriedenheit zur Kenntnis, daß Deanna Troi selbst in diesem frühen Stadium ihrer Zusammenarbeit großen Wert auf Diskretion legte. Sie wartete, bis sich die Tür des Bereitschaftsraums geschlossen hatte.

»Captain ...«, sagte sie dann. »Ich möchte Besorgnis zum Ausdruck bringen. Die Crew reagierte nicht sehr positiv auf Ihre ... unerwarteten Befehle.«

»Yar und die anderen vertrauen mir nicht«, erwiderte er. »Sie halten mich für unberechenbar und launisch.«

Troi nickte. »Bei einigen ist das tatsächlich der Fall. Andere sind verwirrt. Es dauert eine Weile, bis sich die Besatzung an einen neuen Captain gewöhnt. Umgekehrt verhält es sich ebenso.«

»Da haben Sie sicher recht. Wie dem auch sei: Ich weiß, wozu die Offiziere und Besatzungsmitglieder der *Enterprise* fähig sind. Sie haben das Potential, zu einer der besten Crews von Starfleet zu werden.«

Troi lächelte. »Das freut mich zu hören. Und bestimmt werden sich auch meine Kollegen freuen.« Sie zögerte kurz. »Es würde uns allen helfen, wenn wir wüßten, was vor sich geht.«

Picard dachte einige Sekunden lang nach und fragte sich, welche Antwort er geben sollte. »Ich weiß, wie unangenehm es für Sie ist, nicht über die Hintergründe Bescheid zu wissen«, sagte er schließlich. »Aber glauben Sie mir: Es gibt keine andere Möglichkeit.«

Troi blieb skeptisch. »Vielleicht können Sie uns wenigstens einen Hinweis darauf geben, warum ...«

Tashas Interkom-Stimme unterbrach sie. »Lieutenant

Yar an Captain Picard. Die Verbindung mit Commander Riker ist hergestellt.«

Aus den Augenwinkeln beobachtete Jean-Luc, wie Troi reagierte, als Tasha Rikers Namen nannte. Offenbar waren ihre Empfindungen für ihn noch immer recht stark.

Er hob den Kopf. »Danke, Lieutenant. Stellen Sie das Gespräch hierher durch.«

»Aye, Sir.«

Der Captain nahm am Schreibtisch Platz und aktivierte das Computerterminal. Der Bildschirm erhellte sich, zeigte das Gesicht eines jungen, bartlosen Will Riker. Picard vermied es, Deanna anzusehen – er konnte sich ihren Gesichtsausdruck gut vorstellen.

»Ich wollte Ihnen nur mitteilen, daß wir Sie nicht zum vereinbarten Zeitpunkt auf Farpoint abholen können, Commander«, sagte er.

Riker schien ein wenig enttäuscht zu sein. »Ich verstehe. Darf ich mich nach dem Grund dafür erkundigen?«

»Derzeit nicht«, erwiderte der Captain.

Ein Hauch Überraschung zeigte sich in der Miene des Commanders. »Wie lange werden Sie aufgehalten, Sir?«

Picard schüttelte den Kopf. »Das läßt sich kaum absehen. Ich halte Sie auf dem laufenden. Bitte geben Sie Dr. Crusher und Lieutenant LaForge Bescheid.«

»Verstanden, Sir.«

Der Captain unterbrach die Verbindung.

Auf Farpoint beendete Beverly Crusher gerade das Frühstück, als es an der Tür pfiff. An Bord von Raumschiffen waren die elektronischen Bausteine der Türmelder mit anderen Geräuschen programmiert, doch diese Raumstation hatten die Bandi ausgestattet.

»Herein«, sagte die Ärztin.

Der schlanke Will Riker betrat das Quartier und lächelte jungenhaft.

»Bitte entschuldigen Sie die Störung«, sagte er.

»Schon gut«, erwiderte Crusher. Sie kannte Riker aufgrund ihrer Passage an Bord der *Hood*. Dort hatte er als Erster Offizier gearbeitet, unter dem Kommando von Captain DeSoto.

»Mom? Ist das Commander Riker?«

Ihr Sohn Wesley kam aus seinem Zimmer, bevor Beverly etwas sagen konnte. Freude leuchtete in seinen Augen. Kein Wunder: An Bord der *Hood* hatte Riker den Jungen unter seine Fittiche genommen und geduldig die vielen Fragen über die technischen Systeme eines Raumschiffs beantwortet.

»Ja«, entgegnete Beverly, obgleich sich eine Antwort erübrigte. »Es ist Commander Riker.«

Das Lächeln des Mannes wuchs in die Breite. »Wie geht's, Wes?«

Der Junge zuckte mit den schmalen Schultern. »Nicht schlecht. Ich habe gerade von den Plasmakanälen gelesen, die man in den neuen Schiffen installiert.« Wesleys Neugier nahm ein manchmal schon erschreckendes Ausmaß an. »Ob ich sie mir ansehen darf, wenn ich den Captain höflich bitte?«

»Keine Ahnung«, erwiderte Riker. »Ich weiß nicht, wie er ist – immerhin bin ich ihm nie begegnet. Aber ich verspreche dir, ein gutes Wort für dich einzulegen.«

Daraufhin entspannte sich Wesley ein wenig. »Großartig«, sagte er hoffnungsvoll und wandte sich an seine Mutter. »Und du, Mom? Legst du ebenfalls ein gutes Wort für mich ein?«

Riker bedachte sie mit einem fragenden Blick, und die Ärztin spürte, wie sie errötete.

»Captain Picard und mein verstorbener Mann waren befreundet«, erklärte sie knapp. »Ich schätze, das habe ich nie erwähnt, oder?«

Der Erste Offizier schüttelte den Kopf. »Nein, Ma'am. Unter den gegebenen Umständen sollten Sie vielleicht ein gutes Wort für uns *beide* einlegen.«

Bei jemand anders hätte diese Bemerkung vermutlich sarkastisch oder gar verärgert geklungen. Doch sie aus Rikers Mund zu hören, reizte Beverly zum Lachen. Von einem Augenblick zum anderen fiel das Unbehagen von ihr ab.

Soweit es die gegenwärtige Situation betraf. Eine andere Art von Unsicherheit blieb und bezog sich auf ihre Entscheidung, Besatzungsmitglied der *Enterprise* zu werden. Ihr Mann war ein guter Freund von Jean-Luc Picard gewesen. Doch diese Tatsache hatte nichts mit ihrem Entschluß zu tun. Ganz im Gegenteil: Fast hätte sie die Versetzung zur *Enterprise* aus diesem Grund abgelehnt.

Jacks Tod lag inzwischen zehn Jahre zurück – er war unter dem Kommando von Picard gestorben. Beverly hatte den Captain zum letztenmal bei der Beerdigung ihres Mannes gesehen.

Die Zusammenarbeit an Bord der *Enterprise* blieb bestimmt nicht ohne peinliche Aspekte. Durch ihre Präsenz erinnerte sie ihn an den Tod eines Freundes – für den er sich verantwortlich fühlte, obwohl ihn keine Schuld traf. Und für Beverly symbolisierte Picard das, was aus Jack hätte werden können, wenn es nicht zu dem tragischen Unfall gekommen wäre.

Trotzdem: Sie freute sich auf ihren neuen Aufgabenbereich. Sie sah nicht nur eine berufliche, sondern auch eine persönliche Herausforderung darin, und vor so etwas hatte Beverly Crusher noch nie gekniffen.

»Ich werde mir alle Mühe geben«, sagte sie.

Rikers Lächeln verblaßte ein wenig. »Allerdings fürchte ich, daß es noch eine Weile dauert, bis Sie die guten Worte für uns einlegen können. Captain Picard hat mir gerade mitgeteilt, daß sich die *Enterprise* verspätet. Er weiß nicht, wann er uns abholen kann.«

Beverly sah die Enttäuschung in den Zügen ihres Sohns. Er stellte die logische Frage: »Was ist der Grund für die Verspätung?«

»Leider hielt der Captain eine Erklärung nicht für notwendig«, meinte Riker.

Die Ärztin glaubte, so etwas wie Ärger in seiner Stimme zu hören. Offenbar gefiel es ihm nicht, im unklaren gelassen zu werden. Zumindest dann nicht, wenn es um sein Schiff und den kommandierenden Offizier ging.

Wesley ließ sich auf die nahe Couch sinken. »Ich *wußte,* daß es zu schön war, um wahr zu sein«, seufzte er.

Der Erste Offizier legte ihm die Hand auf die Schulter. »Was auch immer den Captain aufgehalten hat… Vermutlich trifft die *Enterprise* dadurch nur ein oder zwei Tage später ein. *So* lange kannst du dich doch gedulden, oder?«

Wesley sah auf und nickte. »Ich denke schon«, erwiderte er.

Riker nickte. »Gut.« Er wandte sich an die Ärztin. »Ich gehe jetzt zu Lieutenant LaForge. Zwar könnte ich ihm per Interkom Bescheid geben, aber ein persönliches Gespräch dürfte besser sein. Außerdem: Zeit habe ich jetzt genug, nicht wahr?«

Beverly Crusher nickte. Zeit, ja. Daran herrschte gewiß kein Mangel.

An Bord der *Enterprise* wandte sich Picard an Troi. »Gibt es sonst noch etwas, Counselor?«

Sie antwortete nicht sofort. Irgend etwas schien sie zu belasten.

»Ja, da wäre tatsächlich noch etwas, Sir«, sagte Deanna. »Ich habe mich gefragt, ob ich es erwähnen soll oder nicht, aber vielleicht…« Sie gab sich einen Ruck. »Es geht um Commander Riker.«

Picard wußte natürlich, was sich zwischen Troi und

Riker auf Betazed abgespielt hatte. Er wußte auch, wie sich die Dinge in der Zukunft entwickeln würden. Aber hier durfte er nicht die geringsten Hinweise darauf geben, was erst noch geschehen mußte. Deshalb stellte er sich ahnungslos.

»Was ist mit ihm?«

»Nun«, begann Deanna, »Sie sollten wissen, daß es eine ... Beziehung zwischen uns gab.«

Der Captain musterte die Counselor scheinbar überrascht. »Ich verstehe. Befürchten Sie, daß Ihr Dienst darunter leiden könnte?«

Sofort schüttelte die Counselor den Kopf. »Nein, Sir. Inzwischen sind Jahre vergangen, und bestimmt haben wir beide die Sache längst hinter uns. Ich hielt es nur für angebracht, Sie zu informieren.«

Picard erweckte den Anschein, darüber nachzudenken und eine Entscheidung zu treffen. »Ich weiß es sehr zu schätzen, daß Sie mich darauf hingewiesen haben. Ich bin sicher, daß Sie und Commander Riker irgendwie mit ... der Situation fertig werden.«

Troi nickte, obgleich sie nicht ganz so sicher wirkte. Picard trat an den Replikator heran und bestellte sein Lieblingsgetränk.

»Tee, Earl Grey. Heiß.«

Die Antwort des Computers erfolgte sofort – und wies den Captain darauf hin, daß ihm ein Fehler unterlaufen war. »Dieses Getränk ist nicht programmiert. Bitte geben Sie den chemischen Code ein.«

Picard lächelte, drehte sich zur Counselor um, wollte mit einer scherzhaften Bemerkung über seine Verblüffung hinwegtäuschen ...

... und fand sich vor dem Wandschirm auf der Brücke wieder. Die Miene eines romulanischen Kommandanten füllte das große Projektionsfeld.

Picard brauchte ein oder zwei Sekunden, um sich zu orientieren und festzustellen, daß er sich wieder in der

»Gegenwart« befand. Nach einer weiteren Sekunde erkannte er den Romulaner.

»Tomalak«, flüsterte er.

Diesem Mann war er schon einmal begegnet, zuerst bei Galorndon Core, als Picard Admiral Jarok Asyl gewährte. Jetzt wirkte Tomalak ebenso eindrucksvoll wie damals.

»Nun, Captain ...«, sagte er. »Wie lange sollen wir uns über die Neutrale Zone hinweg anstarren?«

Picard faßte sich und erwiderte den durchdringenden Blick. Ja, wie lange? Plötzlich hatte er eine Idee.

»Es gibt eine Alternative.«

»Und die wäre?« fragte der Romulaner mit dem zerfurchten Gesicht.

»Ganz offensichtlich sind wir aus dem gleichen Grund hier«, sagte Picard. »Wir wollen mehr über die Anomalie im Devron-System herausfinden.«

»Ja«, bestätigte Tomalak. »Was schlagen Sie vor?«

»Was halten Sie davon, wenn wir jeweils ein Schiff in die Neutrale Zone schicken?« erwiderte der Captain. »Natürlich nur zu dem Zweck, die Anomalie zu erforschen.«

Tomalak dachte darüber nach. »Hat Starfleet Command einem solchen Kompromiß zugestimmt?«

Das war natürlich nicht der Fall. »Nein«, antwortete Picard wahrheitsgemäß.

Der Romulaner lächelte. »Ihr Vorschlag gefällt mir.«

Er kniff die Augen zusammen, als er noch gründlicher überlegte, dabei alle Situationsaspekte berücksichtigte.

»Einverstanden. Jeweils ein Schiff. Aber ich warne Sie: Wenn ein weiterer Föderationsraumer versucht, in die Neutrale Zone vorzustoßen ...«

»Sie brauchen nicht zu drohen«, sagte Picard. »Die Konsequenzen sind mir durchaus klar.«

»Also gut«, entgegnete Tomalak fast liebenswürdig. »Wir sehen uns im Devron-System, Captain.«

Das romulanische Gesicht verschwand aus dem Projektionsfeld, und der Wandschirm zeigte wieder die Sterne der Neutralen Zone.

Picard wandte sich dem Navigationsoffizier zu. »Nehmen Sie Kurs auf das Devron-System, Fähnrich. Warp fünf. *Ausführung.*«

16

Guinan hatte praktisch jeden Augenblick damit gerechnet, daß der Captain zu ihr kam. Sie brauchte nicht lange zu warten.

Er betrat den Gesellschaftsraum im zehnten Vorderdeck und sah sich um. Guinan wußte sofort, wonach er Ausschau hielt – nach *ihr*. Sie stand nicht wie üblich hinter der Theke, und deshalb brauchte er einige Sekunden, um sie zu finden.

»Bitte entschuldigen Sie«, sagte die Wirtin zu Reginald Barclay und stand auf. »Ich habe jetzt eine Verabredung.«

Der Techniker erblaßte. »Aber … ich meine …«

»Ich weiß.« Guinan legte ihm beruhigend die Hand auf die Schulter. »Sie möchten mit jemandem reden. Die aktuellen Ereignisse jagen Ihnen Angst ein. Nun, Sie sind nicht der einzige, der sich fürchtet.« Sie sah dem Mann tief in die Augen. »Es ist durchaus in Ordnung, Angst zu haben, Mr. Barclay. Es bedeutet keineswegs, daß mit Ihnen etwas nicht stimmt. Das Gegenteil ist der Fall.«

Der Lieutenant runzelte die Stirn. »Glauben Sie wirklich?«

»Ich glaube es nicht nur – ich *weiß* es. Und ich weiß auch, daß Sie immer mit allem fertig geworden sind. Ganz gleich, wie sehr Sie sich zu Anfang davor fürchteten.«

Barclay dachte darüber nach. »Ja«, sagte er schließlich. »Ja, Sie haben recht.«

»Und ob.« Guinan klopfte dem Lieutenant noch einmal auf den Rücken und winkte dann den Oberkellner Ben herbei. »Bringen Sie Mr. Barclay sein Lieblingsgetränk. Mit extra viel Johannisbeersirup.«

Ben nickte. »In Ordnung«, sagte er und schritt in Richtung Theke.

Picard stand inzwischen in der Mitte des Raums und wartete auf Guinan. Sie lächelte, als sie sich ihm näherte.

»Kommen Sie oft hierher?« fragte sie.

In den Mundwinkeln des Captains zuckte es kurz. »Nicht so oft, wie ich es mir wünsche«, erwiderte er. »Nun, dies ist natürlich mehr als nur ein Höflichkeitsbesuch.«

Guinan nickte. »Was halten Sie davon, wenn wir mein Büro aufsuchen?«

»Gute Idee.«

Die Wirtin führte den Captain zu einem abgetrennten Bereich in der Nähe eines Panoramafensters. Von dort aus konnten sie beobachten, wie die Sterne vorbeiglitten.

Sie nahmen Platz. Ein Kellner setzte sich in Bewegung, doch Guinan gab ihm mit einer knappen Geste zu verstehen, daß sie nicht gestört werden wollten.

»Vermutlich sind Sie nicht durstig«, sagte sie zu Picard.

»Das stimmt.« Er zögerte kurz und ordnete seine Gedanken. »Ich habe ein Problem, Guinan. Und zwar ein ziemlich großes. Vielleicht können Sie mir helfen, es zu lösen.«

»Es hat mit den temporalen Transfers zu tun.« Es war ein Feststellung, keine Frage.

Picard musterte sie aus zusammengekniffenen Augen. »Sie wissen davon?«

Die dunkelhäutige Frau nickte. »Sie sind doch nicht überrascht, oder?«

Nach ein oder zwei Sekunden schüttelte der Captain den Kopf. »Nein, eigentlich nicht. Zumindest sollte ich nicht überrascht sein.« Er beugte sich vor. Im indirekten Licht des Gesellschaftsraums wirkten seine Züge sanfter. »Ich habe mit einem gemeinsamen Bekannten gesprochen, Guinan ...«

»Q«, sagte sie. Es klang nicht gerade begeistert.

»Ja. Er teilte mir mit, daß ich die Auslöschung der Menschheit verursache. Der Vorgang findet in drei verschiedenen Zeitperioden statt, und immer bin ich der auslösende Faktor.«

»Ich verstehe.«

»Wir haben eine Raum-Anomalie im Devron-System entdeckt«, fuhr Picard fort. »Dorthin sind wir jetzt unterwegs. Vielleicht gibt es einen direkten Zusammenhang zwischen jenem Phänomen und der von Q in Aussicht gestellten Katastrophe ...«

»Aber Sie sind nicht sicher«, sagte Guinan. »Möglicherweise hat die Anomalie überhaupt nichts damit zu tun.«

»Ja«, bestätigte Picard. »Nun, ich nehme an, daß Q für meine Zeitsprünge verantwortlich ist, doch auch in diesem Punkt fehlt mir ein Beweis. Wenn er mich tatsächlich mit der Fähigkeit ausgestattet hat, zwischen den verschiedenen Zeitperioden hin und her zu wechseln, so ergibt sich daraus die Frage, ob er mir helfen oder einen weiteren Streich spielen will. Vielleicht sind es gerade die temporalen Transfers, die das Problem schaffen. Oder sie versetzen mich in die Lage, eine Lösung zu finden. Ich weiß es einfach nicht.«

Guinan schüttelte voller Mitgefühl den Kopf. »Sie stecken ganz schön in der Klemme, nicht wahr?«

»Das kann man wohl sagen. Deshalb erhoffe ich mir Hilfe von Ihnen. Immerhin gelang es Ihnen, einen Blick für die Realität zu wahren, als wir in den Zeitriß gerieten ...«

»Ja, ich erinnere mich«, entgegnete Guinan. »Wir fanden uns plötzlich in einem anderen Zeitstrom wieder. Dort herrschte Krieg zwischen dem klingonischen Imperium und der Föderation. Außerdem war Tasha Yar noch am Leben.«

Der Captain nickte. »Ja. Hinzu kommt: Sie kennen Q besser als sonst jemand von uns. Sie erfüllen ihn mit Unbehagen. Vielleicht fürchtet er Sie sogar. Ich glaube, daß Sie etwas Licht in diese Angelegenheit bringen können. Ich erwarte nicht von Ihnen, daß Sie mir hier und jetzt die Lösung des Problems zeigen. Aber vielleicht sind Sie imstande, mir den einen oder anderen Hinweis zu geben – damit ich die Dinge aus der richtigen Perspektive sehe.«

Guinan musterte ihn einmal mehr. Wie gern hätte sie Picards Wunsch erfüllt!

»Tut mir leid, aber das ist nicht möglich«, sagte sie.

Der Captain ließ sich seine Enttäuschung deutlich anmerken. »*Können* Sie nicht helfen? Oder *wollen* Sie es nicht?«

Guinan wählte ihre Worte mit besonderer Sorgfalt. »Bei dieser Sache sind Sie auf sich allein gestellt, Jean-Luc. Mehr kann ich nicht sagen.«

Picard lehnte sich zurück. »Sie wissen, wieviel auf dem Spiel steht, nicht wahr?«

»Ich habe eine ziemlich gute Vorstellung davon, ja«, antwortete Guinan.

»Und dadurch ändert sich nichts?« fragte der Captain.

»Nein. Ich würde Ihnen gern die Gründe dafür erklären, aber …« Sie hob und senkte die Schultern.

Picard versuchte, sich damit abzufinden. »Sie können mir also gar nicht helfen?«

Guinan überlegte. »Nur so viel: Die Lösung des Problems liegt in greifbarer Nähe. Und allein Sie können sie finden.«

Der Captain atmete tief durch. Er hatte sich etwas anderes erhofft, aber dies war wenigstens *etwas*.

»Danke«, sagte er. »Wenn auch nur dafür.«

Guinan lächelte sanft. »Viel Glück, Jean-Luc.«

»Es spielt im Grunde keine Rolle, warum wir hier sind«, meinte Fähnrich Sonya Gomez. Sie sah auf einen Monitor im Maschinenraum und kontrollierte den energetischen Transfer des Warpkerns.

»Es spielt keine Rolle?« wiederholte Fähnrich Robin Lefler, die neben ihr stand. Lefler überprüfte die Dilithiumkristalle und hielt dabei nach winzigen Plasmarissen Ausschau – ein Routinejob, der unter den gegenwärtigen Umständen an Bedeutung gewann. »Interessierst du dich denn gar nicht dafür, was im Bereich der Neutralen Zone geschieht. Bist du nicht besorgt?«

»Oh, doch, das bin ich«, erwiderte Gomez. »Aber stell dir nur mal vor … Wir sind in der *Neutralen Zone.* Unser Blick gilt Sonnen, die seit dem Vertrag von Algeron niemand mehr gesehen hat – zumindest nicht mit dem bloßen Auge.«

Lefler lächelte. »Das wäre vielleicht der Fall, wenn es hier unten Fenster gäbe. Vielleicht kann man vom Gesellschaftsraum aus ein solches Panorama genießen. Was uns betrifft: Wir müssen uns mit den Sensordaten begnügen.«

Gomez runzelte die Stirn. »Na schön. Wir *sehen* die fremden Sonnen nicht in dem Sinne. Aber ich finde es aufregend zu wissen, daß sie da draußen leuchten, in der Nähe.« Sie zögerte kurz. »Einige der berühmtesten Raumschiffkommandanten in der Starfleet-Geschichte sind nie in der Neutralen Zone gewesen.«

Lefler zuckte mit den Schultern. »Mag sein.«

Gomez wandte sich ihr zu. »Bist du überhaupt nicht aufgeregt?«

Ihre Kollegin seufzte. »Ein bißchen schon. Aber ich muß dauernd an die Regel neunundzwanzig denken.«

»Regel neunundzwanzig?« wiederholte Sonya Gomez. »Was hat es damit auf sich?«

»Sie weist darauf hin, daß man den Sehenswürdigkeiten auch bei der Heimreise Beachtung schenken kann«, erwiderte Lefler. Dünne Falten bildeten sich in ihrer Stirn, als sie sich auf die Datenkolonnen konzentrierte, die durchs Projektionsfeld des Monitors glitten.

»Was bedeutet das?«

Lefler klopfte ihr auf die Schulter, ohne den Kopf zu drehen. »Es bedeutet, du solltest besser den energetischen Transfer im Auge behalten – weil es sonst vielleicht keine Heimreise gibt.«

»Oh.« Gomez dachte über die Weisheit der Regel neunundzwanzig nach und verdrängte die Gedanken an unerforschte Sonnensysteme.

Zumindest für eine Weile.

Es dauerte nicht lange, bis die *Enterprise* das Devron-System erreichte. Und kurz darauf wußte Picard, daß sich die Reise gelohnt hatte.

Data drehte seinen Sessel. »Die Anomalie wurde von den Sensoren erfaßt.«

Geordi wandte sich halb von der technischen Station ab. »So etwas habe ich nie zuvor gesehen.«

»Ich auch nicht«, pflichtete ihm Worf bei.

»Es ist wunderschön«, kommentierte Deanna.

»Das gilt auch für eine Venusfliegenfalle«, warf Riker ein.

Die Anomalie sah genau so aus, wie man es aufgrund der Fernbereichssondierung erwarten durfte: eine Wolke aus schillernden Farben, durchstoßen von Lanzen aus silbernem Licht. Auf dem Wandschirm hatte das Phänomen etwas Ätherisches – es wirkte faszinierend und erschreckend zugleich.

Picard stand auf und trat näher ans Projektionsfeld heran. Er glaubte zu spüren, wie die Anomalie seinen Blick erwiderte, ihn herausfordernd anstarrte.

Er wandte sich an Data. »Vollständige Sondierung«, sagte er.

»Aye, Sir«, erwiderte der Androide und machte sich sofort an die Arbeit.

Der Captain beobachtete, wie Datas Finger über die Schaltflächen der Operatorstation huschten…

…und plötzlich gewann er den Eindruck, daß ein neuerlicher Zeitsprung stattgefunden hatte. Ein rascher Blick durch den Kontrollraum bestätigte Picards Vermutung. Tasha Yar stand an der taktischen Station – also befand er sich wieder in der »Vergangenheit«.

Data drehte den Kopf. »Wir nähern uns dem Devron-System, Captain. Die Sensoren registrieren eine große Subraum-Anomalie direkt voraus.«

Picard brummte leise. Diese Worte klangen vertraut.

»Relativgeschwindigkeit null«, sagte er. »Auf den Schirm.«

Einmal mehr erschien im Projektionsfeld die wilde Farbenpracht jener temporaler Energien, aus denen die Raum-Anomalie bestand. Diesmal beanspruchte die Erscheinung mehr Platz auf dem Wandschirm.

»Sie ist größer geworden, nicht wahr?« murmelte der Captain.

Troi sah ihn an. »Sir?«

Picard schüttelte den Kopf. »Schon gut. Vollständige Sondierung, Mr. Data.«

»Aye, Sir.«

Jean-Luc trat einige Schritte vor, blickte ins große Projektionsfeld und…

…stellte fest, daß die Anomalie verschwunden war!

Picard blinzelte, doch das Phänomen kehrte nicht zurück. Der Wandschirm zeigte nur eine gelbe Sonne und drei unscheinbare Planeten.

Er brauchte sich gar nicht umzusehen, wußte auch so, daß er wieder in der Zukunft weilte. Nur in dieser Zeitperiode fiel es ihm schwer, konzentriert zu überlegen. Nur *hier* schien sich jeder einzelne Gedanke hinter seiner Stirn durch zähen Brei zu quälen.

»Ich habe das Devron-System vollständig sondiert«,

sagte Data. »Die Sensoren orten nichts Ungewöhnliches.«

Picard drehte sich um. Der Androide stand an einer rückwärtigen Station, arbeitete dort mit LaForge. Worfs Mähne wogte, als er den Kopf schüttelte.

»Nein«, brachte Jean-Luc hervor. »Das kann nicht sein.«

Er trat durch den Kontrollraum, und bei jedem Schritt schien das Herz in seiner Brust heftiger zu klopfen. Bei der Sondierung mußte es zu einem Fehler gekommen sein.

»Ich habe sie in den anderen … in den anderen beiden Zeitperioden gesehen«, sagte Picard. »Es sollte hier eine … große Raum-Anomalie geben.«

Geordi sah auf. »Tut mir leid, Sir. Wir haben alles überprüft. Es existiert keine Anomalie im Devron-System.«

Ausgeschlossen, fuhr es Picard durch den Sinn. *Sie* muß *hier sein!*

17

Ein solches Resultat hatte sich Beverly nicht erhofft. Zusammen mit den anderen stand sie an der wissenschaftlichen Station und musterte Jean-Luc voller Mitgefühl.

Er war *so* sicher gewesen, daß es hier etwas gab. Beverly hatte sogar schon in Erwägung gezogen, daß eine reale Grundlage für Jean-Lucs Gerede von Zeitsprüngen und einer Gefahr für die ganze Menschheit existierte.

Doch die Fakten vermittelten eine unmißverständliche Botschaft. Leer erstreckte sich das Devron-System vor ihnen, ohne irgendeine Anomalie. Im Gesicht ihres früheren Mannes sah Beverly eine Enttäuschung, die an Verzweiflung grenzte.

»Sondieren Sie noch einmal«, sagte er.

Data kam der Aufforderung nach. Mit dem gleichen Ergebnis.

»Nichts«, meldete der Androide. »Im Umkreis von einem Lichtjahr orten die Sensoren keine Anomalien irgendeiner Art.«

»Und die Subraum-Bandbreite?« fragte Picard. Offenbar wollte er noch immer nicht aufgeben.

Geordi räusperte sich. »Ein entsprechender Scan hat ergeben, daß die Subraumbarriere in diesem Raumgebiet recht dünn ist ...«

»Na bitte!« entfuhr es Picard.

LaForge runzelte die Stirn. »Allerdings ist das nicht ungewöhnlich, Sir. Es bedeutet keineswegs, daß es hier irgendwo eine Raum-Anomalie geben muß.«

Das triumphierende Lächeln verschwand abrupt von Jean-Lucs Lippen. Er schüttelte den Kopf.

»Ich verstehe das nicht. Ich habe sie in den anderen beiden … Zeitperioden gesehen. Warum ist sie nicht hier?«

Worf bediente die Kontrollen einer nahen Konsole und sah auf. »Captain«, sagte er zu Beverly, »ich habe die klingonischen Kommunikationskanäle überwacht – mehrere Kriegsschiffe wurden in diesen Sektor beordert. Mit dem Auftrag, nach einem Föderationsschiff zu suchen.«

Mist, dachte Beverly. Jetzt ging's los. Es wurde Zeit, das Devron-System zu verlassen und ins stellare Territorium der Föderation zurückzukehren.

Jean-Luc zupfte an ihrem Ärmel. »Du denkst doch nicht daran umzukehren, oder?«

Beverly seufzte. Sie wollte die Gefühle ihres Exmannes nicht noch mehr verletzen, aber sie sah keine andere Möglichkeit.

»Die Anomalie existiert nicht …«, sagte sie.

»Sie muß hier irgendwo sein!« entfuhr es Picard fast schrill. »Ich bin ganz sicher!«

Er drehte sich zu Data um und packte ihn an den Schultern. Als Captain hatte er sich so oft auf den Androiden verlassen, daß er jetzt ein Wunder von ihm zu erwarten schien.

»Bestimmt gibt es noch andere Methoden, um temporale Störungszonen zu orten«, drängte Jean-Luc. »Ich meine Methoden, die über gewöhnliche Sensorsondierungen hinausgehen …«

Data dachte darüber nach. »Temporale Anomalien lassen sich tatsächlich auf verschiedene Weise entdecken, aber uns sind durch die Instrumente der *Pasteur* Grenzen gesetzt. Dies ist ein Medo-Schiff, kein wissenschaftlicher Forschungskreuzer.«

Beverly trat näher. »Jean-Luc … Es hat keinen Sinn, noch länger hierzubleiben. Wir sollten jetzt zur Föderation zurückkehren.«

Data fuhr ungerührt fort: »Allerdings wäre es denkbar, den Warpdeflektor so zu modifizieren, daß er einen umgekehrten Tachyonenstrahl erzeugt. Damit sollte eine Sondierung jenseits der Subraumbarriere möglich sein.«

Dieser Hinweis sorgte dafür, daß sich Picards Gebaren abrupt veränderte. Plötzlich schüttelte er die Fäuste.

»Ausgezeichnet!« entfuhr es ihm. »Fangen Sie sofort an!«

»Einen Augenblick.« Beverly sah zum Androiden. »Wie lange dauert die Modifikation?«

»Der ganze Vorgang nimmt etwa vierzehn Stunden in Anspruch, wobei eine neuerliche Sondierung des Devron-Systems bereits berücksichtigt ist.«

»Wann treffen die klingonischen Schiffe hier ein, Worf?«

Der Klingone seufzte. »Schwer zu sagen. Ich glaube, sie kommen von der Außenstation Memp'ha, was bedeutet, daß sie noch acht bis elf Flugstunden entfernt sind.«

Die Zeit meinte es nicht besonders gut mit ihnen, oder? Unter so ungünstigen Umständen war es praktisch verrückt, im Devron-System zu bleiben – selbst wenn Aussicht bestand, durch die Modifikation des Warpdeflektors und einen neuerlichen Scan wichtige Informationen zu gewinnen.

Andererseits ... *Es geschähe nicht zum erstenmal, daß ich mich auf etwas Verrücktes einlasse,* dachte die Kommandantin.

»Na schön, Data. Beginnen Sie damit, alles für den Tachyonenstrahl vorzubereiten. Fähnrich Chilton, programmieren Sie einen Kurs zur Föderation. Wenn wir in sechs Stunden nichts entdeckt haben, kehren wir zurück.«

Chilton nickte. »Aye, Sir.«

»Sechs Stunden genügen nicht«, protestierte Jean-Luc.

»Wir müssen hierbleiben, bis wir die Anomalie finden – ganz gleich, wie lange es dauert!«

Beverly spürte, wie sie innerlich zu kochen begann. Es fiel ihr schwer, sich zu beherrschen.

»Führen Sie meinen Befehle aus«, wies sie Chilton an. Und zu Jean-Luc: »Wenn ich dich kurz allein sprechen könnte …«

In Picards Augen glitzerte eine Mischung aus Ärger und Empörung. »Ja, ich glaube, wir haben uns einiges zu sagen!«

Beverly führte ihn wortlos in den Bereitschaftsraum.

Picard wartete, bis sich die Tür geschlossen hatte. »Ich kann einfach nicht glauben, daß du …«

Sie wirbelte zu ihm herum, und Zorn gleißte in ihren Pupillen. »Wag es *nie* wieder, meinen Anweisungen auf der Brücke zu widersprechen!« zischte sie.

Ihr Zorn verblüffte Picard. Einige Sekunden lang starrte er sie groß an.

»Ich wollte doch nur … Es gibt Dinge, die wichtiger sind als … Verdammt, du verstehst nicht …«

»Du hättest ein solches Verhalten an Bord der *Enterprise* nicht geduldet«, sagte Beverly scharf. »Ebensowenig dulde ich es *hier*.«

Jean-Luc mußte zugeben, daß sie recht hatte. Sein Protest auf der Brücke … Als Captain der *Enterprise* wäre er sicher nicht bereit gewesen, so etwas einfach hinzunehmen. Er hätte die betreffende Person in ihr Quartier geschickt oder gar in der Arrestzelle unterbringen lassen, damit sich ihr erhitztes Gemüt dort abkühlte.

»Du hast recht«, gestand er zerknirscht. »Ich habe mich tatsächlich falsch verhalten. Es kommt nicht wieder vor. Weißt du … Es liegt daran, daß so viel auf dem Spiel steht. Q hat vom Ende der ganzen Menschheit gesprochen.«

»Ja. Und deshalb bin ich auch bereit, noch etwas länger im Devron-System zu bleiben.« Die Strenge wich aus Beverlys Zügen, und der Glanz des Zorns in ihren Augen verblaßte. »Aber du solltest auch die Möglichkeit berücksichtigen, daß du dir alles nur ... einbildest.«

Die letzten Worte kamen einem Schlag mitten ins Gesicht gleich. Picard wich unwillkürlich einen Schritt zurück.

»Was ... sagst du da ...?« stotterte er.

Beverly trat auf ihn zu und griff nach seinen Händen.

»Ich möchte dir nichts vormachen, Jean-Luc – du hast die Wahrheit verdient. Das Irumodische Syndrom ist bei dir in ein fortgeschrittenes Stadium getreten. Daher muß ich davon ausgehen, daß alles – die Anomalie, die drohende Auslöschung der Menschheit und so weiter – vielleicht nur deiner Phantasie entstammt.« Die Kommandantin und Ärztin zögerte kurz. »Wir bleiben noch sechs Stunden hier. Wenn sich bis dahin nichts ergibt, kehren wir heim.«

Picard setzte zu einem Einwand an, doch ein eisiger Blick wies ihn darauf hin, daß Beverly die Erörterung dieses Punktes für abgeschlossen hielt. Es blieb ihm nichts anderes übrig, als sich zu fügen.

»Eins sollst du wissen«, sagte seine Exfrau leise. »Wenn jemand anders mit einem solchen Anliegen an mich herangetreten wäre ... Ich hätte nicht einmal daran *gedacht* hierherzufliegen.«

Picard glaubte ihr. Sie wandte sich von ihm ab, kehrte auf die Brücke zurück und ließ ihn allein im Bereitschaftsraum zurück.

Jean-Luc dachte über alles nach und wußte, daß Beverly recht hatte. Er konnte nicht noch mehr von ihr und den anderen verlangen. Aus Freundschaft und Loyalität ihm gegenüber waren sie bereit gewesen, auf seine Wünsche einzugehen. Doch irgendwann mußte Schluß damit sein.

Plötzlich hatte er das Gefühl, daß sich noch jemand

anders im Bereitschaftsraum befand, und zwar hinter ihm.

Er drehte sich um und sah die Parodie eines Greises: dicke Tränensäcke, zerzaustes graues Haar und ausgebeulte, schlecht sitzende Kleidung. Der Alte stützte sich auf einen Gehstock und hielt ein Hörrohr in der Hand.

»Hä?« krächzte er und ahmte dabei Picards Stimme nach. »Was hat sie gesagt, Kumpel? Ich hab sie nicht richtig verstanden …«

Picard schnitt eine finstere Miene. »Was geht hier vor, Q? Was haben Sie mit der verdammten Anomalie angestellt?«

Der Greis hob den Hörtrichter ans Ohr. »Wie bitte? Wo ist deine *Mami*? Keine Ahnung, Kumpel. Wo hast du sie zurückgelassen?«

Rote Zornesflecken bildeten sich auf Picards Wangen. »Hören Sie mit diesem Unsinn auf und antworten Sie mir!« heulte er so laut, daß sich seine Stimme überschlug.

Q hob einen dünnen, arthritischen Zeigefinger. »Ihr jungen Spunde seid so ungeduldig … Wollt dauernd Antworten. Warum laßt ihr's nicht etwas ruhiger angehen? Schnuppert an den Rosen … Lernt die feineren Dinge des Lebens zu schätzen …«

Picard trat einen wütenden Schritt auf seinen Quälgeist zu – der plötzlich überhaupt nicht mehr schwach und gebrechlich war, den Gehstock hob und das Ende gegen die Brust des Menschen preßte. Von einem Augenblick zum anderen wirkte Qs Gebaren wesentlich ernster.

»Immer mit der Ruhe«, warnte er. »Übertreiben Sie's nicht, alter Freund. Sonst bekommen Sie einen Herzanfall. Ich möchte nicht, daß Sie schon jetzt abkratzen – obwohl Ihre Zeit ohnehin bald abgelaufen ist.«

»Ich bin fest entschlossen, auch weiterhin am Leben zu bleiben!« ereiferte sich Picard.

Q beugte sich vor und blickte ins linke Auge des

Menschen. »Ist das ein Blutgerinnsel da drin oder freuen Sie sich nur, mich zu sehen?«

Jean-Luc kämpfte gegen seinen Zorn an. »Sagen Sie mir nur eins. Die Anomalie, nach der wir hier suchen … Bedeutet sie den Untergang für die Menschheit?«

Q lächelte, und dadurch bildeten sich Dutzende von Falten in der greisenhaften Miene. »Erinnern Sie sich nicht mehr? Ich habe betont, daß *Sie* der Menschheit das Ende bescheren.«

»Auf welche Weise?« fragte Picard.

»Ich weiß es – und Sie müssen es herausfinden«, erwiderte die Entität. »Habe ich nicht deutlich genug darauf hingewiesen?«

Der Mensch fluchte. »Wann findet die Katastrophe statt? Und wie …«

Plötzlich befand er sich nicht mehr in der Zukunft, auf der Brücke des Medo-Schiffes *Pasteur*, sondern wieder in der Gegenwart, an Bord der *Enterprise*. Der Wandschirm zeigte die Anomalie. Von Q war weit und breit nichts zu sehen.

Das fast allmächtige Geschöpf hatte ihm eine Art Abschiedsgeschenk hinterlassen: den Gehstock. Picard warf ihn beiseite und trat zur Operatorstation.

»Bericht, Mr. Data.«

Der Androide sah auf die Displays. »Die Anomalie durchmißt zweihundert Millionen Kilometer, Sir. Fokussierte temporale Energie geht von ihr aus, und zwar mit einer Intensität, die dem energetischen Niveau von zehn Sonnen des G-Typs entspricht.«

Der Captain dachte darüber nach. »Und die Quelle jener Energie?«

»Darüber haben wir keine Informationen«, erwiderte Data. »Die Sondierungssignale unserer Sensoren dringen nicht tief genug in die Anomalie vor.«

Picard überlegte und erinnerte sich. In der Zukunft

hatte der Androide in diesem Zusammenhang etwas vorgeschlagen…

»Was ist, wenn wir… den Warpdeflektor so modifizieren, daß er einen umgekehrten Tachyonenstrahl erzeugt? Damit müßte eine Sondierung jenseits der Subraumbarriere möglich sein. Vielleicht erfahren wir dann, wie das Innere des Phänomens beschaffen ist.«

Der Androide wirkte ein wenig überrascht. »Eine faszinierende Idee«, kommentierte er. »Ich glaube, bisher sind Tachyonenstrahlen noch nie zu solchen Zwecken verwendet worden.« Er zögerte kurz. »Außerdem wußte ich gar nicht, daß Sie so gut mit den Feinheiten der Temporaltheorie vertraut sind.«

Der Captain lächelte, als er sich die Hintergründe dieser besonderen Situation vergegenwärtigte. »Das bin ich auch nicht – im Gegensatz zu einem guten Freund von mir. Treffen Sie alle notwendigen Vorbereitungen, Mr. Data.«

»Aye, Sir.« Der Androide stand auf. »Ich glaube, die Modifikationen lassen sich am besten mit Hilfe der Geräte im Maschinenraum vornehmen.«

Picard nickte. Als Data zum Turbolift schritt, drehte er sich um und sah wieder zum Wandschirm. Die Anomalie wogte und wallte, ein immer noch rätselhaftes Symbol der Vernichtung. Doch der Captain war entschlossen, dieser Sache auf den Grund zu gehen.

»Ein Geschenk von einem Freund?« fragte Riker. Er blieb neben Picard stehen und hob den Gehstock.

Jean-Luc warf einen kurzen Blick darauf. »Ja«, bestätigte er. »Von einem sehr *alten* Freund.«

Fähnrich Calan saß an den Navigationskontrollen, und ihre einzige Beschäftigung bestand darin, die glühende und gleißende Anomalie im großen Projektionsfeld an der Wand zu beobachten. Ihre Gedanken glitten in die Vergangenheit – sie konnte es nicht verhindern. Wenn man so viel hinter sich hatte wie sie, so ließ sich kaum ein endgültiger Schlußstrich ziehen.

Calan war Bajoranerin, wie ihre Vorgängerinnen Ro und Sito. Wie alle Bajoraner hatte sie sehr unter dem Joch der Cardassianer gelitten.

Ganz bestimmte Erinnerungsbilder rückten immer wieder ins Zentrum von Calans Aufmerksamkeit. Diese besonderen Reminiszenzen stammten aus der ersten Phase der cardassianischen Herrschaft, als sich der Feind die schlimmsten Grausamkeiten einfallen ließ.

Calan sah sich selbst, wie sie in der Küche des Gefangenenlagers von Marjono arbeitete – es gehörte zu den größten überhaupt. Die fremden Eroberer schreckten natürlich nicht davor zurück, Kinder arbeiten zu lassen. Ganz im Gegenteil: Sie schienen sogar Gefallen daran zu finden, als Zeichen dafür, wie gründlich sie Bajor unterworfen hatten.

Natürlich ahnten sie nicht, wie froh Calan darüber war, in der Küche arbeiten zu dürfen. Wenn die Cardassianer ihre Mahlzeit beendeten, so bestand Calans Aufgabe darin, das Geschirr einzusammeln und abzuwaschen. Dabei gelang es ihr manchmal, eine Brotkruste oder *Jenka*-Wurzel in der Tasche verschwinden zu lassen, um sie später den anderen Gefangenen zu geben.

Es war nicht so, daß sie keine Furcht gehabt hätte. Damals wohnte die Angst in allen Bajoranern, und zwar die ganze Zeit über. Aber manchmal war der Hunger noch schlimmer. Außerdem bereitete es Calan eine gewisse Genugtuung, auf ihre eigene Weise etwas gegen die Cardassianer zu unternehmen.

Wenn sie damals älter gewesen wäre, hätte sie bestimmt gewußt, daß man ihr früher oder später auf die Schliche kommen würde. Auf Dauer ließ sich das gar nicht vermeiden. Doch als Kind sah sie es nicht kommen. Die anderen Gefangenen warnten sie nicht – die zusätzliche Nahrung war zu wichtig für sie.

Eines Tages beobachtete ein Wächter, wie sie die Reste

einer cardassianischen Mahlzeit im Hemd versteckte. Ohne ein Wort packte er das Mädchen am langen blonden Haar und brachte es zum Lagerkommandanten.

Gul Makur teilte eine Eigenschaft vieler hochrangiger Cardassianer: Er war kein besonders übellauniges Individuum und auch kein Sadist. Andererseits durfte er Calans Unverfrorenheit auch nicht ungestraft lassen. Wenn die Gefangenen glaubten, mit kleinen Dinge durchzukommen … Dann dauerte es nicht lange, bis sie es auch mit größeren Dingen versuchten. Und *das* führte zu jenen Schwierigkeiten, die Gul Makur vermeiden wollte.

Um zu verhindern, daß aus kleinen Dingen große wurden, nahm der Kommandant ein Messer und bohrte es ins weiche Fleisch von Calans Schulter. Zweimal wiederholte er diesen Vorgang, bis Blut aus drei Wunden quoll. Anschließend schuf die Messerspitze drei Linien, die diese Wunden miteinander verbanden und ein Dreieck schufen. Auf diese Weise entstand eine Narbe, die Calan für den Rest ihres Lebens tragen sollte.

Jahre später änderte sich ihre Einstellung dazu. Als die Widerstandsbewegung Gul Makur einen langsamen und schmerzvollen Tod bescherte, verwandelte sich die Narbe in Calans Vorstellung zu einem Ehrenmal.

Als sie den Starfleet-Dienst begann und die Möglichkeit bekam, die Narbe durch eine einfache Operation entfernen zu lassen, entschied sie sich dagegen. Das Dreieck in der Schulter war inzwischen ein integraler Bestandteil ihres physischen und psychischen Selbst.

Als sich die Bajoranerin an jene Ereignisse erinnerte, glitt ihre Hand von ganz allein unter die Uniform und tastete nach der Narbe. Seltsam … Aus irgendeinem Grund fiel es ihr schwer, sie zu finden. Die Finger glitten nach rechts und links, nach oben und unten. Nichts.

Calan schauderte unwillkürlich. Die Narbe konnte nicht einfach so verschwinden – das war völlig ausgeschlossen. Bei den Propheten: Heute morgen hatte sie das Dreieck noch im Spiegel gesehen …

Nach einigen weiteren Sekunden mußte sie sich einer erschreckenden Erkenntnis stellen: Die Narbe existierte nicht mehr. Gul Makur schien ihr nie sein Messer in die Schulter gebohrt zu haben.

Doch jene entsetzlichen Ereignisse gehörten nicht zu einem Traum, waren vielmehr Teil der erlebten Realität. Ganz deutlich erinnerte sich Calan an den vom Messer verursachten Schmerz, auch an die Tränen, die ihr damals heiß über die Wangen rollten.

Nein, sie hatte sich die Narbe nicht eingebildet. Aber jetzt fehlte sie in ihrer Schulter. Die Frage lautete: Wie war so etwas möglich?

18

»Es ist eine echte Überraschung für mich«, sagte Geordi. »Ich wußte nicht, daß sich Captain Picard so gut mit der Temporaltheorie auskennt.«

»Ich bin ebenfalls erstaunt«, erwiderte Data. Das Summen der Aggregate untermalte seine Stimme.

Seite an Seite arbeiteten sie im Maschinenraum und nahmen die vom Captain verlangten Modifikationen vor. Als der Androide erklärt hatte, worum es ging, konnte LaForge nicht widerstehen und bot seine Hilfe an. Immerhin bekam er zum erstenmal Gelegenheit, einen umgekehrten Tachyonenstrahl zu schaffen.

»Den Tachyonenstrahl für eine Sondierung jenseits der Subraumbarriere zu benutzen …« Geordi schüttelte den Kopf. »Das ist wirklich clever – wenn's klappt.«

»Es müßte funktionieren«, sagte Data.

»Nun, Captain Picard hat mich nicht zum erstenmal überrascht«, gestand LaForge. »Sein Einfallsreichtum ist bemerkenswert.«

Der Androide nickte. »Das stimmt.«

Geordi sah zum Monitor und deutete auf eine bestimmte Stelle der schematischen Deflektor-Darstellung. »Wir erreichen ein höheres energetisches Niveau, wenn wir einen zusätzlichen Verbindungskanal zu den Deflektorsystemen schalten.«

Data nickte. »Tachyonenstrahl wird nun initialisiert …«

Auf einem anderen Bildschirm erschien eine dünne, oszillierende Linie. Sie symbolisierte den Strahl, der nun von der Deflektorscheibe ausging und mit einer Sondierung der Anomalie begann.

Nach einer Weile drehte sich der Androide zum Chefingenieur um. »Ich bin neugierig, Geordi. Was mag in fünfundzwanzig Jahren mit uns sein?«

Der Mensch lächelte. »Wie bitte?«

»Captain Picard hat die Zukunft gesehen«, erläuterte Data. »*Unsere* Zukunft. Vielleicht haben wir in jener Zeitperiode noch direkten Kontakt. Ich finde es faszinierend, darüber zu spekulieren, in welche Richtung unser Lebensweg in der Zukunft führt.«

LaForge zuckte kurz mit den Schultern. »Nun ... Ich bin ziemlich sicher, daß ich dann noch immer aktiven Starfleet-Dienst leiste.«

Der Androide musterte ihn. »Rechnen Sie nicht mit bedeutenden Veränderungen in Ihrer Zukunft?«

Geordi schüttelte den Kopf. »Nein, eigentlich nicht. Ich bin ziemlich gut dran. Ich habe die Arbeit, die ich mir wünsche. Praktisch die ganze Zeit über kann ich mich mit den Dingen beschäftigten, die mich interessieren. Wahrscheinlich trage ich diese Uniform bis ins hohe Alter.« Er zögerte kurz. »Und Sie?«

Data überlegte. »Ich habe oft an die Möglichkeit gedacht, Starfleet zu verlassen und mit einer akademischen Laufbahn zu beginnen.«

»Möchten Sie lehren?« fragte LaForge.

»Eine solche Tätigkeit erscheint mit erstrebenswert«, erwiderte der Androide. »Meine erste Wahl wäre die Universität von Cambridge. Dort könnte ich vielleicht Nachfolger von Sir Isaac Newton, Dr. Stephen Hawking und Torar Olaffok werden.« Er legte eine kurze Pause ein. »Aber das ist nur eine von mehreren Möglichkeiten. Vielleicht bleibe ich auch bei Starfleet.«

Es wurde Zeit, die Instrumente zu überprüfen. »In Ordnung«, sagte Geordi. »Der Strahl ist stabil. Der Scan liefert jetzt die ersten Daten ...«

»Es dauert sicher eine Weile, bis uns der Computer

ein vollständiges Strukturbild vom Innern der Anomalie liefert«, entgegnete Data. »Ich schlage vor, wir …«

LaForge fühlte jähen, stechenden Schmerz in beiden Augen. »Verdammt!« stöhnte er und hob die Hände vors Gesicht.

»Was ist los?« fragte der Androide.

»Keine Ahnung …« Er wußte nur eins: Es tat unglaublich weh. Und solche Schmerzen hatte er nun zum erstenmal in seinem Leben. »Es fühlt sich an, als hätte mir jemand einen Eispickel durch die Schläfen getrieben. Und das VISOR … Ich sehe Dutzende von elektromagnetischen Störungen …«

Er taumelte und verlor das Gleichgewicht. Der Androide hielt den Chefingenieur fest, bewahrte ihn damit vor einem Sturz. Wie aus weiter Ferne hörte Geordi, daß Data einen internen Kom-Kanal öffnete.

»Krankenstation, medizinischer Notfall im Maschinenraum …«

Picard schüttelte den Kopf. Er hatte bereits alle Hände voll mit Q, den Zeitsprüngen und dem Überleben der Menschheit zu tun. Jetzt zeichnete sich schon wieder eine neue Entwicklung ab.

Beverly deutete auf Geordis Augen. Der Commander saß auf einem Biobett und hatte das VISOR abgenommen.

»Der Unterschied ist auf den ersten Blick erkennbar«, sagte die Ärztin.

Das ließ sich nicht leugnen. LaForges Augen waren bisher weiß gewesen, doch jetzt zeigten sie erste Anzeichen einer Iris. Eine offensichtliche Veränderung fand statt.

»Ja«, erwiderte Picard. »Ich sehe es.«

Beverly nahm einen medizinischen Scanner und führte damit eine kurze Untersuchung durch. Nach einigen Sekunden sah sie aufs Display und runzelte die Stirn.

»Nun?« fragte der Captain.

»Es ist ... verblüffend.« Beverly Crusher blickte auch weiterhin aufs Anzeigefeld des Scanners. »Bei der Sehnerven-DNA hat eine Regeneration begonnen. Allem Anschein nach bildet sich eine Netzhaut.« Sie sah zu Picard. »Man könnte meinen, ihm wachsen ganz neue Augen.«

Geordi ächzte leise. »Das erklärt vielleicht die Schmerzen. Es gab plötzlich keine Synchronisation mehr zwischen meinem VISOR und dem Sehzentrum des Gehirns.«

»Wie ist so etwas möglich?« fragte Picard verwirrt.

»Es sollte überhaupt nicht möglich sein«, erwiderte Beverly. »Für die spontane Regenerierung von totem Gewebe gibt es keine medizinische Erklärung.«

Der Captain dachte darüber nach, als sich die Krankenschwester Ogawa näherte. Sie reichte Beverly einen Datenblock.

»Wir haben Meldungen von zwei Besatzungsmitgliedern erhalten, Doktor«, sagte Ogawa. »Fähnrich Calan und Lieutenant McBurney von der astrophysikalischen Sektion teilen mit, daß bei ihnen alte Verletzungen heilen. Ich weiß nicht, was davon zu halten ist.«

Der Captain hob den Kopf. »Alte Verletzungen, die plötzlich heilen?«

Data trat auf sie zu. Der Androide hatte bisher an einer Konsole gearbeitet, und Picard war so sehr von Geordis verändertem Zustand fasziniert gewesen, daß er sich erst jetzt wieder an Datas Präsenz erinnerte.

»Vielleicht kann ich zumindest teilweise erklären, was mit Commander LaForge und den anderen geschieht«, sagte der wissenschaftliche Offizier. »Wenn Sie mir bitte folgen würden ... Dann zeige ich Ihnen, was ich meine.«

Der Captain und die Ärztin folgten Data zum Terminal. Picard sah über die Schulter des Androiden hinweg auf den Monitor und erkannte dort ein komplexes Diagramm der Anomalie. Der Computer blendete auch die von den Sensoren ermittelten Daten ein.

Jean-Luc brauchte nicht sehr lange auf die versprochene Erklärung zu warten.

»Ich habe inzwischen die Analyse der Anomalie beendet«, sagte der Androide. »Offenbar handelt es sich um eine multiphasische Temporalkonvergenz im vierdimensionalen Raum-Zeit-Kontinuum.«

Dünne Falten entstanden in Beverlys Stirn. »Mit anderen Worten …?«

»Man könnte das Phänomen auch als eine Eruption von *Antizeit* beschreiben«, meinte Data.

Der Captain sah ihn groß an. »Antizeit?«

»Ja, Sir«, bestätigte der Androide. »Das ist ein relativ neues Konzept in der Temporalmechanik. Antizeit und gewöhnliche Zeit stehen in einem ähnlichen Verhältnis zueinander wie Antimaterie und Materie.«

Picard verarbeitete diesen Hinweis. »Na schön«, brummte er nach einer Weile. »Fahren Sie fort.«

»Antizeit hat genau die gegenteiligen Eigenschaften gewöhnlicher Zeit«, führte Data aus. »Ihre Grundlage bildet eine Art von temporaler Umkehr, die wir noch nicht ganz verstehen.«

Der Captain gewann einen etwas klareren Eindruck. »Soll das heißen, die Anomalie ist das Ergebnis des Wechselspiels von Zeit und Antizeit am gleichen Ort?«

»Ja, Sir. Im Devron-System hat *etwas* die Barriere zwischen Zeit und Antizeit zerrissen. Wellen temporaler Energie dringen durch den Riß und stören den normalen Ablauf der Zeit.«

Der Androide wandte sich an LaForge. »Vielleicht findet bei Ihrer Sehnerven-DNA gar keine Regeneration statt. Möglicherweise erfolgt eine Rückentwicklung zum ursprünglichen Zustand.«

Wenn das stimmte …

»Bedeutet es, daß Geordis Augen *jünger* werden?« fragte Picard.

Data nickte. »Darauf läuft es hinaus.«

Der Captain dachte über die Konsequenzen nach.

»Die temporale Anomalie wirkt also verjüngend. Das klingt nicht nach einer Katastrophe, der die ganze Menschheit zum Opfer fallen könnte.«

»Ich kann mir Schlimmeres vorstellen«, kommentierte Beverly.

Picard schnitt eine Grimasse. »Mr. Data… Was mag den Riß zwischen Zeit und Antizeit verursacht haben?«

»Antizeit, Sir?« erwiderte Data verwirrt.

Picard stellte fest, daß der Androide nicht an einem Terminal in der Krankenstation saß, sondern an der Operatorstation. Daraus ließ sich nur ein Schluß ziehen: Ein neuerlicher Zeitsprung hatte stattgefunden, und zwar in die Vergangenheit.

Woraus sich eine gute Gelegenheit ergab. Der Captain trat an die Konsole des Androiden heran und berührte Schaltflächen. Die anderen Offiziere – Tasha Yar, Worf, O'Brien und Troi – beobachteten ihn bestimmt und fragten sich, was der Captain beabsichtigte.

»Wenn wir den Deflektor so modifizieren, daß er einen umgekehrten Tachyonenstrahl aussendet…« Picard sah den Androiden an. »Damit sollte es möglich sein, die Anomalie zu sondieren. Vermutlich erfahren wir durch den Scan, daß es sich bei dem Phänomen um einen Riß zwischen Zeit und Antizeit handelt.«

Data erwiderte seinen Blick. »Eine faszinierende Hypothese, Sir. Wie kommen Sie darauf, wenn Sie mir diese Frage gestatten?«

»Eine Erklärung würde zu lange dauern«, sagte Picard. »Nehmen Sie die notwendigen Modifikationen vor und leiten Sie die Sondierung mit dem Tachyonenstrahl ein. Versuchen Sie anschließend herauszufinden, was einen derartigen Riß verursacht haben könnte.«

Der Androide stellte keine weiteren Fragen und fand sich mit den Anweisungen ab. »Aye, Sir.«

Der Captain sah zum Wandschirm und betrachtete

die Anomalie. Einmal mehr fiel ihm auf, daß sie hier in der Vergangenheit ein ganzes Stück größer war.

»Mr. O'Brien… Welche Ausmaße hat das Phänomen?«

Der Chief antwortete fast sofort. »Ihr Durchmesser beträgt etwa vierhundert Millionen Kilometer, Sir.«

Picard schüttelte den Kopf und wünschte sich, die Ereignisse besser zu verstehen. »Ich frage mich, warum die Anomalie hier größer ist…«

O'Brien bedachte ihn mit einem verwunderten Blick – ganz offensichtlich wußte er nicht, was der Captain meinte. Er verzichtete jedoch auf eine entsprechende Frage.

»Captain…«

Picard drehte sich um, als er Worfs Stimme hörte. Die Aufmerksamkeit des Klingonen galt den Anzeigen einer Konsole im rückwärtigen Bereich der Brücke.

»Im Devron-System befinden sich fünf terellianische Transporter, Sir.«

»Das Flaggschiff stellt eine Kom-Verbindung zu uns her«, fügte Tasha hinzu. »Der verantwortliche Pilot heißt Androna.«

»Auf den Schirm«, sagte Picard.

Im großen Projektionsfeld an der Wand erschien ein Terellianer. »Sie bieten einen willkommenen Anblick, *Enterprise*«, sagte er und lächelte. »Seit wir die Neutrale Zone erreicht haben, empfangen wir immer wieder Drohungen von den Romulanern. Ich bin froh, daß Sie gekommen sind, um uns zu schützen.«

Picard runzelte die Stirn. »Was führt Sie ausgerechnet hierher?«

Andronas Lächeln wuchs in die Breite. »Wir *mußten* kommen, als wir vom *Licht* erfuhren, davon, daß es Kranke heilt und Alte verjüngt.«

Der Captain seufzte. Verwirrung zeigte sich in den Gesichtern der Offiziere – sie schienen von diesen Dingen noch nichts gehört zu haben.

»Wir sind nicht sicher, ob ... das Licht ... tatsächlich solche Wirkungen haben kann«, erwiderte Picard. »Es könnte gefährlich sein ...«

Der Terellianer nahm diesen Hinweis unbeeindruckt hin. »An Bord von unseren fünf Schiffen befinden sich Kranke und Sterbende, Captain. Ich darf nicht umkehren, wenn auch nur die geringste Chance dafür besteht, daß ihnen das Licht Hilfe bringt.«

Auch Picard konnte recht hartnäckig sein. »Es wäre für alle Beteiligten besser, wenn Sie die Neutrale Zone verlassen und uns Gelegenheit geben, das Phänomen genauer zu untersuchen.«

Androna schüttelte den Kopf. »Nein, mein Freund. Wir haben einen weiten Weg hinter uns und bleiben hier.«

Die Antwort ärgerte Picard. Unglücklicherweise genügte seine Autorität nicht, um den Terellianern zu *befehlen*, die Neutrale Zone zu verlassen.

»Ich warne Sie«, sagte er. »Wenn sich die Romulaner zum Angriff entschließen, bin ich vielleicht nicht imstande, Sie zu schützen.«

»Ich verstehe«, entgegnete Androna. »Dieses Risiko gehen wir ein. Viel Glück, Captain – das wünsche ich Ihnen ebenso wie uns.«

Das Bild des Terellianers verschwand vom Wandschirm. Picard zögerte einige Sekunden lang und ging dann zum Bereitschaftsraum. Als er an Tasha vorbeikam, sagte er: »Sie haben das Kommando, Lieutenant.«

Yar nickte. »Aye, Sir.«

Vor dem Captain öffnete sich die Tür. Das Zimmer dahinter verhieß die Möglichkeit, in aller Ruhe nachzudenken. Dort wirkte ...

... nichts vertraut. Kein Wunder. Er befand sich nicht mehr auf der *Enterprise*-Brücke, sondern in Beverlys Bereitschaftsraum an Bord des Medo-Schiffes *Pasteur*.

Schon wieder ein Zeitsprung, fuhr es ihm durch den Sinn.

Als er durch die Tür trat, hob und senkte sich das Deck unter ihm. Picard schwankte, und es fiel ihm schwer, auf den Beinen zu bleiben. Er hörte die Sirenen der Alarmstufe Rot und mußte sich immer wieder an der Wand abstützen, als er zur Brücke torkelte.

Beverly saß dort im Kommandosessel und erteilte Befehle. Der Wandschirm blieb seltsam leer und verriet nicht, was vor sich ging.

»Was ist los?« fragte Picard laut genug, um trotz des Lärms gehört zu werden.

Beverly drehte sich im Sessel um. »Wir werden angegriffen, Jean-Luc.«

Erneut schüttelte sich das Schiff, und Picard war noch immer nicht imstande, die Ursache der Erschütterungen festzustellen.

»Kapazität der Schilde auf zweiundfünfzig Prozent gesunken!« rief Chilton. »Geringe Beschädigungen der Backbord-Warpgondel.«

Worf sah von seiner Konsole auf. »Drei klingonische Schlachtkreuzer haben ihre Tarnvorrichtungen in unmittelbarer Nähe deaktiviert!« Sein Gesicht wirkte noch finsterer als sonst. »Wir sitzen in der Falle!«

19

Zum dritten Mal erbebte die *Pasteur* im klingonischen Feuer. Beverly hielt sich an den Armlehnen des Kommandosessels fest und biß die Zähne zusammen.

Es war viele Jahre her, seit sie zum letztenmal an einem Gefecht teilgenommen hatte, und ihr lag nichts an einer Wiederholung entsprechender Erlebnisse – erst recht nicht unter so ungünstigen Umständen.

Sie sah zu Chilton. »Warpgeschwindigkeit, Fähnrich«, sagte sie so ruhig wie möglich. »Bringen Sie uns fort von hier.«

Chilton bediente die Kontrollen der Navigationsstation. »Negativ, Sir. Es steht keine Warpenergie zur Verfügung.«

Eine weitere Erschütterung. Diesmal war sie so stark, daß Beverly fast aus dem Sessel geschleudert wurde.

»Beidrehen«, sagte sie. »Kurs eins vier acht Komma zwei eins fünf. Volle Impulsgeschwindigkeit.«

Die *Pasteur* drehte bei, aber es nützte kaum etwas. Die klingonischen Kreuzer blieben hinter dem Medo-Schiff und feuerten auch weiterhin. Es krachte; auf der Brücke ging es drunter und drüber.

»Energetische Fluktuationen im Warpkern«, meldete Chilton. »Kapazität der Schilde bei dreißig Prozent.«

Beverly biß sich auf die Lippe. Hinter ihr erklang eine vertraute Stimme im Durcheinander.

»Waffenstatus, Mr. Worf?«

In diesen Sekunden erweckte Picard fast den Eindruck, wieder wie früher zu sein. Er schien die Folgen der Krankheit abzustreifen, um wieder zu einem meisterhaften Strategen zu werden.

Er brauchte nicht lange auf eine Antwort zu warten. »Mit unseren Phasern läßt sich nichts gegen die Schilde der Schlachtkreuzer ausrichten, Sir. Wir können nur versuchen zu fliehen.«

Beverly drehte sich zornig um. »Sie haben doch gesagt, uns blieben acht Stunden, Worf. Wieso sind die imperialen Schiffe schon jetzt hier?«

»Offenbar kommen sie aus einem anderen Sektor«, erwiderte der Klingone. Mit finsterer Miene starrte er auf die Konsolendisplays und fragte sich vermutlich, warum er eine solche Möglichkeit nicht berücksichtigt hatte.

Beverly wandte sich an Geordi. »Wir brauchen Warpenergie, und zwar *sofort*.«

Der frühere Chefingenieur bediente die Kontrollen, aber schon nach kurzer Zeit schüttelte er den Kopf.

»Tut mir leid, Captain. Gegen einen solchen Gegner haben wir keine Chance. Ich kann die Phaseninduktoren nicht länger stabili ...«

Eine neuerlicher Erschütterung unterbrach ihn.

»Kapazität der Schilde ist auf neun Prozent gesunken«, berichtete Chilton. »Noch ein Treffer, und es bleibt überhaupt nichts mehr von ihnen übrig.«

Beverly fluchte lautlos. Es war an der Zeit, eine Entscheidung zu treffen, die jeder Captain verabscheute.

»Worf ... Öffnen Sie einen externen Kom-Kanal. Teilen Sie den Angreifern mit, daß wir kapitulieren.«

Vor dreißig Jahren hätte der Klingone protestiert, um auf keinen Fall als Feigling dazustehen. Doch jetzt war er älter und klüger – er befolgte die Anweisung einfach.

Sie warteten. Schließlich sah Worf auf und wirkte betroffen.

»Der Gegner nimmt unsere Kapitulation nicht an. Er will zu Ende bringen, was er begann.«

Beverly hatte die Bedeutung dieses Hinweises kaum

erfaßt, als die *Pasteur* wieder erbebte. Diesmal konnte sie sich nicht festhalten: Die Hand eines Titanen schien sie zu packen, aus dem Kommandosessel zu zerren und auf den Boden zu schmettern. Vor dem Aufprall sah sie aus den Augenwinkeln, wie Chiltons Konsole explodierte.

Jean-Luc eilte sofort zu der jungen Frau, die an den Kontrollen gesessen hatte, aber es war zu spät – Chilton lebte nicht mehr.

Beverlys Exmann sah auf und begegnete ihrem Blick. Sein Gesichtsausdruck deutete darauf hin, daß er auf ähnliche Weise Besatzungsmitglieder verloren hatte.

Worf stand an der rückwärtigen Brückenstation und übernahm auch Chiltons Pflichten. »Unsere Schilde existieren nicht mehr«, sagte er. »Wir sind vollkommen schutzlos.«

Beverly kehrte zum Befehlsstand zurück, ignorierte die Schmerzen und sah zum Wandschirm. Er zeigte nur einen der Angreifer; die anderen beiden schwebten rechts und links von der *Pasteur* im All.

Sie seufzte tief. Nur noch einige wenige Sekunden ... Die Klingonen wußten, daß sich das Medo-Schiff weder schützen noch wirksam zur Wehr setzen konnte. Bestimmt versetzten sie ihrem Opfer gleich den Todesstoß.

»Ein anderes Schiff deaktiviert seine Tarnvorrichtung, Captain«, berichtete Data. »Koordinaten zwei eins fünf Komma drei eins null.«

Beverly hob erstaunt den Kopf und fragte sich, warum die Klingonen jetzt noch Verstärkung brauchten.

Der Androide wölbte überrascht die Brauen. »Es ist die *Enterprise*, Captain!«

Beverlys Herz klopfte schneller, als sie den Namen ihres alten Schiffes hörte. Sie sah wieder zum Wandschirm und beobachtete, wie der große Galaxy-Raumer über dem ahnungslosen imperialen Schlachtkreuzer sichtbar wurde.

Von einem Augenblick zum anderen setzte die *Enter-*

prise ihre Phaser und Photonentorpedos ein. Destruktive Energie durchschlug die klingonischen Schilde, und der Kreuzer platzte auseinander.

Bevor die Crew der *Pasteur* jubeln konnte, schüttelte sich das Medo-Schiff erneut.

»Direkter Treffer beim Warpkern«, sagte Geordi. »Schwere Schäden ...«

Jean-Luc erbleichte. »Der Warpkern ...!« entfuhr es ihm. »Er darf auf keinen Fall explodieren. Wir müssen ihn irgendwie stabilisieren.« Er sprang auf, um Geordi an seiner Konsole zu helfen.

»Die Klingonen ziehen sich zurück«, stellte Data fest.

Weitere Erschütterungen erfaßten das Medo-Schiff.

»Allerdings nicht ohne einige Abschiedsgrüße«, fügte der Androide hinzu.

»Captain!« rief LaForge. »Ich kann den Warpkern nicht stabilisieren. Die Explosion steht unmittelbar bevor!«

Eine Stimme klang aus den Kom-Lautsprechern – eine Stimme, die Beverly kannte. »*Enterprise* an *Pasteur*. Die Sensoren weisen uns darauf hin, daß bei Ihnen ein Warpkern-Kollaps droht.«

»Das stimmt«, bestätigte die Kommandantin.

»Treffen Sie Vorbereitungen für einen Nottransfer«, verkündete die Stimme.

Jean-Luc hob verblüfft den Kopf. Langsam wandte er sich seiner Exfrau zu, eine stumme Frage in den Augen.

»Riker?« hauchte er.

»Riker«, wiederholte Beverly.

Jean-Luc wirkte ziemlich verwirrt. Kein Wunder: Vor kurzer Zeit hatte sein ehemaliger Erster Offizier es abgelehnt, ihm zu helfen. Und jetzt ...

Plötzlich fand sich Beverly im Kontrollraum der *Enterprise* wieder. Will Riker saß im Kommandosessel, so wie damals, wenn er Jean-Luc Picard vertrat. Jetzt erweckte er den Eindruck, daß dieser Platz ihm gehörte.

Auch das war kein Wunder. Nach Jean-Lucs Entscheidung, für das diplomatische Korps tätig zu werden, wurde Riker für einige Jahre zum Kommandanten der *Enterprise* – bis zu seiner Beförderung zum Admiral.

Die Offiziere kannte Beverly natürlich nicht. Ihr Blick fiel auf fremde Gesichter, als sie sich umsah.

Hinter ihr materialisierten Jean-Luc, Worf, Data, Geordi und die anderen Besatzungsmitglieder der Brückencrew – mit Ausnahme von Chilton. Und der Rest?

Der taktische Offizier beantwortete ihre unausgesprochene Frage. »Die Mannschaft der *Pasteur* befindet sich an Bord, Admiral.«

»Schilde hoch«, sagte Riker. »Wo sind die Klingonen?«

Der Mann am taktischen Pult sah auf die Anzeigen. »Die Distanz zu ihnen wächst auch weiterhin. Derzeitige Entfernung: ein halbes Lichtjahr.«

Der Admiral nickte. »Bestimmt kommen sie zurück«, brummte er.

Doch vorerst drohte keine Gefahr. Beverly atmete erleichtert auf und sah sich noch einmal um.

Offenbar war die *Enterprise* während der vergangenen Jahre modernisiert worden. Der Kommandosessel schien jetzt etwas höher zu sein, und Beverly bemerkte auch noch andere Veränderungen. Doch im großen und ganzen bildete dieses Schiff noch immer jenen Ort, den sie einmal für ihr Zuhause gehalten hatte.

Riker nahm das Ende des Kampfes mit offensichtlicher Zufriedenheit zur Kenntnis und begrüßte die Neuankömmlinge mit einem Lächeln. »Nun?« fragte er scherzhaft. »Wollen Sie sich überhaupt nicht bedanken?«

Worf trat einen Schritt auf den Admiral zu, und Zorn zeigte sich in seiner dunklen Miene.

»*Sie* haben keinen Dank verdient«, knurrte er. »Wenn Sie nicht abgelehnt hätten, als der Captain um Hilfe bat … Dann wäre dies alles nicht geschehen.«

Rikers Lächeln verschwand. »Was ist los mit Ihnen, Worf? Wieso haben Sie zugelassen, daß ein wehrloses Schiff ohne Eskorte ins stellare Territorium des Feindes fliegt?«

»Ich habe mich richtig verhalten«, beharrte der Klingone. In seinen dunklen Augen blitzte es. »Im Gegensatz zu gewissen anderen Leuten habe *ich* mir Loyalität und Ehre bewahrt.«

»Es ging nicht um Ehre oder dergleichen«, entgegnete Riker. »Es war vielmehr eine Frage der Vernunft.«

»Oder der Feigheit«, zischte Worf.

Riker preßte kurz die Lippen zusammen. »Vergessen Sie nicht, mit wem Sie reden, Gouverneur.«

Jean-Luc trat zwischen die beiden Männer, bevor die Konfrontation einen kritischen Punkt erreichte. »Für so etwas haben wir keine Zeit. Will, Sie müssen den Warpkern-Kollaps an Bord der *Pasteur* verhindern.«

Der Admiral sah ihn an. »Was?«

»Die Subraumbarriere in diesem Raumbereich ist... sehr dünn«, stieß der alte Mann hervor. »Wenn das Medo-Schiff explodiert, könnte die Barriere reißen. Und dann kommt es hier zu einem Ausbruch von... von *Antizeit!* Verstehen Sie denn nicht? Vielleicht bahnt sich jetzt eine Katastrophe an, die letztendlich zur Auslöschung der ganzen Menschheit führt!«

O nein, dachte Beverly. *Nicht schon wieder.*

Riker musterte Jean-Luc so, als sei er vollkommen übergeschnappt. Sein Blick wanderte zu Data und Geordi, schließlich auch zu Beverly.

»Wovon redet er da?«

Die Kommandantin der *Pasteur* schüttelte den Kopf. »Um ganz ehrlich zu sein: Ich weiß es nicht genau.«

Jean-Luc geriet ganz außer sich und griff nach dem Arm des Androiden.

»Erklären Sie es ihnen!«

Data wandte sich an Riker. »Die hiesige Subraumbarriere scheint tatsächlich recht dünn zu sein – was allerdings nicht ungewöhnlich ist.«

»Na bitte.« Jean-Luc deutete zum Wandschirm, der die *Pasteur* zeigte. Intervaller-Entladungen hatten schwarze Brandspuren an ihrem Rumpf hinterlassen. »Eine Explosion des Schiffes könnte das Ende unserer ganzen Spezies bedeuten!«

Der Admiral sah zum taktischen Offizier. »Mr. Gaines, gibt es eine Möglichkeit, den Warpkern der *Pasteur* zu stabilisieren?«

Der Offizier wirkte skeptisch. »Das bezweifle ich, Sir. Der Plasmainjektor ist bereits ...«

Veränderte Anzeigen weckten Gaines' Aufmerksamkeit. Seine Finger huschten über die Kontrollen.

»Moment, Sir. Ich glaube, der Warpkern kollabiert jetzt ...«

Der Wandschirm zeigte auch weiterhin die *Pasteur*. Einige Sekunden lang geschah überhaupt nichts, und dann ... Plötzlich platzte das Medo-Schiff auseinander und wurde von blauweißer Energie verschlungen.

Beverly spürte einen Kloß im Hals. Die *Pasteur* war ihr erstes Schiff gewesen, ihr erstes Kommando. Sie glaubte einen Teil von sich selbst zerstört.

Doch Jean-Luc ... Sein Entsetzen mußte noch viel größer sein als ihrs. Denn für ihn bedeutete die Explosion der *Pasteur* das mögliche Ende der Menschheit.

20

Picard starrte zum Wandschirm. War es jetzt soweit? Begann nun das von Q prophezeite Unheil? Entfaltete sich jene Katastrophe, die er hatte verhindern wollen?

Riker wandte sich an den taktischen Offizier. »Volle Sondierung, Mr. Gaines. Deutet irgend etwas auf einen Riß in der Subraumbarriere hin?«

Der Mann berührte mehrere Schaltflächen, und Picard fürchtete seine Antwort.

Doch Gaines blieb gelassen, als er aufsah. »Nein, Sir. Die Subraumbarriere ist intakt.«

Alle schienen sich zu entspannen. Picard bildete die einzige Ausnahme. Er verstand nicht, was geschah, und darauf wies er auch hin.

Riker hielt es offenbar nicht für nötig, ihm irgend etwas zu erklären. »Na schön«, sagte er. »Verschwinden wir von hier. Tarnvorrichtung aktivieren.«

»Das ist nicht möglich«, erwiderte Gaines. »Die Plasmaspule auf der Steuerbordseite wurde beschädigt. Nach dem Bericht der technischen Abteilung dauert es sieben Stunden, bis die Tarnvorrichtung wieder einsatzfähig ist.«

Riker runzelte die Stirn. »Dann müssen wir zur alten Methode greifen. Programmieren Sie einen Kurs zur Föderation. Warp dreizehn.«

Picard schüttelte den Kopf. »Nein. Wir dürfen diesen Raumbereich nicht verlassen.«

Der Admiral sah ihn an, und in seinem Gesicht zeigte sich so etwas wie Anteilnahme. »Uns bleibt keine Wahl.

Wir befinden uns hier im stellaren Territorium des Imperiums. Und es dauert bestimmt nicht lange, bis die Klingonen Verstärkung bekommen.«

Picard war der Verzweiflung nahe. Wieso begriffen Riker und die anderen nicht, worum es ging? Diese Sache hatte eine weitaus größere Bedeutung als irgendwelche banalen Grenzen. Das Überleben der ganzen Menschheit stand auf dem Spiel.

»Nein«, sagte er, streckte die Hand aus und griff nach Rikers Uniformärmel. »Wir müssen hierbleiben und ... die Ursache der temporalen Anomalie herausfinden. Ich selbst habe sie verursacht, verdammt ... obwohl mir das Wie auch weiterhin ein Rätsel bleibt ...«

»Captain ...« Der Admiral schob Picards Hand fort. »Wenn wir diesen Sektor nicht unverzüglich verlassen, fordern wir einen weiteren Angriff der Klingonen heraus.«

Picard konnte sich kaum mehr unter Kontrolle halten. Er wußte, daß er hysterisch klang, aber er mußte Riker und den anderen unbedingt klarmachen, wie wichtig diese Angelegenheit war.

»Wir können jetzt nicht zur Föderation zurück! Das ist ausgeschlossen! Will, bitte ... Alles hängt davon ab, daß wir hierbleiben und der Sache auf den Grund gehen! Ich beschwöre Sie ...«

Zu spät sah er den Injektor in Beverlys Hand. Er wollte sich umdrehen, abwehrend die Arme heben, doch er reagierte nicht schnell genug. Die Ladekapsel des Injektors entlud sich mit einem leisen Zischen.

Fast sofort fühlte sich Picard von Benommenheit erfaßt. Er kämpfte gegen die Betäubung an, taumelte ...

... und stieß beinah gegen ein Besatzungsmitglied, das um die Korridorecke kam.

»Entschuldigung, Sir«, sagte der Mann – die Uniform wies darauf hin, daß er zur technischen Abteilung gehörte.

»Schon gut«, erwiderte Picard – allem Anschein nach befand er sich wieder in der Gegenwart. Er verlor kein weiteres Wort und ging weiter.

Aber wohin? Er überlegte und schritt langsamer.

Zur Krankenstation. Natürlich. Beverly hatte ihn zu sich gebeten, weil sie mit ihm sprechen wollte.

Er brachte eine weitere Kurve des Korridors hinter sich und sah rechts den Zugang der medizinischen Abteilung. Als er durch die Tür trat, fragte er sich, was ihn hier erwartete.

Worüber wollte Beverly mit ihm reden? Vielleicht über Geordi? Hatte sich sein Zustand verändert?

Kurze Zeit später sah Picard, daß die Ärztin nicht am Bett des Chefingenieurs stand, sondern an dem von Alissa Ogawa. Die Krankenschwester trug nun Patientenkleidung, und der Captain stellte verblüfft fest, daß sie nicht mehr schwanger zu sein schien.

Ogawas Ehemann näherte sich, griff nach der Hand seiner Frau und versuchte, sie zu trösten. Doch Alissa wirkte verzweifelt und ließ sich nicht beruhigen.

Ganz offensichtlich ging hier irgend etwas nicht mit rechten Dingen zu.

Stumm und taktvoll trat der Captain an Dr. Crushers Seite. Sie hatte ihn natürlich sofort bemerkt.

»Sie wollten mich sprechen, Doktor?« fragte er leise.

»Ja«, bestätigte sie. Und zu Ogawa: »Ich bin gleich wieder bei Ihnen, Alissa.«

Die Krankenschwester nickte. Beverly vergewisserte sich noch einmal, daß ihre Patientin derzeit keine unmittelbare Hilfe benötigte. Anschließend wich sie mit Picard in eine Ecke des Zimmers zurück.

»Was ist los?« fragte er. »Was fehlt ihr?«

»Sie hat das Baby verloren«, erwiderte Dr. Crusher. Ihre Stimme vibrierte bei diesen Worten, deutliches Zeichen für ihr Mitgefühl.

»Wie konnte so etwas passieren?« erkundigte sich der Captain.

»Ich glaube, wir haben es hier mit dem gleichen Phänomen zu tun, dessen Wirkung wir bereits bei Geordi beobachtet haben«, erklärte Beverly. »Die temporalen Emissionen der Anomalie haben irgendwie dafür gesorgt, daß die Fötuszellen zu einem früheren Stadium ihrer Entwicklung zurückkehrten. Das ungeborene Kind wurde praktisch jünger und jünger – bis sich sogar die DNA auflöste.«

Der Captain nickte in Richtung Ogawa: »Wie geht es ihr?«

Beverly zuckte kurz mit den Schultern. »In physischer Hinsicht ist alles in Ordnung mit ihr – noch. Aber wenn die temporale Umkehr andauert … Ich fürchte, dann müssen *wir alle* mit unangenehmen Konsequenzen rechnen.« Sie zögerte kurz. »Ich habe Dutzende von Besatzungsmitgliedern untersucht, Jean-Luc. Es gibt niemanden, der *nicht* von dem Phänomen betroffen ist.«

Unbehagen entstand im Captain und verdichtete sich rasch. »Können Sie Einzelheiten nennen?«

Die Ärztin seufzte. »Unsere Zellstruktur verändert sich. Die Zellen teilen sich nicht mehr, sondern verschmelzen miteinander. Eine Rückentwicklung findet statt. In manchen Fällen besteht das Ergebnis darin, daß alte Verletzungen heilen, doch das ist nur die Spitze des sprichwörtlichen Eisbergs. Letztendlich könnte die temporale Anomalie uns alle umbringen, so wie Ogawas ungeborenes Kind.«

Eine entsetzliche Vorstellung. Picards Lippen bildeten einen dünnen Strich, als er darüber nachdachte.

»Wie weit verbreitet sind die Auswirkungen?« fragte er. »Ist nur dieser Raumbereich davon betroffen, oder wirkt sich das Phänomen auch in anderen Sektoren aus?«

Beverly schüttelte den Kopf. »Ich weiß es nicht.«

Der Captain durfte kein Risiko eingehen. »Übermitteln Sie Starbase dreiundzwanzig einen Bericht. Das ist der nächste Außenposten. Man soll die Crew untersuchen, um festzustellen, ob sich die temporale Umkehr auch dort bemerkbar macht.«

»In Ordnung.« Dr. Crusher ging los, um die Anweisung sofort auszuführen.

Picard sah wieder zu Ogawa. War *dies* vielleicht die von Q angekündigte Katastrophe? Lief die Menschheit Gefahr, sich in Einzeller zurückzuverwandeln und wieder zu dem organischen Schleim zu werden, der sich vor Jahrmilliarden in den Urmeeren der Erde gebildet hatte und aus dem alle irdischen Lebensformen hervorgegangen waren?

Nein, dachte der Captain. *Das lasse ich nicht zu.*

Er hob den Kopf. »Mr. Data?«

»Aye, Sir?« ertönte die Antwort des Androiden aus dem Interkom-Lautsprecher.

»Bitte kommen Sie in die Aussichtskammer«, sagte Picard.

»Ich bin unterwegs, Sir.«

Einige Minuten später befand sich Picard in der Aussichtskammer und sah dort auf einen Datenblock. Das Display zeigte ihm die Ergebnisse von Datas Analysen in bezug auf die Anomalie.

Schließlich sah er auf und musterte den Androiden. »Faszinierend.«

»Ja.«

»Wie lange dauert die *vollständige* Sondierung mit dem Tachyonenstrahl?«

Data brauchte gar nicht nachzudenken, um diese Frage zu beantworten. »Etwa eine Stunde und fünfundvierzig Minuten, Sir.«

Der Captain nickte. »Gut. Sobald der Scan beendet ist… Werten Sie die gewonnenen Informationen aus und suchen Sie nach einer Möglichkeit, die Anomalie zu neutralisieren. Wobei es folgendes zu berücksichtigen gilt: Ich möchte alles vermeiden, das zu einer Verschlimmerung des Problems führen könnte.«

»Es wäre möglich, bei den hypothetischen Lösungen eine Risikoanalyse durchzuführen«, schlug der Androide vor.

»Gute Idee«, sagte Picard.

»Danke, Sir.« Data stand auf und verließ den Raum, um sofort mit der Arbeit zu beginnen.

Der Captain sah ihm nach, griff nach dem Datenblock und trat ans Fenster heran. Hoffnung keimte in ihm. Vielleicht hatten sie eine Chance gegen die Anomalie ...

Plötzlich erklang eine laute Stimme. »Sieben!« ertönte es. »Gewonnen!«

Picard drehte sich um und sah einen ... Spieltisch, der aus irgendeinem altmodischen Kasino auf der Erde zu stammen schien. Grüner Filz bedeckte ihn, und an mehreren Stellen bildeten Plastikchips kleine Stapel.

Zwei Würfel lagen am Ende des Tisches. Einer zeigte drei Punkte, der andere vier. Daraus ergab sich ... *sieben*.

Picard hob den Kopf und stellte fest, daß Q am anderen Ende des Tisches stand, gekleidet wie ein Croupier aus dem zwanzigsten Jahrhundert. Die Entität warf dem Menschen einige Chips zu und zog die beiden Würfel mit einem langen Schieber zu sich heran.

»Wetten Sie!« rief er. »Wetten Sie! Ein neues Spiel beginnt.«

Der Captain starrte ihn an. »Was wollen Sie diesmal, Q?«

Der Croupier zuckte mit dem Schultern. »Ich bin nur als Beobachter hier, Jean-Luc. Ich möchte sehen, welche Wette Sie in Hinsicht auf die Anomalie plazieren.«

Picard versteifte sich. Was bedeuteten die letzten Worte? »Mir liegt nichts an irgendwelchen Wetten.«

»Oh, ich glaube, da irren Sie sich«, entgegnete Q. »Der Einsatz auf diesem Tisch ist ziemlich hoch. Ein höherer wäre kaum vorstellbar.«

Mit dem Schieber deutete er auf ein bestimmtes Zeichen. Dort stand geschrieben: MINIMALEINSATZ – DIE MENSCHHEIT ODER DAS VOLK IHRER WAHL.

Der Captain war ganz und gar nicht amüsiert.

»Möchten Sie wirklich, daß Data die temporale Anomalie neutralisiert?« fragte Q. Er griff nach den Würfeln, rollte sie in der Hand hin und her.

Picard musterte ihn. »Soll das heißen, daß die Neutralisierung der Anomalie zur Vernichtung der Menschheit führt?«

Q schüttelte den Kopf. »Es liegt mir fern, Ihnen derartige Hinweise zu liefern. Ich bin nur für diesen Tisch zuständig.« Er nahm einige Chips. »Nun … Wetten wir auf die temporale Anomalie, und zwar vier zu eins. Mal sehen, was sich ergibt.«

Q warf die Würfel …

… und der Captain fand sich auf einem zerklüfteten Felsvorsprung wieder.

Er senkte den Blick und starrte in ein wüstes Durcheinander aus dampfender Lava und zischenden Gasgeysiren hinab. Schier unerträgliche Hitze trieb ihm den Schweiß aus den Poren, und die Luft war voller Asche.

»Willkommen daheim«, sagte Q. Er stand neben dem Captain und trug noch immer die Kleidung eines Kasino-Croupiers.

»Daheim?« wiederholte Picard und wischte sich klebrigen Schweiß von der Stirn. Er wußte nicht, was die Entität meinte.

»Erkennen Sie Ihre Heimat nicht wieder? Dies ist die Erde. Frankreich, um ganz genau zu sein. Vor etwa dreieinhalb Milliarden Jahren, ein Äon mehr oder weniger.« Q rümpfte die Nase. »Riecht schrecklich, nicht wahr? Soviel Schwefel und vulkanische Asche … Ich sollte mal mit dem Zimmermädchen reden.«

Der Captain sah ihn aus tränenden Augen an. »Hat diese Sache einen tieferen Sinn? Oder handelt es sich nur um einen Ihrer fröhlichen Reiseberichte?«

Das Wesen gab sich beleidigt. »Reiseberichte? Sie verletzen mich, Jean-Luc. Ich versuche nur, Ihren armseligen Horizont ein wenig zu erweitern.«

»Oh, natürlich«, erwiderte Picard. »Was soll ich denn an diesem Ort lernen? Wie man erstickt?«

Q lächelte wissend und deutete gen Himmel. »Sehen Sie nur! Beeindruckend, nicht wahr?«

Der Captain blickte nach oben – und erstarrte förmlich. Ein unheilvoller Glanz erstreckte sich von Horizont zu Horizont. Jenes Glühen stammte von der Anomalie, die im Devron-System entstanden war.

»Die Anomalie …«, hauchte Picard. »Sie ist *hier*, in unmittelbarer Nähe der Erde?«

»An der aktuellen Stelle im Zeitstrom ist sie überall«, sagte Q. »Sie füllt diesen Quadranten der Milchstraße.«

Picard rieb sich die Augen, doch sie brannten auch weiterhin.

»Je weiter in der Vergangenheit, desto größer die Anomalie.« Er versuchte, einen Sinn darin zu erkennen. »Aber …«

Von einem Augenblick zum anderen setzte sich Q in Bewegung und schritt über den Felsvorsprung. Er schien etwas entdeckt zu haben. »Kommen Sie, Jean-Luc. Ich möchte Ihnen was zeigen.«

Er winkte begeistert und ging an einem kleinen, schlammigen Tümpel in die Hocke. Picard näherte sich neugierig und blieb neben der Entität stehen.

Gemeinsam sahen sie ins Wasser. Es war eine trübe Brühe, in der jedoch die Algen fehlten, die man normalerweise erwartet hätte.

»Wonach halten wir Ausschau?« fragte Picard schließlich.

»Wonach wir Ausschau halten?« wiederholte Q. »Nun, *mon capitaine,* dies sind *Sie*. Und Sie haben nie besser ausgesehen, wenn Sie gestatten.«

Picard spürte, wie Ärger in ihm zu brodeln begann.

Q spielte mit ihm, und es gab kaum etwas, das er *mehr* verabscheute.

»Das bin *ich?*«

»Im Ernst, Jean-Luc. Natürlich meine ich es im übertragenen Sinne.« Q streckte die Hand aus. »Hier entsteht das Leben, zum erstenmal auf diesem Planeten. Zwei Proteine verbinden sich miteinander und formen die erste Aminosäure – einen der Bausteine des Lebens. Beziehungsweise Ihrer eher jämmerlichen Version des Lebens.«

Picard fühlte sich fast gegen seinen Willen fasziniert. Aus einem Reflex heraus beugte er sich vor, obwohl man mit bloßem Auge natürlich nichts sehen konnte.

»Seltsam, nicht wahr?« Q sprach nun in einem verschwörerischen, geheimnisvollen Tonfall. »Alles was Sie wissen ... Ihre ganze Zivilisation ... Es beginnt hier, in diesem kleinen Tümpel. Als Schleim. Es erscheint irgendwie angemessen, nicht wahr? Wirklich schade, daß Sie kein Mikroskop mitgebracht haben. Damit wären jetzt einige sehr interessante Beobachtungen möglich.«

Q deutete einmal mehr ins trübe Wasser und erkannte dort Dinge, die einem Menschen verborgen blieben. »Achtung, gleich ist es soweit«, kommentierte er das Geschehen. »Die beiden Proteine nähern sich ... Sie kommen einander noch etwas näher ... noch näher ...«

Plötzlich wich er zurück, und Enttäuschung zeigte sich in seiner Miene. »O nein! Nichts geschah. *Überhaupt nichts!*«

Picard starrte ihn groß an und vergaß das Brennen in seinen Augen. »Was soll das heißen? Haben Sie die Verschmelzung der beiden Proteine verhindert?«

Q hob den Zeigefinger. »Ich bitte Sie, Jean-Luc. Dauernd neigen Sie dazu, mir die Schuld für Ihre Probleme zu geben. Ich versichere Ihnen: Für diese Sache sind ganz allein Sie verantwortlich.«

Der Captain runzelte verwirrt die Stirn. »Ich habe

nicht den geringsten Einfluß auf das allgemeine Geschehen genommen.«

Q richtete sich auf. »*Au contraire.*« Er zeigte zum Himmel hoch. »Sie schufen *das*. Und *damit* verhinderten Sie die Entstehung des Lebens auf der Erde.«

Er holte die beiden Würfel hervor und zeigte sie dem Menschen. »Sehen Sie? Zweimal die Eins. Sie haben verloren.«

Der Captain blickte auf die Würfel hinab. Tatsächlich: Jeder von ihnen zeigte nur einen Punkt. Aber diese Würfel konnten nicht über sein Schicksal entscheiden. Nein, unmöglich.

Trotz all der Dinge, die Q ihm gezeigt hatte ... Das Ende der Spezies Mensch stand bestimmt nicht unausweichlich fest. Für die Gattung Homo sapiens *mußte* es noch eine Chance geben.

Picard sah mit der Absicht auf, eine weitere Frage an Q zu richten ...

... und blickte in Deanna Trois Gesicht. Uniform und Frisur der Counselor deuteten darauf hin, daß er wieder in der Vergangenheit weilte.

Inzwischen kam er mit dem plötzlichen Wechsel seines temporalen Aufenthaltsorts erstaunlich gut zurecht. Die Phasen der Desorientierung hatten sich auf ein Minimum verkürzt.

Er befand sich auf der Brücke. O'Brien, Data, Tasha Yar und Worf arbeiteten an ihren Konsolen.

»Dr. Selar hat gemeldet, daß dreiundzwanzig Kinder an Bord Symptome einer sonderbaren Krankheit zeigen«, sagte Deanna. Es klang so, als beantwortete sie eine Frage des Captains. »Angeblich entwickeln sich die Zellen zu einem früheren Zustand zurück.«

O nein, dachte Picard betroffen. *Hier geschieht es ebenfalls.*

Deanna zögerte. Sie glaubte, daß dem Captain ihre Auskünfte nicht gefielen – natürlich konnte sie nichts davon wissen, daß er die Hintergründe des Problems viel besser verstand als sie. »Dr. Selar glaubt, die Anomalie sei dafür verantwortlich.«

Picard nickte und wandte sich an Yar. »Lieutenant ... Teilen Sie Starfleet Command folgendes mit: Wir vermuten, daß die Emissionen der Anomalie negative Wirkungen entfalten.«

»Ich habe bereits einen entsprechenden Bericht gesendet«, sagte Tasha. »Wir sind angewiesen, die Neutrale Zone zu verlassen und den Pilgerschiffen Geleitschutz bis zum stellaren Territorium der Föderation zu gewähren.«

Der Captain dachte darüber nach. »Antworten Sie, daß wir hierbleiben. Wir fordern die Terellianer noch einmal auf, diesen Raumbereich zu verlassen.« Und zum Androiden. »Mr. Data, wenn Sie die Sondierung mit dem Tachyonenstrahl beendet haben ...«

»Tut mir leid, Sir«, unterbrach Yar den Captain. »Aber das kann ich nicht zulassen.«

Picard richtete einen verblüfften Blick auf sie. »Wie bitte?«

Die Leiterin der Sicherheitsabteilung nahm Haltung an. Ihr Gesicht brachte Entschlossenheit zum Ausdruck. »Wir haben den direkten Befehl erhalten, die Neutrale Zone zu verlassen, Sir. Vielleicht retten wir den erkrankten Kindern das Leben, wenn wir jetzt sofort handeln. Außerdem verstoßen wir mit unserer Präsenz in diesem Sektor gegen den Vertrag von Algeron.«

Der Captain blieb ruhig, obgleich ungeheuer viel auf dem Spiel stand. »Weigern Sie sich, meine Anweisungen auszuführen, Lieutenant?«

Yar holte tief Luft. »Ja, Sir. Und wenn Sie nicht bereit sind, zur Föderation zurückzufliegen ... In dem Fall sähe ich mich gezwungen, Sie des Kommandos zu entheben und die Befehlsgewalt über dieses Schiff für mich selbst zu beanspruchen.«

Auf so etwas war Picard nicht vorbereitet. Er sah sich im Kontrollraum der *Enterprise* um und stellte fest: Alle Anwesenden beobachteten die Konfrontation.

Offenbar wurde alles noch viel schwieriger, als der Captain erwartet hatte.

21

Picard musterte Tasha. Alles in ihm drängte danach, ihr zu sagen, daß bald ein festes Band gegenseitigen Vertrauens zwischen ihnen entstehen würde. Er wollte sie darauf hinweisen, daß er sich an eine Yar entsann, die bereit gewesen wäre, sich für ihn zu opfern.

Doch solche Worte durfte er natürlich nicht an sie richten. Er mußte sehr vorsichtig sein und vermeiden, den Offizieren Informationen über die Zukunft zu geben.

Seine einzige Chance bestand darin, an Stolz und Integrität der Brückencrew zu appellieren, an ihren Sinn für Gerechtigkeit und Disziplin. Er konnte nur hoffen, daß es genügte.

»Sie kommen der Meuterei gefährlich nahe, Lieutenant«, warnte er.

Worf trat vor. Er war jünger und hitzköpfiger als jener Worf, den Picard sehr schätzte.

»Es wäre keine Meuterei, wenn die Counselor Sie dienstuntauglich erklärt«, grollte er.

Alle Blicke glitten zu Troi. Doch sie reagierte nicht – wenigstens *noch* nicht.

O'Brien stand abrupt auf. »Das geht zu weit«, sagte er. »Es steht uns nicht zu, die Anweisungen des Captains in Frage zu stellen.«

Tasha schien einen anderen Standpunkt zu vertreten und sah zur Counselor. »Deanna?«

Troi rückte Picard in den Mittelpunkt ihrer Aufmerksamkeit. Sie suchte nicht nur mit den Augen nach Informationen, sondern auch mit ihren empathischen Sinnen. »Captain … Beabsichtigen Sie, sich an die Starfleet-Order zu halten?«

Es gab verschiedene Möglichkeiten, mit der Situation fertig zu werden und Deannas Frage zu beantworten. Aber eins stand fest: Die Counselor konnte er nicht überlisten.

Er entschied sich für die Wahrheit. »Nein. Ich beabsichtige nicht, den Anweisungen von Starfleet Command zu gehorchen.«

Einige Offiziere schnappten nach Luft. Andere sprachen leise miteinander. Mit einer derartigen Antwort hatte niemand von ihnen gerechnet.

»Vermutlich halten Sie mich deshalb für irrational«, fügte Picard hinzu.

»*Irrational* ist nicht das richtige Wort«, sagte Data. »Ihre bisherige Verhaltensweise deutet nicht auf einen Mangel an Vernunft hin; es fehlen nur Erklärungen. Offenbar streben Sie ein ganz bestimmtes Ziel an, über das Sie uns jedoch keine Auskunft geben wollen.« Der Androide legte eine kurze Pause ein. »Um Sie zu beschreiben, würde ich folgende Ausdrücke verwenden: heimlich, verstohlen, diskret, unauffällig, unbemerkt, verborgen …«

»Danke, Commander«, sagte Picard. »Ich verstehe, was Sie meinen.«

Der Androide hatte nur das ausgesprochen, was auch die anderen Offiziere dachten. Ihnen mußte das Gebaren des Captains ausgesprochen sonderbar erscheinen.

Es wurde Zeit, Klarheit zu schaffen.

Während Picard sprach, schritt er durch den Kontrollraum und stellte Blickkontakte mit allen Offizieren her. Wenn er sie überzeugen wollte, so mußte er ihnen das Gefühl geben, daß er zu ihnen gehörte.

»Sie möchten eine Erklärung«, begann der Captain. »Und ich könnte Ihnen eine geben. Ich könnte darauf hinweisen, daß mich ein allmächtiges Wesen aus einem anderen Kontinuum zwischen drei verschiedenen Zeitperioden hin und her transferiert. Ich könnte hinzufügen, daß jene Entität die Auslöschung der Menschheit angekündigt hat – und daß ich versuche, unsere Spezies vor dem Untergang zu bewahren. Aber Sie hielten mich vermutlich für verrückt.«

»*Verrückt* ist vielleicht nicht der geeignete Ausdruck …«, ließ sich Data vernehmen.

Troi warf ihm einen scharfen Blick zu. »Nicht ausgerechnet jetzt.«

Der Androide schwieg, ohne beleidigt zu sein. *Wie naiv er zu Anfang gewesen ist,* dachte Picard. *Wie unschuldig.*

»Da ich außerstande bin, Ihnen eine logische, rationale Erklärung für mein Verhalten anzubieten …« Er wandte sich an Troi. »Es liegt alles bei Ihnen, Deanna. Haben Sie geistige Inkompetenz oder böse Absichten bei mir festgestellt? Oder folge ich einfach nur meinem Gewissen? Bemühe ich mich, die Interessen dieses Schiffes und der Föderation nach bestem Wissen zu vertreten?«

Er wartete, während ihn die Counselor empathisch sondierte, nach Unaufrichtigkeit und Tücke Ausschau hielt. Natürlich würde sie nichts dergleichen finden.

Trotzdem gab es Dinge, die Picard verheimlichte. Was Deanna bestimmt bemerkte. Wenn sie diesen Umstand zum Anlaß nahm, ihm zu mißtrauen …

Wenige Sekunden später fällte sie ihr Urteil. »Sie haben recht«, sagte Troi. »Ich entdecke keine Anzeichen für geistige Labilität und böse Absichten. Deshalb bin ich nicht in der Lage, Ihnen Dienstuntauglichkeit zu bescheinigen.« Sie zögerte kurz. »Allerdings wecken Ihre Maßnahmen große Besorgnis in mir. Ich bitte Sie, Ihre Anweisungen noch einmal zu überdenken.«

Picard nickte. »Zur Kenntnis genommen«, sagte er knapp und sah zu Tasha. »Wollen Sie auch weiterhin darauf bestehen, mich des Kommandos zu entheben?«

Yar schüttelte den Kopf. »Nein, Sir. Ich mag vieles sein, aber ein Meuterer bin ich bestimmt nicht. Wenn Counselor Troi Sie für diensttauglich hält, so bin ich bereit, meine Pflicht zu erfüllen.«

Ganz offensichtlich blieb sie skeptisch, aber für Tasha Yar kam die Loyalität dem Captain gegenüber an erster Stelle. Dafür war Picard dankbar.

»Nun gut, Lieutenant. Setzen Sie sich mit dem Flaggschiff der Terellianer in Verbindung. Teilen Sie dem Kommandanten mit, daß wir alle Zivilisten und nicht unbedingt erforderlichen Besatzungsmitglieder der *Enterprise* evakuieren. Sobald sich die betreffenden Personen an Bord der terellianischen Schiffe befinden, sollen die fünf Raumer zur Föderation zurückkehren.«

Tasha Yar bediente bereits die Kontrollen ihrer Konsole, noch bevor der Captain die letzten Worte ausgesprochen hatte. »Aye, Sir«, bestätigte sie.

»Und noch etwas, Lieutenant...«

Die Leiterin der Sicherheitsabteilung sah auf.

»Lassen Sie nicht locker«, sagte Picard. »Die Terellianer *müssen* aus der Neutralen Zone verschwinden.«

Tasha nickte. »Ich werde unseren Standpunkt mit dem notwendigen Nachdruck vertreten.«

Picard wandte sich von Yar ab. »Data, O'Brien... Bitte begleiten Sie mich.«

Die beiden Offiziere standen auf und ließen sich an ihren Stationen vertreten, als der Captain sie zum Turbolift führte.

Einige Minuten später, in der technischen Sektion, standen Picard, Data und O'Brien am zentralen Display.

Der Androide wirkte ein wenig enttäuscht. »Ich sehe keine Möglichkeit, die Anomalie zu neutralisieren, Captain«, sagte er.

O'Brien fluchte leise. Als Mensch zeichnete er sich durch eine weitaus größere Emotionalität aus.

»Das energetische Niveau der Anomalie ist höher als

die Gesamtenergie unserer ganzen Flotte, Sir. Wir werden einfach nicht damit fertig.«

Picard überlegte kurz. »Konzentrieren wir uns auf die Frage, wie die Anomalie entstand. Was vermuten Sie?«

Data antwortete als erster. »Temporale Risse im Raum-Zeit-Kontinuum sind keine natürlichen Phänomene. Daher ist es sehr wahrscheinlich, daß die Anomalie durch äußeren Einfluß entstand.«

»Zum Beispiel durch eine Warpkern-Explosion«, spekulierte O'Brien.

»Ich glaube, eine solche Explosion kommt als Ursache nicht in Frage«, sagte der Captain.

Der Androide dachte nach. »Der Tachyonenstrahl hat die Anomalie nicht vollständig durchdrungen. Wenn wir Informationen über die zentrale Struktur des Phänomens hätten ... Dann wären wir vielleicht imstande, eine Lösung für das Probleme zu finden.«

»Welche anderen Möglichkeiten gibt es, das Innere der Anomalie zu sondieren?«

»Ich habe es mit allem versucht«, erwiderte O'Brien. »Die Interferenzen sind einfach zu stark. Wir haben keine Geräte an Bord, mit denen sich ein solcher Scan durchführen ließe.«

»Kennen Sie Instrumente, die dazu in der Lage wären?« fragte Picard.

Einige Sekunden lang herrschte Stille.

»Nun«, sagte Data schließlich, »rein theoretisch müßten entsprechende Sondierungen mit einem tomographischen Bildscanner möglich sein, der über eine multiphasische Auflösung verfügt.« Er zögerte kurz. »Sir, das Daystrom-Institut hat an der Entwicklung eines derartigen Geräts gearbeitet. Allerdings ist man noch nicht über die Testphase hinaus.«

Informationen, dachte Picard. *Wir müssen herausfinden, was in dem Etwas geschieht. Die Frage lautet, auf welche Weise ...*

... wir an die notwendigen Informationen gelangen. Er begriff plötzlich, daß er einen neuerlichen Zeitsprung hinter sich hatte. Er befand sich nicht mehr in der Vergangenheit, sondern in der Gegenwart, stand an der rückwärtigen wissenschaftlichen Station im Kontrollraum der *Enterprise*.

Data leistete ihm Gesellschaft. Und Geordi nahm O'Briens Platz ein.

Eine weitere Erkenntnis reifte in Picard heran: Hier bot sich eine gute Gelegenheit. In der Vergangenheit hatten sie einen Weg gefunden, um mehr Daten über die Analogie zu gewinnen – doch es fehlte an der erforderlichen Technik.

»Mr. Data ... Haben wir einen tomographischen Bildscanner an Bord?«

»Ja, Sir«, bestätigte der Androide.

»Können Sie ihn verwenden, um das Zentrum der Anomalie zu sondieren?«

Data wandte sich ihm zu. »Ich denke schon.« Seine Finger huschten über Schaltflächen. »Die Interferenzen sind ziemlich stark, Sir, aber ... jetzt treffen die ersten Ergebnisse des Scans ein.«

Der Captain wartete geduldig, während der Androide die Kontrollen bediente.

»Seltsam«, sagte Data nach einer Weile. Der Klang seiner Stimme erinnerte Picard ein wenig an den Data der Zukunft.

»Was ist?« fragte er und hatte das Gefühl, daß sie sich allmählich dem Kern des Problems näherten.

»Offenbar vereint sich unser Tachyonenstrahl mit zwei weiteren im Zentrum der Anomalie. Die beiden anderen Strahlen haben genau die gleiche Amplitudenmodulation. Alle drei scheinen von der *Enterprise* auszugehen.«

Picard überlegte. »Drei Tachyonenstrahlen, aus drei verschiedenen Zeitperioden – und sie treffen an einer Stelle im All aufeinander ...« Das konnte kein Zufall sein.

»Was hat das Ihrer Meinung nach zu bedeuten, Captain?« fragte Data.

Picard rieb sich das Kinn. »Ich glaube …«

»… daß …«

Verdammt! Es hatte gerade ein weiterer temporaler Transfer stattgefunden, nicht wahr? Picard lag auf einem Bett und gewann den Eindruck, sich in einer Art Gästequartier zu befinden. Er trug einen weiten blauen Schlafanzug. Und er war wieder alt – also mußte dies die Zukunft sein.

Wie kam er hierher? Nachdenklich kratzte er sich am stoppeligen Kinn und besann sich …

O ja. Auf der Brücke hatte ihn Beverly mit einem Injektor außer Gefecht gesetzt. Jetzt ließ die Wirkung des Betäubungsmittels nach.

Picard schwang die Beine über den Rand des Bettes und stand auf. Er wankte zum Tisch, bemerkte dort eine vertraut wirkende Kontrollvorrichtung und aktivierte sie.

»Computer, wo ist Admiral Riker?« fragte er.

»Admiral Riker hält sich im Gesellschaftsraum des zehnten Vorderdecks auf«, lautete die Antwort.

Picard brummte leise und schritt zur Tür. In den beiden anderen Zeitperioden näherte er sich einer Lösung des Problems, das die Anomalie darstellte. Hier in der Zukunft sollte es nicht anders sein.

22

Admiral Will Riker blickte über die Schulter hinweg zu Geordi und Worf, die in einem anderen Bereich des Gesellschaftsraums Platz genommen hatten. Dann wandte er sich wieder Beverly und Data zu, die an seinem Tisch saßen.

Er versuchte, sich nichts anmerken zu lassen, ganz locker und entspannt zu wirken. Doch Beverly kannte ihn zu gut, um ihn nicht zu durchschauen.

»Behalten Sie den Feind im Auge?« fragte sie sarkastisch.

Riker seufzte leise. »Wie man's nimmt.«

»Will ... Wie lange dauert diese Sache nun schon zwischen Ihnen und Worf?«

Er zuckte mit den Schultern. »Zwanzig Jahre. Und nichts deutet darauf hin, daß sie bald zu Ende geht.«

»Counselor Troi hätte bestimmt nicht gewollt, daß Sie und Worf sich entfremden«, meinte Data.

»Das stimmt«, pflichtete Dr. Crusher dem Androiden bei. »Es wird Zeit, endlich darüber hinwegzukommen.«

»Ich habe es versucht, bei Deannas Bestattung«, entgegnete Riker traurig. Er erinnerte sich genau an jenen tragischen Tag. »Er wollte nicht mit mir reden.«

»Es muß ziemlich schwer für ihn gewesen sein«, sagte Geordi. »Deannas Tod ging ihm sehr nahe.«

»Ach, ja?« Rikers Stimme klang ungewöhnlich scharf. »Da war er nicht der einzige.«

Dr. Crusher blickte ihm tief in die Augen. »Ich weiß. Aber in seiner Vorstellung ... Worf sah in Ihnen den

Grund dafür, warum nie etwas aus der Beziehung zwischen ihm und Troi wurde.«

»Ich bin ihnen nicht im Weg gewesen«, verteidigte sich Riker.

Beverly musterte ihn nach wie vor. »Wirklich nicht, Will?« fragte sie sanft.

»Nun ...« Der Admiral suchte nach den richtigen Worten. »Ich ... konnte mich nie damit abfinden, daß es vorbei war. Immer wieder dachte ich, daß wir eines Tages erneut zusammensein würden. Und dann ... lebte sie plötzlich nicht mehr.« Riker unterbrach sich und atmete tief durch. »Man glaubt, alle Zeit der Welt zu haben, bis plötzlich ...« Er sprach den Satz nicht zu Ende.

Er entsann sich an die letzte Begegnung mit Worf. Auf Betazed, in der Nähe des Catariasees ... Der Himmel war so blau, daß sein Glanz in den Augen schmerzte. Und die von den Bergen kommende Brise trug einen Duft mit sich, der erstaunlicherweise an das Aroma von Schokolade erinnerte.

Ein perfekter Tag. Von einem solchen Tag wünscht man sich, daß er nie zu Ende geht. Es wehte ein warmer, aber nicht *zu* warmer Wind, und das Wasser des Sees funkelte im Sonnenschein.

Am sandigen westlichen Ufer hatten sie sich versammelt: Riker und Worf, der Captain, Beverly, Geordi und Data. Hier wollten sie sich von der Frau verabschieden, die Freundin und Vertraute gewesen war, Gefährtin und Ratgeberin.

Lwaxana Troi – Alter und Kummer gingen inzwischen nicht mehr spurlos an ihr vorbei – hatte sich durch ihren hünenhaften Diener entschuldigen lassen. Sie würde nicht an der öffentlichen Zeremonie teilnehmen und für sich allein trauern. Sie alle wiederzusehen ... Es wäre zuviel für sie gewesen.

Das betazoidische Bestattungsritual verlangte eine Holzplattform, auf der ein gläserner Sarg mit der verstorbenen Person stand. In diesem besonderen Fall erstreckte sich eine leere Plattform vor den Trauergästen, denn von Deanna war nichts übrig.

Ein Freund der Familie begann mit den traditionellen Begräbnisgesängen, und der Wind stahl ihm viele Silben von den Lippen. Als es Zeit wurde, von der Toten zu sprechen, beschränkte er sich dabei nicht nur auf die Stimme des Geistes – immerhin waren auch Außenweltler zugegen, die über keine telepathischen Fähigkeiten verfügten.

Er sprach vor allem von Deannas Mut, von ihrer Großzügigkeit, mit der sie vielen Seelen Freude schenkte – und durch die sie von jenen verletzt werden konnte, in deren Herzen Verbitterung wohnte. Letztendlich erwies sich diese Verwundbarkeit als ihr Verderben.

Anschließend wandte sich der Familienfreund an die Anwesenden, die Deanna besonders nahe gestanden hatten. Er forderte sie auf, die ersten Samen in den Boden vor der Plattform zu legen. Riker und Worf traten an die entsprechende Stelle heran, und ihre Blicke trafen sich. In den Augen des Klingonen sah Riker einen Schmerz, der seine eigene Pein widerspiegelte. Er wich zurück, überließ Worf die Ehre, den Samen auszubringen.

Er hoffte, daß dadurch die Situation zwischen ihm und Worf in Ordnung kam, doch tief in seinem Innern zweifelte er daran. Klingonen verstanden sich besonders gut darauf, einen Groll zu bewahren.

Jäh kehrte er in die Realität des Gesellschaftsraums zurück.

»Die Vergangenheit läßt sich nicht ändern«, meinte Dr. Crusher. »Aber vielleicht können Sie die Gegenwart retten.«

Riker sah sie niedergeschlagen an. »Ja«, murmelte er. »Und vielleicht wächst Latinum demnächst auf Bäumen.«

Beverly beugte sich unbeeindruckt vor. »Sprechen Sie

mit ihm, Will. Sagen Sie ihm, daß Sie alles bedauern.« Ein melancholisches Lächeln umspielte ihre Lippen. »Es wäre bestimmte Deannas Wunsch gewesen.«

Riker wußte, daß die Ärztin recht hatte. Deanna hätte sich tatsächlich gewünscht, daß er mit Worf Frieden schloß. Was jedoch noch lange nicht bedeutete, daß er dazu imstande war.

Picard fluchte innerlich. Die Korridore wirkten fremd … War die *Enterprise* umgebaut, ihre ganze innere Struktur verändert worden?

Er wußte natürlich, daß die Antwort auf diese Frage *nein* lautete, aber trotzdem fand er sich kaum zurecht. Einst waren ihm diese Passagen so vertraut gewesen wie die Flure im Haus seiner Familie, doch jetzt lief er Gefahr, sich zu verirren.

Picard verharrte an einer Kreuzung und blickte sich verwirrt um. In welcher Richtung sollte er nun den Weg fortsetzen? Er wußte es nicht. Vorbeikommende Besatzungsmitglieder warfen ihm neugierige Blicke zu, was ihm die Orientierung keineswegs erleichterte.

Schließlich gab sich Picard einen Ruck und ging durch den nächsten Korridor weiter. Nach einigen Schritten glaubte er, die richtige Entscheidung getroffen zu haben. Triumphierend näherte er sich einer ganz bestimmten Tür, davon überzeugt, daß er gleich Riker gegenübertreten konnte …

Doch als das Schott vor ihm beiseite glitt, sah er nicht etwa den Gesellschaftsraum, sondern eine Transporterkammer. Enttäuscht preßte er die Lippen zusammen, kehrte um und setzte die Suche fort.

Er folgte dem Verlauf des nächsten Korridors und gelangte dabei zu dem Schluß, diesmal in der richtigen Richtung unterwegs zu sein. Doch als er die nächste Kreuzung erreichte, fühlte er sich von neuerlicher Verwirrung heimgesucht. Die einzelnen Passagen ähnelten sich so sehr … *Es ist absurd,* dachte Picard zornig. *Ich finde mich nicht mehr an Bord eines Schiffes zurecht, das ich einst kommandiert habe.*

Schließlich wandte er sich an einen Fähnrich. »Können Sie mir den Weg zum Gesellschaftsraum zeigen?«

Der junge Mann nahm Picards Kleidung mit offensichtlicher Verwunderung zur Kenntnis. Trotzdem hob er die Hand und deutete zur Decke. »Der Gesellschaftsraum befindet sich zwei Decks weiter oben, Sir. In der Sektion null null fünf.«

»Danke.« Jean-Luc strich die Schlafanzugjacke glatt, als könnte er sich auf diese Weise einen Rest von Würde bewahren. Dann gab er sich einen Ruck und ging zum nächsten Turbolift.

Data saß im Gesellschaftsraum, beobachtete Admiral Rikers reuevolles Gesicht und dachte daran, daß es immer noch Aspekte des menschlichen Wesens gab, die er nicht verstand.

»O mein Gott«, hauchte Beverly.

Stimme und Worte veranlaßten den Androiden, dem Blick der Ärztin zu folgen. Eine Sekunde später sah er den Grund für Dr. Crushers Verblüffung.

Captain Picard hatte den Raum betreten – und er trug noch immer seinen Schlafanzug. Eine solche Kleidung war ganz offensichtlich unangemessen. Im Vergleich dazu war die graue Strähne in Datas Haar äußerst dezent.

Picard schritt sofort zu jenem Tisch, an dem Data, Dr. Crusher und Admiral Riker saßen. Aufregung glänzte in seinen Augen.

»Will!« rief er. »Ich weiß, was geschieht ...! Ich kenne jetzt die Ursache der Anomalie. Wir müssen sofort zurückkehren!«

Der Admiral starrte ihn nur groß an. Worf reagierte ganz automatisch, stand auf und näherte sich dem Captain. Geordi folgte ihm; beide wirkten sehr besorgt.

Als sie den Tisch erreichten, schüttelte Riker fassungslos den Kopf. »Hören Sie, Jean-Luc ... Sie gehören ins Bett.«

Picard schien völlig außer sich zu sein und gestikulierte ausladend.

»Verdammt, Will, ich *weiß*, was vor sich geht! *Wir* verursachen die Anomalie, und zwar mit ... mit einem Tachyonenstrahl. Es geschah in allen drei ... in allen drei ... *Wir sind die Ursache in allen drei Zeitperioden!*«

Dr. Crusher legte Picard die Hand auf die Schulter. »Bitte komm mit mir, Jean-Luc.«

Der Captain schüttelte die Hand ab. »Laß mich in Ruhe!« krächzte er. »Ich bin nicht verrückt.«

In dieser Hinsicht hatte Data gewisse Zweifel. Jean-Luc Picard schien einen großen Teil seiner Rationalität eingebüßt zu haben.

»Die Tachyonenstrahlen!« stieß der alte Mann hervor. »Sie gelangten an der gleichen Stelle zum Einsatz. An der gleichen Stelle in den drei Zeitperioden ... Versteht ihr denn nicht?«

Die Ärztin versuchte erneut, ihn zu beruhigen. »Bitte, Jean-Luc ...«

Picard achtete gar nicht auf sie. »Als unser Tachyonenstrahl ... Ich meine, als der Tachyonenstrahl der *Pasteur* in die Anomalie eindrang ... Daraufhin begann alles. *Wir* sind die Ursache. *Wir* haben alles in Gang gebracht!«

Der Androide bedauerte den Zustand des früheren Captains. Er wußte aus eigener Erfahrung, was es bedeutete, das geistige Potential zu verlieren. Bei mehreren Gelegenheiten während seines Dienstes an Bord der *Enterprise* waren seine Systeme durch externe Umstände ganz oder teilweise lahmgelegt worden.

Doch es hatte sich immer nur um *vorübergehende* Kapazitätsbeschränkungen gehandelt. Nie hatte er einen langsamen Verfall der geistigen Fähigkeiten erleiden müssen, begleitet von dem Wissen, daß eines Tages völliger Schwachsinn drohte.

»Es ist wie ... mit dem Huhn und dem Ei!« rief Picard. »Ich dachte zunächst, es hätte in der Vergangenheit begonnen, aber das ist nicht der Fall. Es begann hier, in der Zukunft! Darum ... darum wird die Anomalie in der Vergangenheit größer ...«

In der Vergangenheit größer ...?

Der Androide neigte den Kopf ein wenig zur Seite, als er darüber nachdachte. Sonderbar. Es klang nach den wilden Phantasien eines Kranken, aber das vermeintliche Gefasel enthielt auch eine gewisse Logik.

Wußte Picard vielleicht, wovon er sprach? Data überlegte und führte eine Kontextanalyse durch. Sein positronisches Gehirn brauchte dafür nur wenige Sekunden.

Der Admiral klopfte auf seinen Insignienkommunikator. »Riker an Sicherheitsabteilung. Wir haben ein Problem im Gesellschaftsraum. Schicken Sie eine Einsatzgruppe ...«

»Einen Augenblick, Sir«, sagte Data. »Ich glaube, ich verstehe den Captain.«

Riker musterte ihn erstaunt. »Im Ernst?«

»Ja. Wenn ich mich nicht sehr irre, beschreibt er ein *Paradoxon*.«

Picard hob die zitternden Fäuste. »Ja! Ja, genau!«

Data wanderte umher – er hatte festgestellt, daß er dabei am besten nachdenken konnte. Außerdem wirkte er dadurch mehr wie ein ... Professor.

»Nehmen wir einmal an, daß Captain Picard tatsächlich durch die Zeit reist«, begann er in einem dozierenden Tonfall. »Nehmen wir weiterhin an, daß er in allen drei Zeitperioden für den Einsatz eines umgekehrten Tachyonenstrahls an der gleichen Stelle im All gesorgt hat.«

»Fahren Sie fort«, sagte Geordi. Die Ausführungen des Androiden schienen ihn sehr zu interessieren.

»In dem Fall wäre es durchaus möglich, daß die Tachyonenstrahlen die Subraumbarriere durchdrungen und einen Antizeit-Riß geschaffen haben«, fuhr Data fort. »Ein solcher Riß würde sich als Raumanomalie bemerkbar machen.«

»Ja«, bestätigte der frühere Chefingenieur. »Ich weiß, worauf Sie hinauswollen. Die Anomalie ist eine Eruption von Antizeit. Und da sie sich auf *umgekehrte* Weise bemerkbar macht wie normale Zeit, wächst sie *rückwärts* durch das Raum-Zeit-Kontinuum.«

»Ja!« krächzte Picard. »Deshalb ist die Anomalie in der Vergangenheit größer als … in der Zukunft. Je weiter sie in die Vergangenheit vorstößt, desto mehr dehnt sie sich aus.«

Dr. Crusher schüttelte den Kopf. »Moment mal. Im Devron-System haben wir keine Anzeichen einer Antizeit-Reaktion gefunden.«

»Wir haben sie *noch* nicht gefunden!« entgegnete Picard. »Es ist wie mit dem Huhn und dem Ei!«

»In der Tat«, bestätigte Data.

Die einzelnen Hinweise des ehemaligen Captains fügten sich nun zu einem einheitlichen Bild zusammen. Der Androide fragte sich, wieso er die Verbindung zwischen den Informationsbrocken erst jetzt herstellte. Ihnen allen wären viele Schwierigkeiten erspart geblieben, wenn er schon früher eine solche Bedeutungsanalyse vorgenommen hätte.

»In einem wahren Paradoxon macht sich die Wirkung manchmal vor der Ursache bemerkbar«, sagte er. »Die Anomalie, die Captain Picard in der Vergangenheit sah … Sie existierte, *bevor* wir das Devron-System erreichten und dort mit einem Tachyonenstrahl sondierten.«

Sie musterten sich gegenseitig.

»Na schön«, brummte Riker. »Gehen wir davon aus, daß Sie recht haben. Wie beweisen wir die ganze Sache?«

»Indem wir zum Devron-System zurückkehren«, erwiderte Picard. »Diesmal finden wir die Anomalie – ich *weiß* es.«

Data nickte. »Vielleicht hat er recht. Wenn der von uns eingesetzte Tachyonenstrahl dazu beitrug, einen Riß in der Antizeit zu schaffen, so müssen sich die Konsequenzen nicht unbedingt sofort zeigen. Wenn wir uns das Devron-System noch einmal ansehen … Möglicherweise können wir dann den Anfang der Anomalie beobachten.«

Die Entscheidung lag bei Riker. Erwartungsvolle Blicke richteten sich auf ihn.

Nach einigen Sekunden klopfte der Admiral erneut auf seinen Insignienkommunikator. »Riker an Brücke. Nehmen Sie Kurs aufs Devron-System. Maximale Warpgeschwindigkeit.«

»Aye, Sir.« Die Antwort stammte von Lieutenant Gaines.

Riker stand auf und wandte sich dem Ausgang zu. Alle folgten ihm; Worf bildete die einzige Ausnahme.

Der Admiral blieb stehen und sah zu dem Klingonen.

»Wir könnten Hilfe gebrauchen«, sagte er schlicht.

Worf dachte kurz nach – und schloß sich der Gruppe an.

23

Es fühlte sich gut an, wieder ordentliche Kleidung zu tragen, fand Picard. Es war schon schlimm genug, ein wenig verrückt zu *sein*. Aber wenn man auch noch so *aussah* …

Zusammen mit Riker, Beverly, Data, Worf und Geordi befand er sich auf der Brücke. Er dachte daran, wie es vor fünfundzwanzig Jahren gewesen war. Damals, in der Blüte seines Lebens, hatte er Verantwortung für tausend Personen an Bord der *Enterprise* getragen. Jetzt fiel es ihm schwer, die eigene jämmerliche Existenz unter Kontrolle zu halten.

»Wir erreichen das Devron-System«, meldete der Mann an der taktischen Station. Wie hieß er noch?

»Danke, Mr. Gaines«, sagte Riker. »Relativgeschwindigkeit null.«

Ja, dachte Picard. *So lautet sein Name. Gaines.* Er nahm sich vor, ihn nicht noch einmal zu vergessen – obgleich er wußte, wie schwer es ihm in dieser Zeitperiode fiel, solche Versprechen zu halten.

Data arbeitete neben LaForge an einer der rückwärtigen Konsolen und sah vom Monitor auf. »Die Sensoren registrieren eine kleine temporale Anomalie«, meldete er.

Eine … temporale Anomalie? Also gab es hier – in der Zukunft – *tatsächlich* eine. Picard glaubte sich kurz vor einer Rehabilitierung.

»Auf den Schirm«, sagte der Admiral. Sein Tonfall deutete darauf hin, daß er die Zweifel noch immer nicht ganz aufgegeben hatte.

Wenig später bekam er den Beweis auf einem Latinumteller. Besser gesagt: auf dem Wandschirm. Das Projektionsfeld zeigte eine kleine Version der Anomalie.

Picard nickte. Jetzt wußten alle, daß er recht hatte. Doch er triumphierte nicht, fühlte nur tiefe Erleichterung.

»Es handelt sich um eine Eruption von Antizeit«, sagte Geordi, der das Phänomen sondierte. »Offenbar ist die Anomalie während der letzten sechs Stunden entstanden.« Er zögerte kurz und sah auf die Displays. »Sie wird größer.«

»Wir dürfen nicht zulassen, daß sie wächst«, sagte Picard. »Wir müssen sie hier in der Zukunft neutralisieren ... damit sie sich nicht in der Vergangenheit ausdehnen kann ...«

Riker sah ihn. Jetzt konnte er die Hinweise des alten Mannes nicht mehr für irrationales Gefasel halten.

Er wandte sich an den Androiden. »Na schön, Data. Wir brauchen eine Lösung für das Problem, und zwar schnell.«

Data sah von den Anzeigen seiner Station auf. Wie so oft schien er praktisch sofort eine Antwort parat zu haben.

»Die Anomalie entstand aufgrund einer Konvergenz von Tachyonenstrahlen aus drei verschiedenen Zeitperioden«, sagte er. »Daher schlage ich vor, die Tachyonen-Sondierung in den beiden anderen Zeitperioden zu beenden.«

Gute Idee, dachte Picard. »Wenn ich das nächste Mal dort bin, gebe ich sofort entsprechende Anweisungen.«

»Aber falls das nichts nützt ...«, sagte der Admiral. »Wir sollten auch noch nach einer anderen Lösung suchen.«

Data nickte. »Verstanden, Sir. Ich mache mich sofort an die Arbeit.«

Der Androide wandte sich wieder seiner Konsole zu, und Beverly trat an Picards Seite. »Jean-Luc … Du siehst müde aus. Setz dich.«

»Hör endlich auf, mir gegenüber das Kindermädchen zu spielen.«

»So etwas liegt mir fern«, erwiderte die Ärztin. »Ich möchte dir nur dabei helfen, deine Ressourcen besser zu nutzen.«

»Man behandelt mich wie ein kleines Kind«, grummelte Picard, wich von Beverly fort …

… und stellte fest, daß er bei Geordi und Data an den rückwärtigen Brückenkonsolen stand. Er war wieder in der Gegenwart.

Sofort beschloß er, die Gelegenheit zu nutzen. »Data … Deaktivieren Sie den Tachyonenstrahl. *Sofort.*«

Der Androide sah zu ihm auf. »Sir?«

»Beenden Sie den Scan«, sagte Picard. »Die Konvergenz der Tachyonenstrahlen aus den drei verschiedenen Zeitperioden verursacht die Anomalie.«

Data dachte darüber nach – die Datenverarbeitungsgeschwindigkeit seines positronischen Gehirns ließ sich mit der eines Hochleistungscomputers vergleichen. »Aye, Sir«, bestätigte er knapp. »Tachyonenstrahl wird deaktiviert.«

»Gibt es irgendwelche Veränderungen bei der Anomalie?« fragte Picard …

… und fand sich im Kommandosessel wieder. Sein Blick galt Data. Der Androide saß wie üblich an der Operatorstation und sah ihn über die Schulter hinweg an. »Nein, Sir«, antwortete er.

»Den Tachyonenstrahl deaktivieren«, ordnete der Captain an.

Data schien etwas fragen zu wollen, überlegte es sich jedoch anders. Seine Finger berührten mehrere Schaltflächen.

»Ist die Deaktivierung erfolgt?« erkundigte sich Picard nach einigen Sekunden.

Der Androide drehte erneut den Kopf. »Ja, Sir. Aber am gegenwärtigen Status der Anomalie ändert sich dadurch nichts.«

Picard runzelte die Stirn …

… und begriff, daß er in die Zukunft zurückgekehrt war. Auch hier saß er im Sessel des Kommandanten und wandte sich sofort an seine Gefährten.

»Ich habe die Tachyonenstrahlen deaktiviert«, sagte er. »In den beiden anderen Zeitperioden, meine ich.«

Dieser Hinweis brachte ihm einige verwunderte Blicke ein, aber jetzt kam niemand mehr auf den Gedanken, ihn für verrückt zu halten. Inzwischen wußten die anderen, daß er durch die Zeit reiste.

Picards Blick wanderte zu Data. In der Vergangenheit hatte ihm der Androide berichtet, daß sich bei der Anomalie keine Veränderungen feststellen ließen – zumindest keine unmittelbaren.

Vielleicht war es in dieser Zeitperiode anders.

»Geschieht etwas bei … bei der Anomalie, Data?« fragte er.

Der Androide schüttelte den Kopf. »Sie wird noch immer größer«, entgegnete er besorgt.

»Aber jetzt findet keine Sondierung mit Tachyonenstrahlen mehr statt«, meinte Worf.

»Das stimmt«, räumte Data ein. »Doch die gewünschte Wirkung stellt sich offenbar nicht ein.«

Picard fluchte innerlich. Er war so sicher gewesen, daß es klappte …

»Was machen wir jetzt?« fragte Beverly.

LaForge seufzte. »Wir können die Anomalie nur neutralisieren, indem wir den Riß im Raum-Zeit-Gefüge an der Stelle schließen, wo Zeit und Antizeit aufeinandertreffen.«

»Wie stellen wir das an?« brummte Riker.

»Wir müßten dazu das Schiff *in* die Anomalie steuern«, erwiderte der Androide. Er sprach ganz sachlich, als hielte er einen seiner Vorträge in den Hörsälen von Cambridge. »Im Zentrum des Phänomens gelingt es uns vielleicht, mit Hilfe des Triebwerks eine statische Warpschale zu schaffen.«

Geordi nickte. »Ja. Die Schale nähme die Funktion einer neuen Subraumbarriere wahr, indem sie Zeit und Antizeit voneinander trennt.«

»Genau«, bestätigte Data. »Dadurch kollabiert die Anomalie, und der normale Zeitfluß wird wiederhergestellt.« Er sah zu Picard. »Derartige Maßnahmen müßten auch in den beiden anderen Zeitperioden ergriffen werden.«

Jean-Luc dachte darüber nach. »Das dürfte alles andere als einfach sein. In der Vergangenheit ist die Anomalie viel größer ...«

»... und deshalb könnte es schwierig werden, das Schiff hineinzusteuern.«

Picard beendete den Satz und wußte, daß er wieder in der Vergangenheit weilte. Alle Brückenoffiziere sahen ihn an.

»Wohin sollen wir das Schiff steuern, Sir?« fragte O'Brien.

Picard zögerte nur einen Sekundenbruchteil, bevor er die Entscheidung traf. »In die Anomalie, Chief. Nehmen Sie Kurs auf ihr Zentrum.«

Diese Anweisung schockierte die Offiziere geradezu.

»Das kann unmöglich Ihr Ernst sein, Captain«, sagte Tasha. »Die energetischen Turbulenzen in dem Phänomen ...«

Der Captain wirbelte um die eigene Achse. »Ich weiß, daß es niemand von Ihnen versteht, aber ... Es ist von größter Bedeutung, daß wir die *Enterprise* ins Zentrum der Anomalie bringen und dort eine statische Warpschale schaffen.«

»Eine Warpschale?« wiederholte Troi. Sie wußte nicht einmal, ob es so etwas überhaupt gab.

»Ein derartiges Manöver würde das Schiff in erhebliche Gefahr bringen«, warnte Data unnötigerweise.

»Ja«, gestand Picard. »Das stimmt. Aber bitte glauben Sie mir: Ich habe einen guten Grund dafür, Ihnen solche Anweisungen zu geben.«

Er fragte sich, wie er diesen Leuten klarmachen sollte, was auf dem Spiel stand.

»Es geht um mehr, als Sie sich vorstellen können«, fuhr er fort. »Die Existenz der Menschheit hängt davon ab, was wir hier und jetzt unternehmen.«

Picard musterte die Offiziere der Reihe nach, sah Verwirrung und Unsicherheit. Er mußte sie überzeugen, irgendwie. Und dazu sollte gerade *er* imstande sein.

Immerhin hatte er bereits mit ihnen allen zusammengearbeitet, in einer nicht allzu fernen Zukunft. Dort wußte er aus eigener, direkter Erfahrung, was sie motivierte, was sie veranlaßte, allen Gefahren zu trotzen.

Daran dachte Picard, als er nun nach den richtigen Worten suchte, um die Ungewißheit zu verscheuchen, damit Entschlossenheit ihren Platz einnehmen konnte. Die Lösung fiel ihm schneller ein als erwartet.

Es hatte keinen Sinn zu versuchen, sich mit abstrakten Konzepten von Dienst und Pflicht an die Offiziere zu wenden. Richtiger war es, an den Stolz auf ihr Geschick zu appellieren, an ihren Sinn für Loyalität. Anders ausgedrückt: Er mußte zu ihren Herzen sprechen. Anschließend konnte er nur das Beste hoffen.

»Sie begegnen mir mit Skepsis«, sagte er langsam und deutlich. »Und auch untereinander bringen Sie sich Zweifel entgegen. Unglücklicherweise habe ich nicht die Zeit, sie auszuräumen. Nur eins kann ich sagen: Zwar sind wir erst seit kurzer Zeit zusammen, aber ich weiß schon jetzt, daß Sie die beste Crew in der ganzen Flotte sind.«

Wenigstens hatte er ihre Aufmerksamkeit gewonnen. Alle Brückenoffiziere sahen ihn an.

»Ich wäre ohne zu zögern bereit, jedem von Ihnen mein Leben anzuvertrauen«, sagte Picard. »Unter allen Umständen, an jedem beliebigen Ort zu jeder beliebigen Zeit, ohne irgendwelche Einschränkungen.« Er blickte den Männern und Frauen in die Augen und fragte sich, ob er sie für sich gewann. »Ich kann nur hoffen, daß Sie das gleiche Vertrauen in mich setzen, daß Sie bereit sind, Ihre Zweifel beiseite zu schieben und mir zu folgen, ungeachtet der Konsequenzen.«

Eine Zeitlang herrschte Stille auf der Brücke. Blicke wurden ausgetauscht, stumme Botschaften übermittelt. Dann setzten sich die Offiziere fast gleichzeitig in Bewegung, kehrten zu ihren Posten zurück und setzten die Arbeit fort.

So lautete ihre Antwort. Sie jubelten nicht, wiesen nicht mit lauter Stimme darauf hin, daß sich ihr Captain auf sie verlassen durfte. Sie zeigten nur jene Art von Professionalität, die mehr verriet als tausend Worte.

Picard war gerührt und lächelte zufrieden. *Jetzt sind wir ein Team geworden,* dachte er. *Und genau zur richtigen Zeit.*

24

Picard beobachtete, wie die Brückencrew einem gut geölten Mechanismus gleich aktiv wurde.

»Schilde hoch«, sagte Tasha. »Maximale Kapazität.«

»Feldintegrität der Warpgondeln wird verstärkt«, meldete Worf. »Vielleicht kommt es zu unerwarteten Belastungen, sobald wir die Anomalie erreichen.«

»Ich treffe Vorbereitungen für die Initialisierung einer statischen Warpschale«, verkündete Data.

»Kurs programmiert, Sir«, berichtete O'Brien.

Troi blickte auf den Monitor in der Armlehne ihres Sessels. »Alle Decks sind bereit, Captain.«

Picard musterte seine Offiziere. Er war stolz auf sie. Sehr stolz.

»Na schön.« Er nahm im Kommandosessel Platz und lehnte sich zurück. »Chief O'Brien, bringen Sie uns …«

»… in die Anomalie.«

»Captain …« Data drehte sich halb um. »Ich habe eine Idee.«

Picard fragte sich, warum der Androide ausgerechnet diesen Zeitpunkt wählte, um sich mit einem Vorschlag an ihn zu wenden. Dann begriff er, daß er wieder in der Gegenwart weilte. »Ja, Mr. Data? Um was geht's?«

»Sir, wenn wir das Schiff ins Zentrum der Anomalie steuern und dort eine statische Warpschale erzeugen …«

Der Captain wußte sofort, worauf Data hinauswollte. »Dadurch wird die Lücke in der Subraumbarriere geschlossen, was einen Kollaps der Anomalie zur Folge hat.«

Der Androide bedachte ihn mit einem überraschten Blick. »Ja, Sir.«

Picard nickte. »Mr. Data … Sie sind sehr klug, und zwar in allen Zeitperioden.«

Data neigte ein wenig den Kopf. »Vielen Dank, Sir. Das ist sehr freundlich von Ihnen.«

Der Captain richtete seine Aufmerksamkeit wieder auf den Wandschirm. »Nehmen Sie Kurs aufs Zentrum der Anomalie. Treffen Sie alle notwendigen Vorbereitungen für die Initialisierung einer Warpschale.«

Die temporalen Transfers erfolgten nun so schnell, daß es vielleicht nur noch wenige Sekunden dauerte, bis …

… er in eine andere Zeitperiode wechselte.

Das Bild im großen Projektionsfeld hatte sich verändert. Der Wandschirm zeigte nun eine wesentlich kleinere Anomalie und wies Picard darauf hin, daß er sich in der Zukunft befand.

»Die beiden anderen Raumschiffe …«, sagte er. »Sie sind unterwegs.«

Riker nickte. »Gut.« Er wandte sich an den Navigationsoffizier. »Fähnrich Genovese – bringen Sie uns in die Anomalie.«

Die *Enterprise* glitt dem Phänomen entgegen. Die Distanz schrumpfte immer mehr, bis die Filter des Wandschirms kaum mehr mit der Lichtflut fertig wurden.

Picard schluckte. Er hoffte, daß ihm bei der Situationsbewertung kein Fehler unterlaufen war. Ihm ließ das Irumodische Syndrom nur noch wenig Zeit, aber die anderen standen noch längst nicht am Ende ihres Lebens.

LaForge hatte Familie, Data seine Studenten. Riker war eine Schlüsselfigur in der Starfleet-Hierarchie.

Er wollte sie nicht in einen …

... sinnlosen Tod schicken.

Von einem Augenblick zum anderen fand er sich in der Vergangenheit wieder. Auch diese *Enterprise* flog zur Anomalie.

Bei den Brückenoffizieren wuchs die Anspannung, je mehr sie sich dem Phänomen näherten. Was sie jedoch nicht daran hinderte, die Anweisungen des Captains zu befolgen.

Näher, immer näher ... Was erwartete sie in dem wogenden, brodelnden Etwas? Die Vernichtung? Oder eine Möglichkeit, die Menschheit zu retten?

Sie würden es bald herausfinden.

O'Brien sah auf die Kontrollen. »Wir erreichen jetzt den Rand der Anomalie, Sir.«

»Auf Erschütterungen vorbereiten!« rief der Captain.

Die *Enterprise* erbebte. Das Licht flackerte, und ein unheilvolles Knirschen erklang.

»Die temporalen Emissionen destabilisieren unsere Hauptenergie«, sagte Tasha. »Ich schalte auf Notenergie um.«

Erneut schüttelte sich das Schiff, noch heftiger als zuvor. Picard hielt sich fest ...

... und merkte, daß ein neuerlicher Zeitsprung stattgefunden hatte. Die Anomalie füllte den ganzen Wandschirm.

»Bericht!« krächzte Riker.

Die *Enterprise* erzitterte – ein erster Hinweis darauf, daß die gewaltigen Kräfte des Raum-Zeit-Phänomens zuviel für sie sein mochten. Hier und dort erloschen Lichter. In der Außenhülle knackte es – das Schiff litt.

»Das Impulstriebwerk droht auszufallen!« meldete Geordi. »Die energetischen Fluktuationen nehmen immer mehr zu.«

»Kurs und Geschwindigkeit halten!« befahl der Captain. Er wandte sich an den Zweiten Offizier. »Wann erreichen wir das Zentrum, Mr. Data?«

Eine weitere Erschütterung schleuderte den Androiden fast aus seinem Sessel. »Es dauert noch mindestens dreißig Sekunden, Sir.«

Picard sah wieder zum großen Projektionsfeld und stellte fest ...

... daß die Anomalie jetzt nicht mehr den ganzen Wandschirm füllte. Kein Wunder: Hier in der Zukunft war sie wesentlich kleiner.

Jean-Luc spürte, wie das Deck vibrierte. Er erkannte die warnenden Anzeichen, schloß beide Hände fest um die Armlehnen des Sessels. Nur eine Sekunde später kam es zu einer starken Erschütterung, die mehreren Brückenoffizieren das Gleichgewicht raubte und sie zu Boden warf.

Dies ist nicht der richtige Ort für einen alten Mann, dachte er. Dies war für *niemanden* der richtige Ort. Und doch ... Ihnen blieb keine Wahl, oder?

»Wir erreichen die Anomalie«, meldete Gaines.

Data drehte den Kopf. »Wir nähern uns dem Zentrum, Sir«, sagte er.

Natürlich war es nicht der Data in der Zukunft. Picards Blick galt vielmehr dem Androiden der Vergangenheit. Er bediente die Kontrollen der Operatorstation, während die *Enterprise* durch gleißendes Wabern glitt, dem Herzen der Anomalie entgegen.

»Noch zehn Sekunden«, fügte Data hinzu. »Neun, acht ...«

Der Captain biß die Zähne zusammen und beobachtete, wie die Offiziere an ihren Konsolen arbeiteten, dabei jeden ihnen bekannten Trick nutzten, um die *Enterprise* auf Kurs zu halten.

»Sieben, sechs, fünf ...«, fuhr der Androide fort.

Noch ein wenig länger. Mehr verlangte Picard gar nicht. Nur einige zusätzliche Sekunden, um eine echte Chance zu bekommen ...

Data zählte weiter. »Vier, drei, zwei ...«

Und plötzlich hatten sie es geschafft. Die *Enterprise* befand sich im Zentrum der Anomalie.

»Eins«, sagte Data.

Hier waren die temporalen Emissionen noch viel intensiver. Die Offiziere konnten sich kaum auf den Beinen halten und hatten deshalb erhebliche Mühe, die Kontrollen zu bedienen. Weißes Licht schimmerte vom Wandschirm, so intensiv wie der Glanz der Schöpfung. Irgendwelche Farben ließen sich nun nicht mehr erkennen.

»Warpschale aktivieren!« rief Picard.

Der Androide wirkte wie eine Insel der Ruhe im Meer des Chaos, als er die Anweisung des Captains ausführte ...

... und erwiderte: »Warpschale wird *jetzt* aktiviert!«

Die Szene hatte sich plötzlich verändert. Picard weilte nun wieder in der Gegenwart. Er bemerkte einen kleinen Schweißtropfen, der über Rikers Wange rann. Und Fähnrich Calan ... Sie krümmte so sehr die Schultern, daß Picard allein bei ihrem Anblick riskierte, sich zu verkrampfen.

Die Gegenwart ... Data nahm auch weiterhin in aller Ruhe seine Aufgabe wahr, und der Captain wünschte sich, etwas länger in dieser Zeitperiode zu bleiben.

Vermutlich mußte er gerade deshalb schon bald mit einem weiteren ...

... Transfer rechnen.

Picard sah sich um – wieder hatte ein Zeitsprung stattgefunden. Wo befand er sich diesmal? Oder besser: *wann?*

Das weiße Strahlen im Projektionsfeld erlaubte es ihm nicht, Einzelheiten zu erkennen. Die Trägheit seiner Gedanken deutete jedoch darauf hin, daß er einmal mehr in der Zukunft weilte.

Eine Erschütterung riß Picard fast aus dem Sessel. Er klammerte sich fest und hörte Rikers Stimme, die den allgemeinen Lärm mühelos übertönte.

»Gibt es irgendwelche Auswirkungen bei der Anomalie?« fragte er.

Noch ein temporaler Transfer, diesmal in die Vergangenheit. Die Uniform bot dem Captain einen entscheidenden Hinweis.

Der *Enterprise* erging es wie in den beiden anderen Zeitperioden: Sie wurde hin und her geworfen, wie ein welkes Blatt im Wind. Deanna Troi saß neben Picard, und Furcht zeigte sich in ihren Augen.

»Etwas geschieht mit der Anomalie«, meldete Data und blickte auf die Displays der Operatorstation. »Offenbar bildete sich eine neue Subraumbarriere ...«

»Captain!« rief Tasha Yar. »Die Sensoren orten zwei andere Schiffe ...«

Alle sahen zum Wandschirm, der nun ein erstaunliches Spektakel darbot: Im Wabern der temporalen Energien beobachtete Picard die geisterhaften Bilder von zwei anderen Raumschiffen namens *Enterprise.*

Sie schwebten in der Anomalie, und die Entfernung zwischen ihnen schien sehr gering zu sein. Sie erweckten sogar den Eindruck, ineinander überzugehen.

In Picards Hals bildete sich ein Kloß, als ...

... er in die Gegenwart zurückkehrte und sich der dortigen Brückencrew hinzugesellte.

Wie alle anderen sah er zum Wandschirm. Zwei andere *Enterprise*-Schiffe versuchten dort, dem Wüten der temporalen Energien zu trotzen.

Die Zeitsprünge folgten jetzt so schnell aufeinander, daß es Picard schwerfiel, die Orientierung zu wahren. Er ...

… wußte kaum mehr, wo er sich befand – bis er den grauhaarigen Riker an seiner Seite sah. Der Anblick von zwei anderen *Enterprise*-Raumschiffen faszinierte ihn ebenso wie die übrigen Brückenoffiziere.

Vergangenheit und Gegenwart schlossen endlich zu ihm auf, wenigstens hier in der Anomalie …

… wo Gegenwart und Zukunft die Vergangenheit trafen.

»Offenbar funktioniert es!« rief Tasha. Sie behielt auch weiterhin die Anzeigen der taktischen Station im Auge. »Ein Kollaps der Anomalie hat begonnen. Ich glaube, sie …«

Yar zögerte, und Picard drehte sich zu ihr um. Ihre Blicke trafen sich, und er wußte sofort, daß etwas nicht stimmte.

»Sir …« Tiefe Sorgenfalten entstanden in Tashas Stirn. »Die temporalen Energien bewirkten Strukturlücken in der Warpabschirmung!«

Picard fluchte. Für ein derartiges Problem gab es nur eine Lösung – und die konnten sie sich unter den gegenwärtigen Umständen nicht leisten.

»Wir müssen den Warpkern vom Schiff separieren!« donnerte Worf.

»Nein!« erwiderte der Captain sofort. »Es ist äußerst wichtig, daß die Warpschale so lange wie möglich stabil bleibt!«

Die *Enterprise* erbebte und schlingerte. Picard konnte keinen direkten Blick mehr auf den Wandschirm richten – das grelle weiße Licht blendete zu sehr.

»Die Lücken in den Schirmfeldern des Warpkerns werden größer«, warnte Yar. Es klang verzweifelt. »Der Kernkollaps steht unmittelbar bevor. Ich …«

In der Gegenwart sah Picard zum großen Projektionsfeld, der das Chaos der Anomalie zeigte. Eins der beiden anderen Raumschiffe platzte auseinander, wurde von einer Explosion zerrissen. Er wußte natürlich, um welche *Enterprise*-Version es sich handelte. Immerhin kam er gerade von jenem Schiff …

Er hatte das Gefühl, einen immensen Verlust erlitten zu haben, wünschte sich Zeit, um zu trauern: über den Tod der standfesten, loyalen Tasha Yar und des jungen, eigensinnigen Worf. Über das viel zu frühe Ende von Troi und O'Brien. Unter den gegebenen Umständen konnte er nur dafür sorgen, daß sie nicht umsonst gestorben waren.

Rasch wandte er sich an Geordi, dazu entschlossen, den Fehler in dieser Zeitperiode zu vermeiden. »Notenergie ins Antimaterie-Abschirmsystem leiten!«

Die Finger des Chefingenieurs tanzten über Schaltflächen hinweg. »Ich versuche es, Sir, aber die Interferenzen sind sehr stark …«

Weitere Erschütterungen erfaßten das Schiff, und diesmal wurde auch Picard aus dem Sessel geschleudert. Als er aufstand, sagte Data: »Die Warpschalen führen zu einer Veränderung. Ich stelle einen beginnenden Kollaps der Anomalie fest.«

»Position halten!« ordnete Picard an. »Wir müssen unsere Position *um jeden Preis* halten! Mr. LaForge …«

Alte Hände, von blauen Adern durchzogen, schlossen sich um die Armlehnen des Sessels, und Picard beobachtete, wie die *Enterprise* der Gegenwart explodierte. Die Bedeutung des Geschehens traf ihn so heftig wie ein Fausthieb.

Will und Deanna, in ihren besten Jahren gestorben. Ebenso wie Worf, Data und Geordi. Ihre Pläne, Träume und Sehnsüchte … Ausgelöscht, für immer. Und Beverly … Sie brauchte nie einen Ehemann namens Picard zu ertragen.

»Verdammt«, hauchte Jean-Luc. Er fühlte eine seltsame Mischung aus Entsetzen und Fassungslosigkeit.

Hinzu kam eine von Furcht geprägte Neugier. Langsam drehte er sich um …

Und sah sie alle, mit Ausnahme von Deanna: Beverly und Riker, Worf, LaForge und Data … Sie lebten, hier in der Zukunft.

Wie war so etwas möglich? Wieso existierten sie noch, obgleich ihre jüngeren Äquivalente ums Leben gekommen waren? Ihre Präsenz im Hier und Jetzt widersprach den Gesetzen von Zeit und Raum.

Dann erinnerte sich Picard an eine Bemerkung, die er … wo gehört hatte? Im Gesellschaftsraum? Vielleicht. Sie betraf den Mangel an Kausalität zwischen den drei Zeitperioden.

Mit anderen Worten: Jede *Enterprise* konnte unabhängig von den anderen existiert haben, ohne durch irgendwelche Bedingungen oder Ereignisse mit ihnen verbunden zu sein. Darauf schien es tatsächlich hinauszulaufen …

Aus den Augenwinkeln bemerkte Picard etwas. Er drehte den Kopf – und erbleichte.

Er sah eine große Gestalt, gekleidet in einen schwarzen Kapuzenmantel, in der einen Hand eine Sense, in der anderen eine Sanduhr. Auf den ersten Blick … Es schien die Personifizierung des Todes zu sein.

Doch dann hob die Gestalt den Kopf, und unter der Kapuze erschien ein vertrautes Gesicht: Q. Offenbar machte sich die Entität einen Spaß daraus, sie in dieser schweren Stunde zu verspotten.

Q lächelte, und Picard starrte ihn voller Zorn an. Wie konnte sich jemand am Leid anderer Personen erfreuen? Wie konnte man so herzlos und grausam sein?

»Zwei sind hin, Jean-Luc«, sagte Q. »Nur eine *Enterprise* ist übrig …«

Picard kämpfte gegen die in ihm brennende Wut an. Er durfte sich nicht von den eigenen Emotionen ablenken lassen. »Für so etwas habe ich jetzt keine Zeit, Q.«

Er wandte sich an Data, der nach wie vor an seiner Station saß, atmete tief durch und sammelte Kraft. »Bericht!«

»Die Anomalie ist fast völlig kollabiert«, antwortete der Androide. Der ruhige Klang seiner Stimme bildete einen seltsamen Kontrast zur Situation.

»Die Warpabschirmung wird destabil«, meldete Geordi.

»Wir müssen durchhalten.« Picards Stimme vibrierte. »Und zwar möglichst lange!«

Q beugte sich vor. Abgesehen vom Captain schien ihn niemand zu sehen.

»Leben Sie wohl, Jean-Luc«, sagte er ernst. »Ich werde Sie vermissen. Sie hatten einen guten ... Unterhaltungswert. Aber wie Sie sehen: Alle guten Dinge gehen einmal zu Ende.«

LaForge schüttelte den Kopf. Die Anzeigen auf seiner Konsole gefielen ihm ganz und gar nicht. »Bei der Abschirmung des Warpkerns hat die kritische Phase begonnen! Die Materie-Antimaterie-Annihilation gerät gleich außer Kontrolle ...«

Die Katastrophe bahnte sich auch hier an. Picard bereitete sich innerlich auf das Ende vor, auf einen Mißerfolg, der nicht nur den eigenen Tod bedeutete, sondern auch den Untergang der Menschheit.

Doch etwas anderes geschah.

Es kam nicht zu einer Explosion. Die *Enterprise* schwebte auch weiterhin im All, während eine Sekunde nach der anderen verstrich und die Brückenoffiziere letzte Blicke wechselten.

Und dann ... Plötzlich fiel die Anomalie in sich zusammen.

Der Captain sah es auf dem Wandschirm. Besser gesagt: Er sah einen Teil davon, denn sie waren dem Phänomen zu nahe, um einen allgemeinen Überblick zu gewinnen. Die physischen Komponenten der temporalen Störung schienen sich wie ein Akkordeon zusammenzufalten, bis nichts mehr von ihnen übrigblieb, bis sie ganz und vollständig verschwanden.

Für Picard und die anderen änderte sich dadurch nichts. Ihnen und dem Schiff standen auch weiterhin Tod und Zerstörung bevor. Aber vielleicht war es ihnen gelungen, die Menschheit zu retten – jene Spezies, die am Ende eines langen Entwicklungsweges stand, der vor Jahrmilliarden in einem trüben Tümpel begonnen hatte.

Weißer Glanz kam und vereinnahmte alles. Stille herrschte. Eine Stille, die herrliche und gleichzeitig gräßliche Ruhe brachte.

25

»Jean-Luc?« Picard sah auf und stellte fest, daß er in einem Gerichtssaal stand. Nicht in *irgendeinem* Gerichtssaal, sondern in einem Raum, der aus dem einundzwanzigsten Jahrhundert zu stammen schien. Q hatte hier vor sieben Jahren gegen ihn verhandelt.

Nun, es gab gewisse Unterschiede. Picard trug eine aktuelle Uniform. Und die kreischenden Zuschauer fehlten …

Er war ziemlich sicher, Qs Stimme gehört zu haben, hielt jedoch vergeblich nach der Entität Ausschau.

»Hier oben«, ertönte die Stimme erneut. Diesmal klang sie gereizt.

Picard hob den Kopf und beobachtete, wie Q auf einem Kissen herabschwebte. Er trug wieder den weiten Umhang eines Richters.

Q musterte ihn. »Das Kontinuum hat es Ihnen nicht zugetraut, Jean-Luc. Aber ich wußte, daß Sie das Zeug dazu haben.«

Picards Herz klopfte schneller. »Soll das heißen, es hat geklappt? Ist die Anomalie neutralisiert?«

Richter Q schüttelte den Kopf. »Mehr bedeutet es Ihnen nicht? Nur eine weitere Raumanomalie? Nur ein weiterer Tag im Büro?«

Der Captain trat einen verärgerten Schritt auf den Quälgeist zu. »*Hat* es geklappt oder nicht?«

Q gestikulierte so, als sei die ganze Sache offensichtlich. »Sie sind hier, oder? Und Sie reden mit mir, nicht wahr? Obwohl Ihre Worte nicht viel Sinn ergeben.«

Picard überlegte. Er war wirklich hier. Und er sprach mit Q. Durfte er daraus den Schluß ziehen, daß sie ihre Mission erfolgreich beendet hatten? Aber …

»Was ist mit meiner Crew?« fragte er. »Mit den Besatzungen der *drei* Schiffe, meine ich.«

Q schnitt eine verächtliche Grimasse. »Nur daran denken Sie?« Er ahmte Picards Tonfall nach und wiederholte seine Fragen. »›Die Anomalie … meine Crew … mein Schiff.‹ Vermutlich sind Sie auch wegen des blöden Fischs besorgt, wie?«

Das Wesen schnaufte. »Nun, Sie können beruhigt sein. Einmal mehr haben Sie die Menschheit gerettet. Herzlichen Glückwunsch. Hipp, hipp, hurra.« Q klatschte langsam und höhnisch. »Trotzdem … Ich bin ein wenig enttäuscht von Ihnen.«

Picard lachte leise. »O nein, bitte nicht. Ersparen Sie mir das.«

Qs Züge verhärteten sich. »Sie verstehen überhaupt nicht, was gerade geschehen ist, oder?« fragte er, und in seiner Stimme ließ sich nun eine gefährliche Schärfe vernehmen. »Sie sind noch immer der gleiche Primitivling, den ich vor sieben Jahren kennengelernt habe. Kein Weitblick. Nach wie vor eine beschränkte Perspektive in Hinsicht aufs Universum.« Er räusperte sich. »Ich hätte nicht so großzügig sein sollen.«

»Großzügig?« wiederholte Picard und neigte skeptisch den Kopf zur Seite. »Wie meinen Sie das?«

Q zeigte jetzt unübersehbare Anzeichen von Ärger. »Wie ich das meine, Picard? Es war meine *Großzügigkeit*, die es Ihnen erlaubte, durch die Zeit zu reisen. Wenn ich nicht eingegriffen und Ihnen die Möglichkeit gegeben hätte, das zu sehen, was eigentlich offensichtlich sein sollte … Dann wären Sie und Ihre Spezies jetzt am Ende. Kaputt. Finito. Eine weitere Sackgasse im Labyrinth der Evolution.«

Für den Captain gab es keinen Grund, Q nicht zu glauben. Zwar liebte er Halbwahrheiten und Übertreibungen, doch direkte Lügen entsprachen nicht seinem Stil.

Wenn er Picard mit der Fähigkeit ausgestattet hatte, zwischen den drei verschiedenen Zeitperioden hin und her zu wechseln, wenn es seine Intervention gewesen war, die der Menschheit das Überleben ermöglichte... In dem Fall sah der Captain seine Pflicht ganz deutlich vor sich.

Er schob alle Bedenken beiseite, lächelte, sah Q an und sagte: »Danke.«

Die Entität wirkte völlig verblüfft. »Was ... was haben Sie gesagt?«

»Ich wiederhole es nicht«, entgegnete Picard. »Wie dem auch sei: Sie haben mir eine Chance gegeben, und das weiß ich sehr zu schätzen.«

Q erwiderte das Lächeln. »Eins muß ich Ihnen lassen, Jean-Luc ... Sie stecken voller Überraschungen.« Er beugte sich auf dem schwebenden Kissen vor. »Überraschen Sie mich noch einmal. Teilen Sie mir mit, daß Ihnen diese Erfahrung etwas gegeben hat. Daß sie Ihren Horizont *wenigstens ein bißchen* erweiterte.«

Picard sah das Wesen mißtrauisch an. Welche Lehren sollte er aus den jüngsten Ereignissen ziehen? Und weshalb war es für Q so wichtig, daß er etwas lernte?

Er hatte doch erreicht, was es zu erreichen galt, die Menschheit vor der Auslöschung bewahrt.

Es sei denn ...

Plötzlich begriff Picard, was dahintersteckte. Die Erkenntnis erfüllte ihn mit Bitterkeit, und von einem Augenblick zum anderen fühlte er sich so gedemütigt wie nie zuvor.

»Ich habe einen Weg aus dem Paradoxon gefunden«, erwiderte er. »Und dabei überwand ich meine vorgefaßten Meinungen in Hinsicht auf Raum und Zeit. Darum ging es von Anfang an, nicht wahr?« Er konnte die Dreistigkeit des Kontinuums kaum fassen.

Q kniff die Augen zusammen. »Jetzt dämmert's Ihnen

allmählich, *mon capitaine*. Ein oder zwei Sekunden lang öffnete sich Ihr Bewußtsein neuen Möglichkeiten und Ideen, von denen Sie nie zu träumen gewagt hatten. Und das war nur der Anfang.«

Picard wollte zornig sein, aber aus irgendeinem Grund sah er sich dazu außerstande. Qs Methoden mochten ausgesprochen fragwürdig sein, aber seine Motive wirkten fast … altruistisch.

»Sie halten sich für einen Forscher.« Offenbar fand Q immer mehr Gefallen an diesem Thema. »Doch Sie wissen kaum etwas von dem Universum, in dem Sie leben.«

Er winkte, und plötzlich steckte Picards Kopf voller Bilder und Konzepte, die ihm rätselhaft blieben. Er empfand diese besondere Erfahrung als … überwältigend.

»Die wahre Forschungsreise muß erst noch beginnen, Jean-Luc.« Qs Stimme kam aus der Ferne. »Eine Reise, die sich mit nichts vergleichen läßt, was Sie bisher erlebt haben. Sie hat nichts zu tun mit der Kartographierung von Sonnensystemen und fernen Nebeln. Es handelt sich vielmehr um eine Reise durch den Kosmos der Wahrnehmung und Gedanken, durch die Sphäre der Momente und Möglichkeiten …«

Als Picard glaubte, ansatzweise zu verstehen, verschwanden die Bilder wieder. Er fühlte sich leer – und so schrecklich allein wie jemand, den man vom Kern seines Selbst getrennt hatte, von jenen Dingen, die sein Ich bestimmten.

»Nun, vielleicht sind Sie noch nicht ganz soweit«, fuhr Q fort. »Aber Sie haben gezeigt, daß Sie in der Lage sind, das eine oder andere zu lernen.« Er klopfte imaginären Staub vom Umhang des Richters. »Wie dem auch sei … Ich beobachte Sie auch weiterhin. Und warte. Wenn Sie *viel* Glück haben, besuche ich Sie gelegentlich.«

Die Gestalt der Entität löste sich auf, verlor immer mehr an Substanz.

»Bis zu unserer nächsten Begegnung, *mon capitaine*. In der Zwischenzeit... Sie sollten sich anziehen. Sonst holen Sie sich noch eine Lungenentzündung.«

Als Q verschwand, streckte Picard die Hand aus und...

...und trat aus dem Turbolift, nur mit dem Schlafanzug bekleidet.

Worf und Deanna standen im Korridor und musterten ihn erstaunt. Der Captain brauchte zwei oder drei Sekunden, um zu begreifen, was geschehen war.

Q hatte ihn zum Beginn des Abenteuers zurückgebracht – wenn man in diesem Zusammenhang von einem ›Abenteuer‹ sprechen konnte. Hier hatte er die Counselor um Hilfe gebeten, und dann...

Ja. Und *dann*.

Diesmal gab es jedoch einen wichtigen Unterschied. Er taumelte nicht verwirrt umher, ohne sich an die Ereignisse in Vergangenheit und Zukunft zu erinnern.

Diesmal gab es in seinem Gedächtnis keine Lücken. Er entsann sich an alle Einzelheiten, von dem Gespräch mit Geordi im Weinberg der Familie bis hin zur entscheidenden Phase im Innern der Anomalie – einer Phase, die er aus drei verschiedenen temporalen Perspektiven erlebte.

Q hatte ihm die Neutralisierung der Anomalie bestätigt. Was bedeutete: Diesmal mußte sich das allgemeine Geschehen in eine andere Richtung entwickeln, oder?

Zweifel keimte in Picard, schuf Unbehagen. Hatte ihn Q vielleicht an einer anderen Stelle des Zeitstroms abgesetzt, an einem temporalen Ort, der dem Beginn seiner Odyssee durch die drei Zeitperioden ähnelte?

Gab es vielleicht einen immer noch offenen Teil des Tests? Sorgte eine grausame Ironie des Schicksals dafür, daß bestimmte Aspekte des Rätsels nach wie vor gelöst werden mußten?

Deanna sah ihn an, und Sorge zeigte sich in ihren dunklen Augen. »Ist alles in Ordnung mit Ihnen, Captain?«

Das Herz schlug ihm bis zum Hals, als sich Picard an den Klingonen wandte. »Lieutenant … Welches Datum haben wir heute?«

Worf wußte nicht, was er von der Sache halten sollte, aber er antwortete sofort: »Sternzeit vier sieben neun acht acht.«

Sternzeit *vier sieben neun acht acht*. Exakt der Zeitpunkt, an dem alles begonnen hatte.

Tiefe Erleichterung durchströmte den Captain. Er lachte laut, und es war ihm gleichgültig, daß er dadurch weitere verblüffte Blicke erntete. Solche Dinge spielten derzeit keine Rolle. Er hatte alles überstanden – nur darauf kam es an. *Ich bin zu Hause,* dachte er. *Am richtigen Ort, zur richtigen Zeit.*

»Stimmt was nicht, Sir?« fragte die Counselor.

Picard schüttelte den Kopf. »Es ist alles in bester Ordnung. Ich glaube, ich kehre jetzt ins Bett zurück. Ich könnte ein wenig Schlaf gebrauchen.«

Er trat wieder in den Turbolift. Bevor sich die Tür der Transportkapsel schloß, sah er noch einmal die verwunderten Mienen der beiden Offiziere.

26

CAPTAINS LOGBUCH, NACHTRAG

Mit der Galaxis ist wieder alles in Ordnung. Starfleet Command meldet keine ungewöhnlichen Aktivitäten entlang der Neutralen Zone, und nichts deutete auf eine temporale Anomalie hin. Offenbar erinnere nur ich mich an die Ereignisse in den drei verschiedenen Zeitperioden. Ich habe es für richtig gehalten, die Senior-Offiziere zu informieren.

Crusher sah Riker an, und wie immer blieb sein Gesicht völlig ausdruckslos. Er hatte die beste Pokermiene, die man sich vorstellen konnte.

»Nun?« fragte er.

So etwas wie Zuversicht erklang in seiner Stimme. Ein Bluff? Versuchte er, sie zu verunsichern? Oder wollte er, daß es wie ein Bluff aussah? Vielleicht beabsichtigte er mit diesem subtilen Trick, sie zu einer Erhöhung des Einsatzes zu veranlassen.

Beverly blickte einmal mehr auf ihr Blatt: ein Straight bis zehn. Gute Karten, zweifellos. Aber sie hatte auch schon mit besseren Karten verloren. Und meistens trug Riker die Verantwortung dafür.

Nun, eigentlich gab es gar kein Zurück mehr. Ein großer Teil der Chips in der Mitte des Tisches stammte von ihr. Wenn sie jetzt ausstieg, so strich Riker alles ein, ohne seine Karten zeigen zu müssen.

Das durfte Crusher nicht zulassen. Ob sie gewann

oder nicht – sie wollte unbedingt wissen, welches Blatt Will in den Händen hielt.

»Na schön«, sagte sie schließlich. »Ich sehe.«

Beverly hatte noch zehn Chips übrig und fügte sie den anderen hinzu. Dann beobachtete sie den Ersten Offizier gespannt, als sie ihr Blatt zeigte.

»Können Sie einen Straight schlagen?«

Riker gab noch immer nicht zu erkennen, ob er gewonnen oder verloren hatte. Nacheinander legte er seine Karten auf den Tisch. Eine Vier. Noch eine Vier. Eine Zwei. Noch eine Zwei. Und ... eine dritte Zwei.

»Full house.« Jetzt lächelte Will so breit, daß fast ein Grinsen daraus wurde. »Ich bitte um Entschuldigung, Doktor.«

»Das ist nicht nötig«, erwiderte Crusher. »Ich hab's mir selbst zuzuschreiben.« Sie schob den Stuhl zurück und stand auf.

»Das wär's?« fragte Worf.

»Für mich schon«, bestätigte Beverly.

»Beim nächsten Mal haben Sie bestimmt mehr Glück«, sagte Geordi voller Mitgefühl.

Dr. Crusher verzog das Gesicht. »Hoffentlich. Zum Glück habe ich meinen Job als Ärztin. Als interstellare Pokerspielerin käme ich sicher nicht weit.«

Riker schmunzelte, während er die Chips stapelte. Ganz offensichtlich war er sehr zufrieden mit sich, und er versuchte nicht, darüber hinwegzutäuschen.

Geordi wandte sich an Worf. »Er hat viermal hintereinander gewonnen. Wie stellt er das an?«

Der Klingone knurrte. »Das würde ich ebenfalls gern wissen, Commander.«

Der Erste Offizier lachte leise. »Ganz einfach. Ich mogle.«

Data hatte begonnen, die Karten einzusammeln. Jetzt hob er ruckartig den Kopf und wirkte schockiert.

»Das war nur ein Scherz«, sagte Riker. »Glauben Sie mir.«

Daraufhin mischte der Androide die Karten und verhielt sich so, als hätte er das mit dem Mogeln überhaupt nicht gehört.

Crusher trat an einen abseits stehenden, leeren Sessel heran und nahm darin Platz. Er erwies sich als so bequem, wie er aussah.

»Ich habe nachgedacht…«, sagte sie nach einer Weile.

»Worüber?« fragte Geordi.

Die Lippen der Ärztin formten ein dünnes Lächeln. »Über die Dinge, die wir vom Captain gehört haben. In bezug auf die Zukunft und unsere… Beziehungen. Ich meine unsere Veränderungen, die wachsenden Distanzen…« Sie zögerte kurz. »Warum hat er uns davon erzählt?«

Der Chefingenieur nickte langsam. »Es widerspricht dem üblichen Vorsichtsgebot. Normalerweise gibt man solche Informationen nicht preis, um die Zeitlinie zu schützen.«

Stille herrschte, als die Offiziere überlegten. Wie üblich bot Data als erster eine Antwort an.

»Ich halte diese Situation für einzigartig«, sagte er.

»Inwiefern?« fragte Riker.

»In der Vergangenheit gab es keine temporale Anomalie«, sagte der Androide. »Und es *wird* auch keine geben. Woraus folgt: In der Zeitlinie kam es bereits zu Veränderungen. Uns steht eine Zukunft bevor, die sich von der unterscheidet, die der Captain erlebte.«

»Vielleicht hat er uns deshalb alles erzählt«, spekulierte der Erste Offizier. »Das Wissen um eine *mögliche* Zukunft versetzt uns in die Lage, die Dinge schon *jetzt* zu ändern.«

»Damit jene Ereignisse nicht stattfinden können«, fügte Geordi hinzu.

»Ja«, bestätigte Riker. Er bedachte Worf mit einem bedeutungsvollen Blick. »In Hinsicht auf *bestimmte* Ereignisse sollten wir ganz *besonders* darauf achten, daß sie nicht geschehen.«

Der Klingone brummte zustimmend. »Ganz meine Meinung.«

Der Türmelder summte.

»Herein«, sagte Riker.

Die Tür öffnete sich, und Deanna betrat den Raum, näherte sich dem Tisch.

»Bin ich zu spät dran?« fragte sie.

»Nein«, sagte Riker. »Nein, ganz und gar nicht. Ich wollte gerade gehen.«

Er stand auf und bot der Counselor seinen Platz an, der sich rein zufällig direkt neben dem von Worf befand. Deanna wußte natürlich um die Hintergründe dieses Angebots und setzte sich.

»Danke«, sagte sie.

Riker lächelte. »Gern geschehen.«

Crusher beobachtete, wie Worf erst zur Counselor sah und dann zum Ersten Offizier. Es war nicht nötig, seine Gefühle in Worte zu fassen. Zumindest nicht hier und jetzt.

»Wir brauchen noch einen Mitspieler«, sagte Troi und brach damit das Schweigen. Sie sah zu Riker auf. »Was hältst du davon, dich wieder zu uns zu setzen?« Diesmal duzte sie ihn, obwohl sie nicht allein waren.

Der Erste Offizier schüttelte den Kopf. »Ich glaube, ich habe schon genug gewonnen. Ich sollte zumindest eine Pause einlegen.«

Deanna wandte sich an Crusher. »Beverly?«

Die Ärztin winkte ab. »Ich muß mich erst einmal von den erlittenen Verlusten erholen.«

Wieder summte der Türmelder. »Herein«, sagte Riker.

Crusher fragte sich, wer der Besucher sein mochte. Immerhin war die Pokerrunde komplett.

Überrascht beobachtete sie, wie der Captain eintrat. Die Anwesenden versuchten sofort, Haltung anzunehmen.

Der Erste Offizier wirkte besorgt. »Stimmt was nicht, Sir?«

Picard schüttelte den Kopf. »Es gibt keine Probleme. Ich wollte nur mal ... bei Ihnen vorbeischauen, Ihnen ein wenig Gesellschaft leisten. Vorausgesetzt natürlich, es gibt an Ihrem Tisch noch einen Platz.«

Die Offiziere wechselten erstaunte Blicke. Und lächelten.

»An unserem Tisch gibt es jede Menge Platz«, sagte Riker und sprach für sie alle. »Zum Beispiel direkt neben Data. Springen Sie für Dr. Crusher ein.«

Der Captain wandte sich an die Ärztin. »Pech gehabt?«

Sie zuckte mit den Achseln. »Vielleicht ergeht es Ihnen anders.«

Picard setzte sich, und der Androide reichte ihm die Karten. »Möchten Sie geben, Sir?«

Der Captain schien sich zu freuen. »Ja, danke.« Er begann zu mischen. »Wissen Sie ... Ich hätte schon viel eher hierherkommen sollen. In meiner Jugend galt ich als guter Kartenspieler.«

Troi beugte sich ein wenig vor. »Sie waren immer willkommen, Sir.«

»Ja.« Er nickte. »Ja, ich weiß.«

Dr. Crusher musterte ihn und ahnte, daß ihm die jüngsten Erlebnisse eine neue Perspektive fürs Leben und für andere Personen gegeben hatten. Das galt insbesondere für die Personen, die nicht nur Kollegen für ihn waren, sondern praktisch seine Familie darstellten.

»Manchmal verliert man die eigentlich wichtigen Dinge aus den Augen«, fuhr Picard fort. »Hoffentlich unterläuft mir dieser Fehler nicht noch einmal.«

Er sah die Anwesenden der Reihe nach an, und ein besonderer Glanz in den Augen verriet seine Empfindungen. Vielleicht dachte er auch an die blonde Tasha, die nicht mehr bei ihnen war.

Ein wenig verlegen teilte der Captain die Karten aus.

»Ganz gewöhnliches Poker mit fünf Karten«, sagte er

und fand zu seiner üblichen Selbstsicherheit zurück. »Nichts Ausgefallenes. Kein Limit für den Einsatz.«

Crusher beobachtete Picard und fragte sich, ob sie tatsächlich einmal heirateten. Und wenn sie mit einer Ehe begannen ... Mußte es dann irgendwann zur Scheidung kommen?

Hielt die Zukunft das Irumodische Syndrom für Jean-Luc bereit? Oder war das nur eine *Möglichkeit*, eine von vielen? Würde er bei Starfleet bleiben oder zur Erde zurückkehren, um in Frankreich Wein anzubauen?

Verliebten sich Troi und Worf ineinander? Und wenn es zu einer intimen Beziehung zwischen ihnen kam – welche Konsequenzen ergaben sich daraus?

Drohte dem romulanischen Reich ein baldiges Ende? Kam es zum Bruch zwischen der Föderation und den Klingonen? Welche Rolle spielten die hinterhältigen und durchtriebenen Cardassianer? Was war mit den Tholianern und Ferengi?

Und so weiter. Es gab viele Fragen, die sich eigentlich nur mit Hilfe einer Kristallkugel beantworten ließen. Zum Glück, oder?

Denn niemand von ihnen wollte *wirklich* die Zukunft kennen. Sie alle wünschten sich die Chance, maßgeblichen Einfluß darauf zu nehmen, frei zu wählen und frei zu entscheiden.

So war es immer gewesen, seit der Geburt des Menschen. Und trotz ihrer Neugier freute sich Beverly Crusher darüber, daß es auch weiterhin so bleiben würde ...

Zumindest für eine *Weile*.

Q existierte zum erstenmal als Bube und fand Gefallen daran, insbesondere deshalb, weil er dadurch seinen bevorzugten menschlichen Sparringspartner aus einem neuen Blickwinkel sah.

Picard blickte auf ihn herab und runzelte die Stirn, allerdings nicht etwa deshalb, weil er wußte, daß er Q als Karte in der Hand hielt. Das Problem bestand darin, daß die anderen vier Karten Kreuz zeigten, während sich Q als Herzbube präsentierte.

Zweifellos beschloß Picard, ihn bei der ersten sich bietenden Gelegenheit gegen eine andere Karte einzutauschen. Wie ein schmutziges Tischtuch wollte er ihn fortwerfen, in den großen Wäscheeimer des Lebens.

Und wenn schon. Q konnte jederzeit woanders erscheinen. Er war fest entschlossen, diese Möglichkeit zu nutzen – wenn ihn das Kontinuum nicht erneut in die Schranken wies.

Niemand bot so gute Unterhaltung wie Picard. Niemand erreichte so viel mit so wenig. Niemand verstand es so gut, der Entität zu zeigen, was das Menschsein bedeutete.

Q fühlte sich versucht, den Kopf zu drehen und dem Captain die Zunge herauszustrecken, doch er verzichtete darauf. Picard sollte nicht beginnen, seine Präsenz für selbstverständlich zu halten. Er hatte sich gerade von ihm verabschiedet und durfte nicht schon jetzt zurückkehren.

Über die Schulter des Captains hinweg blickte er zur langweiligen Dr. Crusher, und ein Hauch von Fassungslosigkeit regte sich in ihm, als er an die Zukunft dachte – wozu eine normale Spielkarte sicher nicht fähig gewesen wäre. Heirat. Liebe. Scheidung. Es war alles so schrecklich *banal*.

Oder lag es daran, daß er wußte, wie alles ausging? Mochten die Dinge interessanter sein, wenn sich das Wissen auf Vergangenheit und Gegenwart beschränkte, wenn einem die Zukunft verborgen blieb?

Q versuchte, sich eine derartige Situation vorzustellen – und stellte fest, daß er dazu nicht imstande war. Sein Bewußtsein überspannte Raum und Zeit. Ebensogut hätte man einen Menschen auffordern können, nicht mehr zu denken.

Selbst maßgeblichen Einfluß auf die Zukunft zu nehmen ... So ein Unfug. Der freie Wille war ein amüsantes

Konzept, aber tatsächlich daran zu glauben ... Kannte die Leichtgläubigkeit dieser Geschöpfe denn überhaupt keine Grenzen?

Oh, oh ... Der Captain streckte die Hand nach ihm aus, trennte ihn von den anderen Karten und warf ihn mit dem Gesicht nach unten auf den Tisch.

Schade, dachte Q mit einer Niedergeschlagenheit, die ihn selbst erstaunte. Die Teilnahme an dem Spiel hatte ihm sehr gefallen.

STAR TREK™

in der Reihe
HEYNE SCIENCE FICTION & FANTASY

STAR TREK: CLASSIC SERIE

Vonda N. McIntyre, Star Trek II: Der Zorn des Khan · 06/3971
Vonda N. McIntyre, Der Entropie-Effekt · 06/3988
Robert E. Vardeman, Das Klingonen-Gambit · 06/4035
Lee Correy, Hort des Lebens · 06/4083
Vonda N. McIntyre, Star Trek III: Auf der Suche nach Mr. Spock · 06/4181
S. M. Murdock, Das Netz der Romulaner · 06/4209
Sonni Cooper, Schwarzes Feuer · 06/4270
Robert E. Vardeman, Meuterei auf der Enterprise · 06/4285
Howard Weinstein, Die Macht der Krone · 06/4342
Sondra Marshak & Myrna Culbreath, Das Prometheus-Projekt · 06/4379
Sondra Marshak & Myrna Culbreath, Tödliches Dreieck · 06/4411
A. C. Crispin, Sohn der Vergangenheit · 06/4431
Diane Duane, Der verwundete Himmel · 06/4458
David Dvorkin, Die Trellisane-Konfrontation · 06/4474
Vonda N. McIntyre, Star Trek IV: Zurück in die Gegenwart · 06/4486
Greg Bear, Corona · 06/4499
John M. Ford, Der letzte Schachzug · 06/4528
Diane Duane, Der Feind – mein Verbündeter · 06/4535
Melinda Snodgrass, Die Tränen der Sänger · 06/4551
Jean Lorrah, Mord an der Vulkan Akademie · 06/4568
Janet Kagan, Uhuras Lied · 06/4605
Laurence Yep, Herr der Schatten · 06/4627
Barbara Hambly, Ishmael · 06/4662
J. M. Dillard, Star Trek V: Am Rande des Universums · 06/4682
Della van Hise, Zeit zu töten · 06/4698
Margaret Wander Bonanno, Geiseln für den Frieden · 06/4724
Majliss Larson, Das Faustpfand der Klingonen · 06/4741
J. M. Dillard, Bewußtseinsschatten · 06/4762
Brad Ferguson, Krise auf Centaurus · 06/4776
Diane Carey, Das Schlachtschiff · 06/4804
J. M. Dillard, Dämonen · 06/4819
Diane Duane, Spocks Welt · 06/4830
Diane Carey, Der Verräter · 06/4848
Gene DeWeese, Zwischen den Fronten · 06/4862
J. M. Dillard, Die verlorenen Jahre · 06/4869

STAR TREK™

Howard Weinstein, Akkalla · 06/4879
Carmen Carter, McCoys Träume · 06/4898
Diane Duane & Peter Norwood, Die Romulaner · 06/4907
John M. Ford, Was kostet dieser Planet? · 06/4922
J. M. Dillard, Blutdurst · 06/4929
Gene Roddenberry, Star Trek (I): Der Film · 06/4942
J. M. Dillard, Star Trek VI: Das unentdeckte Land · 06/4943
David Dvorkin, Die Zeitfalle · 06/4996
Barbara Paul, Das Drei-Minuten-Universum · 06/5005
Judith & Garfield Reeves-Stevens, Das Zentralgehirn · 06/5015
Gene DeWeese, Nexus · 06/5019
D. C. Fontana, Vulkans Ruhm · 06/5043
Judith & Garfield Reeves-Stevens, Die erste Direktive · 06/5051
Michael Jan Friedman, Das Doppelgänger-Komplott · 06/5067
Judy Klass, Der Boacozwischenfall · 06/5086
Julia Ecklar, Kobayashi Maru · 06/5103
Peter Norwood, Angriff auf Dekkanar · 06/5147
Carolyn Clowes, Das Pandora-Prinzip · 06/5167
Diana Duane, Die Befehle des Doktors · 06/5247
V. E. Mitchell, Der unsichtbare Gegner · 06/5248
Dana Kramer-Rolls, Der Prüfstein ihrer Vergangenheit · 06/5273
Michael Jan Friedman, Schatten auf der Sonne · 06/5179
Barbara Hambly, Der Kampf ums nackte Überleben · 06/5334
Brad Ferguson, Eine Flagge voller Sterne · 06/5349
Gene DeWeese, Die Kolonie der Abtrünnigen · 06/5375
Michael Jan Friedman, Späte Rache · 06/5412
Peter David, Der Riß im Kontinuum · 06/5464
Michael Jan Friedman, Gesichter aus Feuer · 06/5465
Peter David/Michael Jan Friedman/Robert Greenberger, Die Enterbten · 06/5466
L. A. Graf, Die Eisfalle · 06/5467

STAR TREK: THE NEXT GENERATION
David Gerrold, Mission Farpoint · 06/4589
Gene DeWeese, Die Friedenswächter · 06/4646
Carmen Carter, Die Kinder von Hamlin · 06/4685
Jean Lorrah, Überlebende · 06/4705
Peter David, Planet der Waffen · 06/4733
Diane Carey, Gespensterschiff · 06/4757
Howard Weinstein, Macht Hunger · 06/4771

STAR TREK™

John Vornholt, Masken · 06/4787
David & Daniel Dvorkin, Die Ehre des Captain · 06/4793
Michael Jan Friedman, Ein Ruf in die Dunkelheit · 06/4814
Peter David, Eine Hölle namens Paradies · 06/4837
Jean Lorrah, Metamorphose · 06/4856
Keith Sharee, Gullivers Flüchtlinge · 06/4889
Carmen Carter u. a., Planet des Untergangs · 06/4899
A. C. Crispin, Die Augen der Betrachter · 06/4914
Howard Weinstein, Im Exil · 06/4937
Michael Jan Friedman, Das verschwundene Juwel · 06/4958
John Vornholt, Kontamination · 06/4986
Mel Gilden, Baldwins Entdeckungen · 06/5024
Peter David, Vendetta · 06/5057
Peter David, Eine Lektion in Liebe · 06/5077
Howard Weinstein, Die Macht der Former · 06/5096
Michael Jan Friedman, Wieder vereint · 06/5142
T. L. Mancour, Spartacus · 06/5158
Bill McCay/Eloise Flood, Ketten der Gewalt · 06/5242
V. E. Mitchell, Die Jarada · 06/5279
John Vornholt, Kriegstrommeln · 06/5312
Laurell K. Hamilton, Nacht über Oriana · 06/5342
David Bischoff, Die Epidemie · 06/5356
Diane Carey, Abstieg · 06/5416
Michael Jan Friedman, Relikte · 06/5419
Michael Jan Friedman, Die Verurteilung · 06/5444
Simon Hawke, Die Beute der Romulaner · 06/5413
Rebecca Neason, Der Kronprinz · 06/5414 (in Vorb.)

STAR TREK: DIE ANFÄNGE
Vonda N. McIntyre, Die erste Mission · 06/4619
Margaret Wander Bonanno, Fremde vom Himmel · 06/4669
Diane Carey, Die letzte Grenze · 06/4714

STAR TREK: DEEP SPACE NINE
J. M. Dillard, Botschafter · 06/5115
Peter David, Die Belagerung · 06/5129
K. W. Jeter, Die Station der Cardassianer · 06/5130
Sandy Schofield, Das große Spiel · 06/5187
Lois Tilton, Verrat · 06/5323
Diane Carey, Die Suche · 06/5432

STAR TREK™

Esther Friesner, Kriegskind · 06/5430
Melissa Scott, Der Pirat · 06/5434 (in Vorb.)
Nathan Archer, Walhalla · 06/5512 (in Vorb.)

STAR TREK: STARFLEET KADETTEN
John Vornholt, Generationen · 06/6501
Peter David, Worfs erstes Abenteuer · 06/6502
Peter David, Mission auf Dantar · 06/6503
Peter David, Überleben · 06/6504
Brad Strickland, Das Sternengespenst · 06/6505
Brad Strickland, In den Wüsten von Bajor · 06/6506
John Peel, Freiheitskämpfer · 06/6507
Mel Gilden & Ted Pedersen, Das Schoßtierchen · 06/6508
John Vornholt, Erobert die Flagge! · 06/6509
V. E. Mitchell, Die Atlantis Station · 06/6510
Michael Jan Friedman, Die verschwundene Besatzung · 06/6511
Michael Jan Friedman, Das Echsenvolk · 06/6512

STAR TREK: VOYAGER
L. A. Graf, Der Beschützer · 06/5401
Peter David, Die Flucht · 06/5402
Nathan Archer, Ragnarök · 06/5403
Susan Wright, Verletzungen · 06/5404 (in Vorb.)
John Betancourt, Der Arbuk-Zwischenfall · 06/5405 (in Vorb.)

DAS STAR TREK-UNIVERSUM, 2 Bde.,
überarbeitete und aktualisierte Neuausgabe!
von *Ralph Sander* · 06/5150

DAS STAR TREK-UNIVERSUM, Ergänzungsband
von *Ralph Sander* · 06/5151

William Shatner/Chris Kreski, Star Trek Erinnerungen · 06/5188
William Shatner/Chris Kreski, Star Trek Erinnerungen: Die Filme · 06/5450

Phil Farrand, Cap'n Beckmessers Führer durch
STAR TREK – DIE NÄCHSTE GENERATION · 06/5199
Phil Farrand, Cap'n Beckmessers Führer durch
STAR TREK – DIE CLASSIC SERIE · 06/5451

Diese Liste ist eine Bibliographie erschienener Titel
KEIN VERZEICHNIS LIEFERBARER BÜCHER!